The Annotated Wizard of Oz

［ヴィジュアル注釈版］

下

オズの魔法使い

ライマン・フランク・ボーム
Lyman Frank Baum

マイケル・パトリック・ハーン 編
Michael Patrick Hearn

川端有子 日本語版監修　龍和子 訳

原書房

THE ANNOTATED
Wizard of OZ

Contents

下巻目次

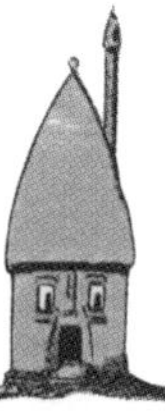

THE ANNOTATED

Wizard of OZ

Contents

上巻目次

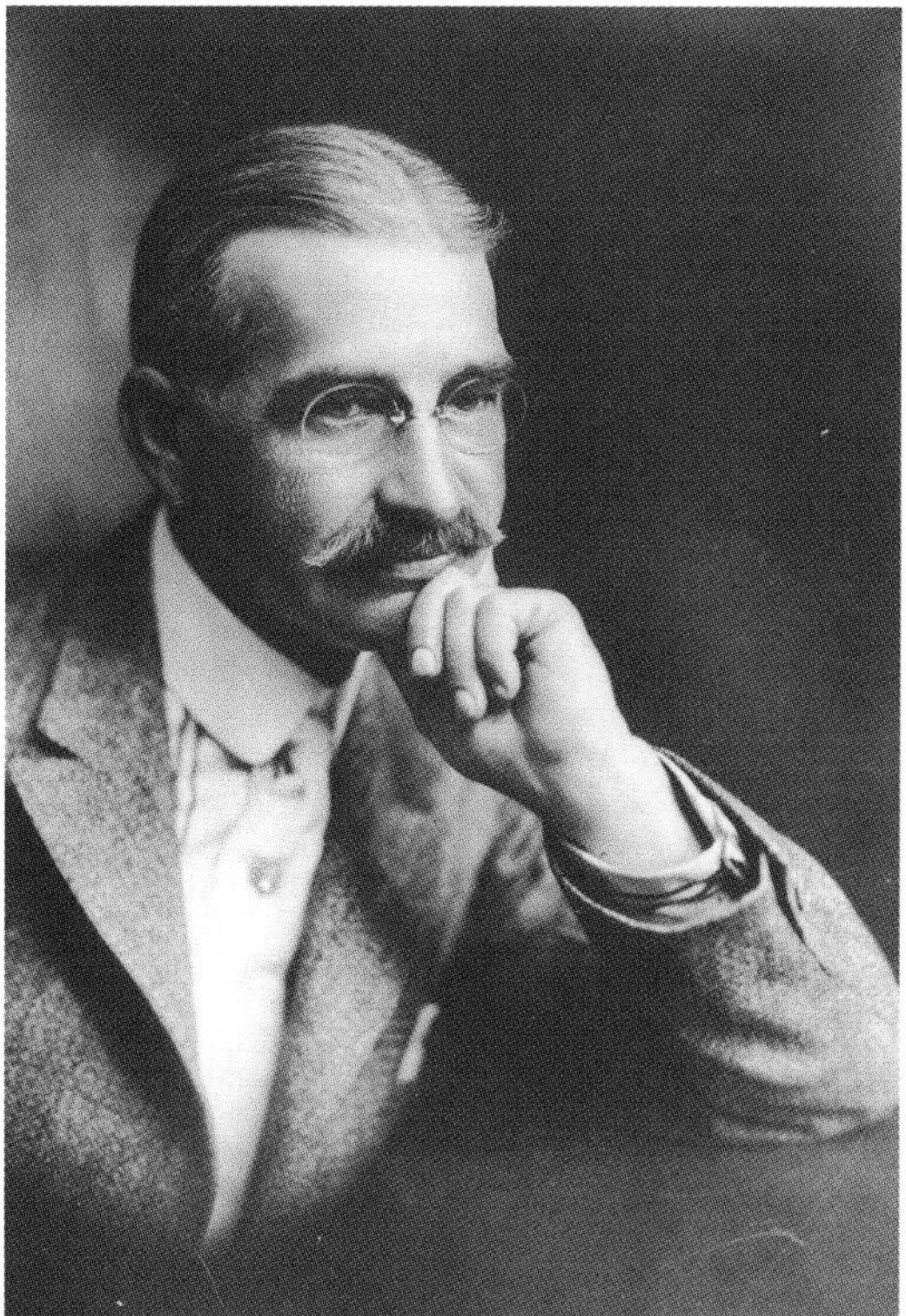

Lyman Frank Baum

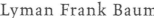

第9章

野ネズミの女王

「もう黄色いレンガの道はそんなに遠くないはずだ」ドロシーのとなりに立ったかかしが言いました。「おいらたちが流されたところのすぐ近くまできてるからな」

　ブリキのきこりがそれに答えようとしたとき、低いうなり声が聞こえて、きこりは頭をくるっと（つぎめの調子がとてもよかったのです）そちらに向けました。すると、奇妙な獣が草地をこちらに向かってはねてきます。それは大きな黄色いヤマネコで、どうやらなにかを追いかけているようでした。ヤマネコの耳は頭にぴたりとはりつき、口は大きく開いて、上下の醜い歯がむき出しでした。目はらんらんと、火の球のように赤く輝いています。近づいてくると、きこりには、ヤマネコの前を小さな灰色の野ネズミが走っているのが見えました。きこりには心臓がありませんでしたが、かわいくて悪いことはなんにもしない生き物をヤマネコが殺そうとするなんて、いいことではないに決まっています。

　だからきこりは斧をもち上げると、走ってくるヤマネコにえいっとふり下ろし、頭をすぱっと切り落としました。[1] 切り離されたヤマネコの頭と体はきこりの足元にごろんところがりました。

　ヤマネコからどうにか逃げた野ネズミはすぐに立ち止まり、きこりのところへそろそろとやってきて、小さな声でキーキーと言いました。

「ありがとうございます！　命を救ってくださって、なんとお礼を言ったらいいか」

「たいしたことではありませんよ」ときこりが言いました。「おわかりのようにわたしには心臓がありませんが、いつも、なにか手助けが必要な人には手を差し伸べるよう心がけているんです。それがただのネズミであってもね」

「ただのネズミですって！」小さなネズミはふんぞりかえって言いました。「わたしは女王ですよ。野ネズミすべてを治める女王なのです[2]！」

「ああ、そうなのですか」と言ってきこりはおじぎをしました。

「ですからあなたは女王の命を救うというすばらしい行いをしたのです。それにとても勇敢でした」女王はつづけました。

そのときネズミが数匹、短くて小さな足をせいいっぱいに動かして走ってくるのが見え、女王の姿を見ると叫び声をあげました。

「ああ、女王陛下、殺されるかと思ってしまいました！　あの大きなヤマネコからどうやってお逃げになったのですか？」そう言うと、ネズミたちはみな小さな女王に深々とおじぎをしたので、まるで逆立ちしているかのようでした。

「このおもしろいブリキ人間が、ヤマネコを殺してわたしを救ってくれたのです。ですから今後はみなこの人に仕えて、この人の望みはどんなに小さなものでもかなえるように」

「承知しました！」ネズミたちはみんな、キーキーと答えました。かと思うと、みんないっせいにあちこちに走って逃げました。目を覚ましたトトが、まわりにネズミがいるのを見て大喜びでワンと吠え、ネズミたちのなかに飛び込んだのです。トトはカンザスにいる頃、いつもネズミを追いかけまわして遊んでいたのですが、それが悪いことだとは思っていなかったのです。

けれどもブリキのきこりはトトをしっかりと腕に抱きかかえ、ネズミたちに呼びかけました。「戻ってきて、戻ってきてください！ トトはあなたたちを痛めつけたりはしませんから」

すると野ネズミの女王は草むらからこわごわ顔を出し、聞きました。

「ほんとうにその犬はわたしたちをかまないのですね？」

「絶対にそんなことはさせません。だからこわがらないでください」きこりが言います。

ネズミたちは一匹、また一匹とそろそろと戻ってきます。トトはもう吠えはしませんでしたが、きこりの腕からどうにか出ようともがいており、きこりがブリキでできていると知らなかったら、きこりにかみついていたでしょう。ようやく、いちばん大きなネズミが話しはじめました。

「なにかできることはありませんか？ わたしたちの女王さまをたすけてもらった

お礼がしたいのですが」

「今のところはとくになにも」きこりが答えました。でも、いっしょうけんめい考えてはいたものの、ワラがつまった頭のせいでいい考えがなかなか浮かばなかったかかしが、いきおい込んで言いました。

「そうだ、あんたたちなら、おいらたちの友だちのライオンをたすけられるかもしれない。ケシ畑で眠りこんじまったんだ」

「ライオンですって！」小さな女王はキーキーと言いました。「そんなことをしたら、わたしたちをみんな食べてしまうのではありませんか」

「そんなことはないよ」とかかしは請《う》け合いました。「そのライオンはおくびょうなんだ」

「ほんとうですか？」と女王は念を押しました。

「自分でそう言ってるんだから」とかかし。「それにライオンはおいらたちの友だちを傷つけるようなことは絶対にしないさ。ライオンをたすけるのを手伝ってくれるなら、ライオンはきっとみんなにやさしくするよ。絶対だ」

「よろしい、信用しましょう」女王が言いました。「ところで、なにをすればいいのでしょう」

「あんたを女王さまと言って、いいつけに従うネズミはたくさんいるのかい？」

「ええ、おりますよ、何千匹とね」と女王は答えます。

「だったら、全員をすぐここに集めてくれ。それから、みんな長いひもをもってくるように言ってくれないか」

女王はおつきのネズミたちのほうを向いて、すぐに全員を集めてくるよう命じました。女王の言葉を聞くやいなや、ネズミたちはいっせいに四方にかけ出しました。

「じゃあ、あんたは川岸の木を切ってライオンを運ぶ荷車を作ってくれ」かかしはブリキのきこりに言いました。

そこできこりはさっそく木が生えているところへ行き、作業をはじめました。そして切った大枝から葉や小枝を落とし、その大枝で手ぎわよく荷台を作りました。丸太は木のくぎでつないでいます。それから太い幹を輪切りにすると、四つの車

輪もできました。きこりの作業はとても手ぎわがよく、それにとても上手だったので、ネズミたちがまたそこに集まりだした頃には荷車の準備はすっかりできていました。

　四方八方から、何千匹ものネズミたちがやってきました。大きなネズミも小さなネズミも、中くらいのものもいます。みんな、口に一本ずつひもをくわえていました。ちょうどこのときドロシーが長い眠りから覚め、目を開けました。草の上に横になっていたドロシーは、まわりに何千匹ものネズミが集まって、びくびくしながら自分を見つめているのにびっくりぎょうてんしてしまいした。けれどもかかしがドロシーにわけを話し、それから、小さいけれど威厳たっぷりのネズミの女王にドロシーを紹介したのです。

「女王陛下、ご紹介いたします」[3]

ドロシーはうやうやしく頭をさげ、女

王も礼を返しました。それから、ふたりはとても仲良しになりました。

かかしときこりはネズミたちがもってきたひもを使って、ネズミたちを荷車につなぎはじめました。ひもの一方の端をネズミの首に巻いてとめ、もう一方の端を荷車にむすぶのです。もちろん、荷車はそれをひっぱるネズミの千倍くらいは大きいのですが、ネズミがみんなで力を合わせると、すんなりと荷車は進みました。かかしとブリキのきこりが乗っても、馬に代わって小さなネズミたちが引くちょっと変わったこの馬車は、ライオンが眠っている場所にあっという間に着いたのでした。

ライオンはとても重いのでかかしときこりはずいぶんと苦労しましたが、ようやく荷車に乗せることもできました。すると、女王が急いでネズミたちに荷車を引くよう命じました。ネズミたちが長いことケシ畑のなかにいると、みんな眠ってしまうかもしれないと心配したからです。

いくら大勢いるとは言っても、小さなネズミたちは、重いライオンが乗った荷車をなかなか動かせま

せんでした。けれどもきこりとかかしもうしろから押して手伝ったので、荷車はどうにか動きはじめました。やがてみんなはごろごろと、ライオンを、一面に広がるケシの花のベッドから緑の草地まで運び出しました。[4,5]そこまでくると、ライオンはケシの花の眠くなる香りではなく、またおいしくきれいな空気を吸えるようになりました。

　みんなのことを待っていたドロシーは、小さなネズミたちに、友だちの命を救ってくれてほんとうにありがとうと心からお礼を言いました。ドロシーはライオンのことが大好きになっていたので、ライオンがたすかってとてもうれしかったのです。

　それからネズミたちは荷車につないでいたひもをはずし、草地をかけて家に戻っていきました。[6]最後まで残っていたネズミの女王は言いました。

「もしまたお手伝いが必要なことがあれば、野原にきて呼んでください。あなたたちの声が聞こえたら、手伝いにきますからね。では、さようなら！」

「さようなら！」みんなもそうあいさつすると、女王は走り去りました。そのあいだ、ドロシーはトトが追いかけて女王をこわがらせないように、トトをしっかりと抱いていました。

　女王を見送ったみんなはライオンのそばに腰をおろし、ライオンが目覚めるのを待ちました。かかしがあたりの木からドロシーに果物をもいでくれたので、ドロシーはそれを夕飯にしました。

第9章　注解説

1【頭をすぱっと切り落としました】オズ・シリーズでは一般に、グリム童話やアンデルセン童話のようなおそろしい話をたくさん描くようなことはしていないが、ときおり、頭を切り落とす描写が出てくる。児童書には暴力が一切含まれるべきではないという考えをもつ現代の児童文学評論家たちは、この点を懸念している。とはいえフロイト派の不満をよそに、子どもたちはみな、シャルル・ペローの「赤ずきん」や「青ひげ」のような物語を楽しんでおり、それを読んだからといって心理的に大きな悪影響を受けることはない。精神分析学者ブルーノ・ベッテルハイム博士は『昔話の魔力』（一九七六年）において、おとぎ話は子どもの心の健全な発達に必要であると論じることで、子ども相手のセラピストたちに異議をとなえた。ベッテルハイムは、「子どもに理解できる物語の中で、昔話ほど、人間の内的な問題について教え、社会の形態には関係なしに、困難な立場からぬけでる解決法を示してくれるものは、ほかにない」と述べ、またこう主張した。「『青ひげ』は、気味の悪い話ではあるが……他のあらゆる昔話と同様、より高い道徳性とか人間性というものを、深いレベルで教えていることがわかる」（波多野完治、乾侑美子訳）。だが当のベッテルハイムでさえ、より暗く、より悲劇的で、不安を生じるペロー版「赤ずきん」よりも、少女が助けられるという内容の、グリム童話の「赤ずきん」が好きだという。少女が死んでしまうペロー版は「逃避と回復と慰めがない」（同訳）というのである。この、建前と本音の違いとも見える論議において、ボームは、暴力的描写に対してはアンド

デンスロウは、『新しいオズの魔法使い』の見返し用に特別にこの絵を描いた。個人蔵

ルー・ラングと意見を同じくしている。ラングは『むらさきいろの童話集［*The Violet Fairy Book*］』（一九一〇年）の序文で、「わたしは残酷なことが嫌いだ。わたしは決して、邪悪な継母を樽のなかにつめ込んで丘の上から転がしたりはしない。確かにリカルド王子は黄色い小人を殺したが、それは剣を手にした公正な戦いにおいてであり、小人は『戦って命を落とし』、永遠の眠りにつくのだ」。カブトムシを殺してしまったことに大泣きしたくせに、別の場面ではヤマネコの首を瞬時に切り落としてしまえるというブリキのきこりの自己矛盾について、ボームは別の場で触れている。『オズのふしぎな国』（一九〇四年）でこう解説しているのだ。「ブリキのきこりは、ふだんはおだやかですが、いざとなると古代ローマの剣闘士のように勇敢に戦かうことができます」（宮坂宏美訳）。子どもたちが求めるのは公正さであり、『オズの魔法使い』では、不当に罰せられたり苦しんだりする登場人物はいない。物語には根拠のない暴力や残忍さはなく、暴力や残酷な場面が描かれていても、その多くは他のおとぎ話にくらべてとても穏やかなものだ。詩人のデイヴィッド・マッコードにとっては、オズに出てくる暴力は問題になるようなものではなかった。マッコードは『二〇世紀の児童文学作家［*Twentieth Century Children's Writers*］』（一九七八年）でこう解説している。「［第12章で］オオカミの群れを倒さなければならなくなると、ブリキのきこりは斧を使う。だが斧を振るう場面の挿絵はなく、血みどろのオオカミは描かれておらず、その場面を簡単に言葉で説明するのみだ」。そしてこう述べている。「全世界で暴力が増す現代においては、だからこそ［オズは］、（たとえばテレビやマンガとくらべれば）意外にも血なまぐさい描写のない物語として歓迎される本なのではないだろうか」

ボームはオズ・シリーズの続編は、『オズの魔法使い』よりもこうした描写に慎重になった。続編では、こうした場面をすべてなくしたわけではないが、騒ぎを最小限にとどめているのだ。ボームはエッセイ「現代のおとぎ話」（『ジ・アドヴァンス』紙、一九〇九年八月一九日付）で、子どもたちが読むにふさわしい作品について、自らの定義をさらに細かく述べている。「おそろしい登場人物による殺人や残虐行為、あるいは甘ったるくて鼻につく感傷主義や愛や結婚で台無しになっていない作品であるべきだというのだ。ボームの作品の出版社はオズ・シリーズのポリシーについて、誇らしげにこう述べた。「ボームの作品を読んだ子どもたちが、ベッドで悪夢にうなされることはありません」。レイ・ブラッドベリは、レイリン・ムーアの『すばらしい魔法使い、ふしぎの国』（一九七四年）の序文で、ボームは「威勢のいいことを言っているが、魂は古きよきおばあちゃんのもの」と評している。

2【野ネズミすべてを治める女王】ボームは『アメリカのおとぎ話』（一九〇一年）収録の「不思議なポンプ」でも同じテーマを扱った。あるとき貧しい農婦がカブトムシの命を救う。するとそのカブトムシはあらゆる虫を治める王であり、特殊な力を使って、自分をたすけてくれた農婦に報いるのだ。オズ・クラブの会員であるデイヴィッド・L・グリーンはブリキのきこりと野ネズミの女王にまつわるできごとを、古代ローマの著述家アウルス・ゲリウスによる、アンドロクレスとライオンのおとぎ話と比較している。アンドロクレスの親切な行為にライオンが報いるという話だ。古代インドの説話集である『パンチャタントラ』には、イソップ童話の「ライオンとネズミ」とよく似た話がある。「ライオンとネズミ」では、ライオンをたすけるためにネズミの大群がやってきて、ライオンをしばるロープをかじるのだ。

3【「女王陛下、ご紹介いたします」】だがデンスロウはこの場面のカラー図版で、かかしではなくブリキのきこりがドロシーを野ネズミの女王に紹介している挿絵を描いている。

4【一面に広がるケシの花のベッド】これもだじゃれのひとつ。ライオンが眠り込んだのは、うまいぐあいに、花のベッドだったのだ。

5【緑の草地まで】一九〇二年のミュージカル狂騒劇で唯一、一九三九年のMGM映画に取り入れられた演出がある。よい魔女が、おそろしいケシ畑の呪文を破るために魔法で生み出した雪嵐だ。この魔法はミュージカルの見せ場のひとつで、この場面で第一幕が閉じた。

6【家】野ネズミの女王はずいぶんと遠出をしていたようだ。女王とその家来たちは『オズのふしぎな国』(一九〇四年)で再登場する。この作品では、ネズミたちは東のマンチキンの国ではなく、西のウィンキーの国にある村に住んでいる。

ヒル版の前見返しに描かれた絵。

第10章
門の番人

おくびょうライオンが目を覚ますまで、しばらくかかりました。ライオンは長いことケシの花のなかで寝ていて、おそろしい香りをずっと嗅いでいたからです。でも目を開けて荷車からころがり降りると、ライオンは自分がまだ生きていることに大喜びでした。

「精一杯速く走ったんだが、花のにおいがあんまり強くてな。どうやっておれを運んだんだ?」ライオンは腰をおろし、あくびをしながら言いました。

そこでみんながライオンに野ネズミのことと、野ネズミたちがみんな親切にライオンの命を救ってくれたことを話してやると、おくびょうライオンは笑って言いました。

「自分のことをでかくてこわいやつだと思ってたんだが、花みたいに小さいやつに殺されかけて、ネズミみたいにちびの動物に命をたすけてもらうなんてな。[1] なんてこった! だがみんな、これからどうするんだ?」

「旅をつづけてまた黄色いレンガの道を見つけなきゃね。そうすればエメラルドの都に行けるわ」とドロシーが言いました。

そこで、ライオンがすっかり元気になって、おれはもう大丈夫だと思えるようになると、みんなは旅を再開しました。やわらかくてきれいな緑の草地を歩いていくうちにとても楽しい気分になり、やがてみんなは黄色いレンガの道までやってきて、またオズ大王が住むエメラルドの都を目指して歩きはじめたのです。

道にはレンガがたいらに敷かれていて、あたりの景色はとてもきれいでした。だから、みんなはあの森から遠ざかり、暗い森でぶつかったたくさんの危険もすぎさっ

たことがうれしくてたまりませんでした。みんなは、また道に沿って柵があるところまできましたが、その柵はここでは緑色に塗られています。やがて小さな家がありました。そこは見るからにお百姓さんの家で、その家も緑色でした。お昼をすぎてから、こうした緑色の家を何軒かとおり過ぎました。ときには住んでいる人たちが玄関まで出てきて、なにか聞きたそうにながめていることもありましたが、だれも近づきもせず、また話しかけてもきませんでした。大きなライオンがいたので、こわかったからです。そのあたりの人々はみんな、きれいなエメラルドグリーン色の服を着て、マンチキンのような先がとがった帽子をかぶっていました。

「ここはきっとオズの国だわ[2]」とドロシーが言いました。「それにエメラルドの都に近づいているにちがいないわ」

「そうだな。このあたりはなんでもかんでも緑だ。マンチキンの国じゃ、青がお気に入りだったよな。だがこのへんの人たちは、マンチキンみたいに人なつっこくないみたいだな。今晩泊まると

ころがあるか心配だ」かかしが言いました。

「わたしはなにか食べるものが欲しいわ。果物じゃないものを。トトもお腹がペコペコよ。次の家によって、聞いてみましょう」

そこで、かなり大きな農家があったので、ドロシーは思い切って玄関まで歩いて行き、ノックしました。女の人がちょっとだけドアを開け、顔をのぞかせて言いました。

「どうしたんだい、おじょうちゃん。どうしてあんな大きなライオンと一緒なんだい？」

「もしよければ、ひと晩ここに泊めてほしいんです。それにライオンは一緒に旅をするわたしのお友だちで、だれのことも傷つけたりしません」

「おとなしいのかい？」その女の人はドアをもう少しだけ開けて、そう言いました。

「そうです。ライオンはとってもおくびょうなんです。だからあなたがライオンのことをこわがるよりももっと、ライオンのほうがあなたのほうをこわがるくらいです」

「そうだねえ」女の人はしばらく考えてからもう一度ライオンのほうを見ると、

「だったらお入り。食べるものと寝る場所を用意してあげるよ」と言いました。

そこでみんなが家のなかに入ると、そこには女の人のほかに、子どもがふたりとその農家のあるじのお百姓さんがひとりいました。お百姓は脚をけがして部屋のすみのソファに横になっていました。そこにいた家族はみんな、奇妙な一行を見てびっくりぎょうてんしています。女の人がテーブルに食事を用意するあいだに、お百姓が聞きました。

「どこに行くんだい？」

「エメラルドの都です。オズ大王に会いに行くの」ドロシーが言いました。

「えっ、ほんとかい。ほんとにオズさまがあんたたちに会ってくれるのかい？」お百姓は大声を上げました。

「だめなんですか？」ドロシーが言います。

「うーん、オズさまはだれも自分の部屋に入れないってうわさだ。おれはなんどもエメラルドの都に行ったことがあるんだ。あそこはきれいでそれはすばらしいところだが、オズ大王に会う許しはもらったことがないし、この世でオズ大王に会ったことがある人なんてひとりも知らないぞ」

「オズさまは外に出ないのかい？」かかしが

聞きました。

「ああ。毎日毎日、宮殿の謁見《えっけん》の間にいて、オズさまに仕えているものでさえ、直接顔を見ることはないんだ」

「オズさまってどんな人なの？」とドロシー。

「うーん、むずかしいな」とお百姓は考えながら言いました。「オズさまは立派な魔法使いだろう、だから自分が望むものにはなんでもなれるんだ。だから鳥みたいだって言う人もいれば、ゾウみたいだって言う話もある。かと思うとネコみたいだって言うやつもいる。[3] きれいな妖精のこともあればいたずら好きの小人のときもあるし、そのときの気分でなんにでもなるんだ。だがオズさまの正体も、いつほんとうの姿になるのかも、だれも知らないんだ」[4]

「なんて不思議なんでしょう。でもわたしたちは行ってみるわ。どうにかしてオズさまと会わないと、なんのためにここまで旅してきたかわからないもの」ドロシーは言いました。

「どうしておそろしいオズさまに会いたいんだい？」お百姓は聞きました。

「脳みそをもらいたいんだ」かかしが力をこめて言いました。

「ああ、オズさまならすぐにくれるだろう」お百姓がきっぱりと言いました。「あのかたはありまるほどおもちだからな」

「わたしは心臓が欲しいんです」ブリキのきこりも言いました。

「それも大丈夫だろう」とお百姓。「だってオズさまは、大きさも形もいろんな心臓を集めてるからな」

「それからおれは勇気をもらうんだ」とおくびょうライオンが言いました。

「オズさまはな、謁見の間にある大きなつぼいっぱいに勇気をためてるんだ。[5]金の板でふたをして、こぼれないようにしてるんだ。喜んで分けてくれるさ」とお百姓は言いました。

「わたしはカンザスに帰してもらいたいの」とドロシーが言いました。

「カンザスってどこにあるんだい?」お百姓がびっくりして聞きました。

「わからないの」とドロシーは悲しそうです。「でもそこがわたしのおうちなの。きっとどこかにあるはずだわ」

「たぶんな。まあ、オズさまならできないことはない。だからカンザスも見つけてくれるだろうさ。だがまずはオズさまに会うことだ。それがいちばんの難問だぞ。立派な魔法使いはだれにも会いたがらないんだ。それに、いつもなんでも思うままだ。ところで、お前はなにをしたいんだ?」お百姓はトトにも聞きました。トトはしっぽをふっただけでした。というのも、不思議なことに、トトは話せなかったからです。[6]

女の人が、夕飯の準備ができたわよ、とみんなを呼びました。そこでみんなはテーブルについて、ドロシーはおいしいおかゆとスクランブルエッグ、それにふっくらとした白パンをとてもおいしく食べました。ライオンもおかゆをいくらか食べましたが、あまり気に入らなかったようでした。こいつはオーツ麦のおかゆじゃないか、オーツ麦は馬の食べ物で[7]、ライオンが食うもんじゃない、とぶつぶつ言うのです。かかしとブリキのきこりはなにも食べませんでした。トトはいろんなものを少しずつ食べて、おいしい夕飯を食べたことにとても喜んでいました。

　女の人がドロシーの寝るベッドを用意してくれて、トトはドロシーのとなりにもぐり込みました。そしてライオンはドロシーがゆっくりと休めるように、その部屋のドアの前に陣取りました。かかしとブリキのきこりは部屋の隅に立って、ひと晩じゅう静かにしていました。もちろん、ふたりは眠ることがないからです。

　翌朝、陽が昇るとすぐにみんなは出発しました。まもなく前方の空が、きれいな緑色に輝いているのが見えてきました。

「きっとあれがエメラルドの都だわ」ドロシーが言いました。

　歩くにつれて緑色の輝きはどんどん明るくなっていき、とうとう旅も終わりに近づいてきたようでした。けれども都を囲む大きな壁に着いたのは、午後になってからのことでした。その壁は高くて厚く、そして輝くような緑色でした。

　みんなの前の黄色いレンガの道の終わりには、大きな門がありました。門にびっしりとはめこまれたエメラルドがお日さまにあたってきらきらと輝き、絵の具で描いたかかしの目でさえも、その明るさにくらくらとするほどでした[8]。

　門の横には呼び鈴があって、ドロシーがボタンを押すと、銀の鈴が鳴るような音がしました。すると大きな門がゆっくりと開いたので、みんながそこを通ると、その先には高い丸天井の部屋がありました。壁は無数のエメラルドできらきらと輝いています。

みんなの前にはマンチキンと同じくらいの小さな男の人がひとり立っていました。服は、頭のてっぺんから足の先まで緑色で、肌の色さえも緑色がかって見えました。その横には大きな緑色の箱があります。

男の人はドロシーとその仲間たちを見るとたずねました。

「エメラルドの都になんの用かね？」

「オズ大王さまに会いにきました」とドロシーが答えます。

これには男の人はとてもおどろいて、腰をおろして考えこんでしまいました。

「オズさまに会いたいなんて言う人がきたのは、もう何年も前のことだ。オズさまはとても力があっておそろしいお人だ。それにくだらないことやばかげた用で賢明なるオズさまをわずらわせるようなことがあれば、オズさまはお怒りになって、あっという間にあんたたちを消し

てしまわれる」男の人は困りはてたように、首をふりふり言いました。

「でも、おいらたちのはばかげた用でもくだらないことでもないよ」とかかしが言いました。「とても大事なことなんだ。それにオズさまはいい魔法使いだって聞いてるぞ」

「そのとおりだ」緑の男の人は言いました。「それにオズさまはエメラルドの都を賢くもうまくお治めだ。だが正直でない者や、ただおもしろいもの見たさでここにやってくる者には、オズさまはとてもおそろしい仕打ちをなされる。だからお顔を拝見というものはめったにおらん。わしは門の番人だから、[9]お前さんたちがオズ大王さまに会いたいというのなら、宮殿に連れて行くのが仕事だ。だがまずはメガネをかけてくれ」

「なぜ？」とドロシーは聞きました。

「メガネをかけないと、エメラルドの都の明るさと輝きで目をやられてしまうからな。都に住んでいる人たちも、昼も夜もメガネをかけなければならん。都ができたときから、オズさまの命令で、メガネにはカギをかけてはずせんようになっとる。それをはずすカギはわししかもっておらんというわけだ」

　番人が大きな箱を開けると、なかにはいろいろな大きさと形のメガネがたくさん入っています。メガネにはどれも緑色のガラスがはめこまれていました。[10]番人はドロシーにぴったりのメガネをさがし出して、ドロシーにかけさせました。メガネには金色のベルトが二本ついていて、それを頭のうしろで留めるようになっていました。そして、番人が首からぶらさげている鎖の先についた小さなカギで、はずせないようにするのです。メガネをかけてしまうと、はずしたくてもはずせません。でももちろんエメラルドの都のまばゆさで目が見えなくなるのはいやだったので、ドロシーはなにも言いませんでした。

緑色の番人はかかしとブリキのきこり、ライオンと、小さなトトにまでメガネをかけさせ、しっかりとカギをかけました。

それから番人は自分もメガネをかけて、さあ、宮殿に案内しようと言いました。大きな金色のカギを壁のくぎから取ると、番人はもうひとつの門を開けました。そしてみんなは番人のあとをついて行き、エメラルドの都の通りへと続く入り口を抜けたのでした。

第10章　注解説

1【ネズミみたいにちびの動物に命をたすけてもらう】ライオンの気持ちを表すこの言葉は、「いちばん弱いものがいちばん大きいものをたすけることもある」という、イソップ童話の「ライオンとネズミ」の教えを反映したものだ。またボームはおそろしいケシ畑を通じて、「弱いものが強いものを破壊することもある」という、その必然的な結果をくわえている。おくびょうライオンの救出場面を書くさいに、イソップ童話のことがボームの頭にあった点は、『オズの魔法使い』の劇の脚本第一稿でもわかる。ボームが書いたものの製作にはいたらなかったこの脚本で、野ネズミの女王はこう打ち明けるのだ。「以前、このライオンはわたしの命を救ってくれました。だからわたしは今、そのお返しをするのです」

2【オズの国】ドロシーが言っているのは、オズの魔法使いが治めるエメラルドの都を囲む、緑の田園地帯のことだ。ドロシーは、住んでいた家が東の悪い魔女の上に降りて以来ずっと、オズと呼ばれる国にいる。だがオズ・クラブの会員であるジェイ・デルキンは「オズの意味」（『ボーム・ビューグル』誌、一九七一年秋号）で、ボームが作品中でオズという名の定義を明確にしていない点を追究している。それは、著者であるボームがはじめに「オズ」を魔法使いの名前にすることのみを決め、本のタイトルにその名を使うことにしたのはそのずっとあとだったせいだと論じ、ボーム自身は、一度もこの国をオズと呼んだこともなければ、タイトルをのぞいては、オズを「オズの魔法使い」と言ったこともない、というのだ。とはいえ、作品中でその通りかというとそうでもない。ボームは魔法使いのことを「オズ」と呼ぶこともあれば、国を「オズ」と言っていることもあるようだ。

3【きれいな妖精のこともあればいたずら好きの小人のときもある】この文と次の章に登場する「羽のある」女性からは、ボームが自分のおとぎ話から、「ステレオタイプ」の妖精をまだすっかり排除してはいないことがうかがえる。ボームは『ボームのアメリカのおとぎ話』（一九〇八年）に収録の「リル［*The Ryl*］」で、羽のある妖精といたずら好きの小人はボームの作品には必ずしも必要ではないものの、どちらも児童書に居場所があることを認めているのだ。リルは「自然のしもべ」のひとりだが、妖精とまちがえられると、「おれの体のどこに羽があるって言う

んだ？　おれの肩に金色の髪がたれているか？　薄っぺらいクモの巣のスカートが優雅に腰のまわりにふわふわしてるか？」とガミガミと言う。ここでリルが言っているのは妖精定番の姿だ。「小人《ブラウニー》」と呼ばれると、「だったらな、おれ様があのなんにもできない、うすきみ悪いいたずら妖精に見えるか？　おれのからだはあいつらより一〇倍もでかいだろ？　おれの足はつまようじで、おれの目は皿みたいにでかいとでもいうのか？」と言うのだ。もちろんボームの言う小人は、カナダ人画家のパーマー・コックス（一八四〇〜一九二四年）が描いたようなものだ。コックスの「ブラウニー」の本は当時ベストセラーとなり、ボームの『ファザー・グース、彼の本』（一八九九年）の小人も一部、コックスの作品をもとにしている（コックスの絵は非常に人気があったので、デンスロウは一八九四年に、インランド・プリンター誌向けに名刺やその他装飾用の「インランドの精」を描くさい、コックスの作品を模倣している）。リルの次のせりふを読むと、ボームがコックスのことを意識していたのは明白だ。「年よりの子守がする話はばかな妖精やいたずら好きの小鬼のことばかりで、子どもたちにリルのことなんてちっとも話しゃしない。それにおとぎ話やわらべ歌の本、小人の本みたいなくだらないもんを書くやつらなんて、机の前にすわってなんだかんだと、ありもしないような、嘘八百の話を作り出してるだけだ」。コックスは「小人の本」を描いているし、ボームは（もちろん）「おとぎ話やわらべ歌の本」を書いている。

ボームは「現代のおとぎ話」（『ジ・アドヴァンス』紙、一九〇九年八月一九日付）を書く頃には、伝統的な妖精について知見を広めていた。

わたしは、友人である子どもに聞いたことがあります。「妖精」ってなんだろう、と。その子はすぐにこう答えました。「妖精には羽があって天使とそっくりだけど、もっと小さいんだ」。だから、わたしはそれが妖精に対する一般的な考えだと思っていますし、この子はうまく言い表しているのではないでしょうか？　けれども、一般に「妖精」と呼ばれる不死の一族にはいろいろな種類があって、フェイやスプライト、エルフ、ニンフ、リル、ヌーク、ノーム、ブラウニーその他、さまざまなものがいることはご存じのとおりです。それを分類する指針となる、想像上の小さな生き物の歴史書や紳士録はありませんが、彼らにはそれぞれの能力や独自の性格があって、たとえば小さなリルは絵の具缶をもち歩き、花にとても明るくて美しい色をつけるのです。

4【だれも知らないんだ】純朴な人々は、人知では理解できないものを言い表そうとするときに、こういう言い方をする。この魔法使いのように、神々が、自在に姿を変えるシェイプシフターであることはよく知られている。歴史上、民族が異なれば、神は異なる姿で登場し、鳥やゾウ、ネコなどの姿をした神もいる。ここでお百姓が述べていることはそのままに、「オズ」という言葉を「神」におき換えることができるだろう。「妖精」や「小人《ブラウニー》」も、説明したくても説明がつかないものの仲間だ。W・H・オーデンは、ジョージ・マクドナルドの『かるいお姫さま』（一九六七年）の「あとがき」でこう述べている。「ふつうの人はみな、二種類の世界に興味を抱いている。まずひとつは、自分の五感で知ることのできる日常の世界。そしてふたつ目は、想像のなかにしかないけれど、生み出そうとせずにはいられない世界だ。だから、自分で感知できない別の存在を想像できないような人は、ふつうとは言えない。また自分の想像上の世界を、感知できる実際の世界と同一視するような人はまともではなくなっている」。おとぎ話は、それが霊的なものであれまったくの想像上のものであれ、このふたつ目の世界を表現しようとする、人間の基本的欲求を満たすために発展した。ドロシーには、なんなく日常の世界から別の世界へと行く能力があるのだ。

　ボームが、シェイプシフターの能力を黒魔術のひとつととらえていたことは明らかだ。こうした変化《へんげ》は、幻術や惑わしをもとにしたものだからだ。おそろしい物語に登場するオオカミ人間やヴァンパイアもシェイプシフターだ。「わたしは変身はけっしてあつかいませんから」。よい魔女のグリンダは、『オズのふしぎな国』（一九〇四年）できっぱりと言う。「変身は人をあざむくものですし、ちゃんとしていない魔女ほど、物事をありのままに見せたがらないものですしね。つつしみのない魔女だけが、この術をつかう」（宮坂宏美訳）。ボームは変身の術を得意とする特別な魔法使い、「ユークーフー」を考案した。そのひとり、『オズのブリキのきこり』（一九一八年）に登場するおそろしい巨人族のミセス・ユープは、自分で「変身術の使い手」と述べている（同訳）。『オズのグリンダ』の赤毛のリーラは「ありとあらゆる姿の持ち主です、気分によって一日に何度も変身することがある」が、ミセス・ユープのように悪意はない。それは「すばらしい魔法を自分勝手な楽しみのためだけにつかっているからだ。だが、それだけではない。リーラの「ほんとうのすがたがどのようなものかは、わたしたちにはわかりません」というのだ（同訳）。こうした女性は、『オデュッセイア』に出てくる魔女キルケーと同タイプの魔法を使う。キルケーは、無防備な旅人をブタに変える魔女だ。それにこうした魔法にふけるのは女性ばかりではない。『オズの魔法』（一九一九年）ではマンチキンの少年キキ・アルがノーム王の力を借りて、魔法の言葉であらゆるいたずらをする。おそらくはオズ・シリーズのなかでもっともおそろしい生き物が、『オズのエメラルドの都』（一九一〇年）のマボロシ族だろう。アーブという種族に属する彼らは「あらゆる魔物たちのなかでももっとも強力で冷血だといわれ」（ないとうふみこ訳）、おそろしい姿から美しい姿へ、またおそろしい姿へと、つねに思いのままに変身する。

　メイヤー・レヴィンは「オズ」（『ハリウッド・トリビューン』紙、一九三九年八月二一日付）で、ボームの物語と「現代のもっとも抽象的な哲学小説のひとつ」フランツ・カフカの『城』（一九二六年）に奇妙な相似点があると指摘している。「『城』は、城主との面会を望み、ある城山にやってくる人間の物語だ」とレヴィンは解説する。「だが主人公が自分の目的をかなえるべく行動するにつれ、不思議なことに実際にはだれも城主の顔を見たことがないということが明らかになり、そもそも存在しないのではないかという疑惑が出てくる。だが城を探し求め続けるうちに、主人公は自分が求めていたものの多くを手に入れるのだ。妻、家、交流の場だ」

5 **【大きなつぼいっぱいに勇気をためてるんだ】** しかし第16章では、魔法使いは「勇気」を緑色のビンに入れている。

6 **【トトは話せなかった】** ガードナーは『オズの魔法使いとその正体』の注11で、「『オズのチクタク』では、オズの国に入ると、実はトトは話せることがわたしたちにはわかる。トトがしゃべろうと思っていないだけだ」と解説している。アレクサンドル・ヴォルコフは一九三九年刊の『オズの魔法使い』ロシア語版で、この点については著者のボームが書いたものとは異なる内容にしており、こう解説している。「ボームはトトにしゃべらせていない。だが、鳥や獣だけでなく、ブリキやワラでできた人間まであらゆる生き物が話せる世界では、わたしはこの賢く忠実なトトも話すべきだと考え、だからロシア語版では話せるようにした」

7【馬の食べ物】ライオンの頭には、サミュエル・ジョンソン博士による『英語辞典』(一七五五年)の、オーツ麦についての次のようなちゃかした語釈があるようにも思える。「イングランドでは一般に馬に与えるが、スコットランドでは人が食べる穀物」

8【その明るさにくらくらとするほどでした】簡潔な言葉で、ボームはおとぎの国の都の不思議と壮麗さを描写している。絵の具で描いたかかしの目がくらくらするなんて、それはおどろくような光景なのだろう!　エメラルドの都のこの輝きは、これとは別の、宝石のような都を思わせる。『天路歴程』の天の都だ。そこは「真珠や高価な宝石ででき、街路は黄金で舗装されている」。ボームの描写には、また別の都も思い出される。アルフレッド・ロード・テニスンは『ガレスとリネット』(一八七二年)でキャメロットを次のように描写している。

朝露に覆われた丘はたちまち緑色に変わり
鮮やかな緑のなかに花々が咲き誇る
それはイースターの頃だから
そしてみなが、キャメロットの足元に広がる
この土地に着いたとき
はるか彼方に銀色の霧がかかっているのが見えた
霧はキャメロットのある山に
その周囲の森や野原にかかり
ときには尖塔や小塔が
霧から頭を出し、ときには大門が輝く
城の下の野原にただ一か所開いているのがその大門……

9【門の番人】一九三九年のMGM映画ではノエル・ラングレーによる脚本の改変のさいに、フローレンス・ライアソンとエドガー・アレン・ウルフが、オズ役の俳優フランク・モーガンに、魔法使いの役にとどまらず、門の番人、「違う色の馬」の御者、それに緑のひげの番兵と、さまざまな役を演じさせることを提案した。ふたりは、観客が「モーガンがあまり出てこなかったのでだまされた気分だ」と思わないように、フランク・モーガンをもっと映画に登場させる必要があると考えたのだ。この解決策は、ボームによる、オズは手練れのペテン師という性格付けを強調するうまい手だった。のちのオズ王室史編纂家であるジャック・スノウは、『オズのものまね師 [*The Magical Mimics in Oz*]』(一九四六年)で、実際に門の番人と緑のひげの番兵を組み合わせてひとりの登場人物を生み出している。

10【メガネにはどれも緑色のガラスがはめこまれていました】当時、サングラスは今ほど一般的ではなかった。まぶしい日光から目を守

るのに、通常は日よけ帽を使っていたからだ。一般に外で色つきのメガネをかけているのは、盲目の人や視力に深刻な問題を抱える人々だった。一九九六年にノース・サウス版『オズの魔法使い』の挿絵を描いたオーストリア人画家リスベート・ツヴェルガーは、こう認めている。「緑色はわたしの好きな色ではありますが、エメラルドの都の場面をすべて緑色にしなければならないことには、頭を悩ませてしまいました。緑にしないかぎり、この本は完璧にならないとまで思ったほどです。でも、レンズが緑色のメガネを取り入れるというアイデアにわたしの挿絵は救われたのです。これでわたしはずいぶんと自由に描くことができました。わたしは、ボームのすばらしい物語になにか新しいことをもち込もうとしてきました。そして結局、わたしはオズの国にいることをとても楽しんだのです」。ノース・サウス版では、すべての本の後ろ見返しに紙製の緑色のメガネがついていた。

第11章

オズのすばらしいエメラルドの都

緑色のメガネをかけてはいましたが、それでもドロシーと仲間たちは、このすばらしい都の輝きに最初は目がくらんでしまいました。[1] 通りには美しい家々が並び、そのどれもが緑色の大理石でできており、きらきらと輝くエメラルドがいたるところにはめこまれています。同じく緑色の大理石を敷いた道を歩くのですが、石と石のつなぎめはエメラルドで、それがぎっしりとつまっていて太陽にきらきらと輝いています。窓ガラスも緑色、都の空も緑色がかっていて、お日さまの光も緑色なのです。

　通りには大勢の人が歩いていました。[2] 男の人も、女の人も、子どもたちもいます。そしてこの人たちもみんな緑色の服を着て、緑色の肌をしているのです。みんな、ドロシーとその奇妙な仲間たちを不思議そうな目で見ています。ライオンを見ると子どもたちはみんな走って逃げ、お母さんたちのうしろに隠れました。でもだれも話しかけてはきませんでした。通りにはたくさんの店があり、ドロシーには店に並んでいるものもみんな緑色に見えました。緑色のキャンディに緑色のポップコーンが売られていますし、緑色の靴、緑色の帽子に、いろんな種類の緑色の服があります。ある店では、男の人が緑色のレモネードを売っていて子どもたちがそれを買っているのですが、[3] そのお金も緑色のコインでした。[4]

　ここには馬だけでなく、[5] どんな動物もいないようでした。[6] 男の人たちが緑色の小型の荷車に荷を載せ、それを押して運んでいます。だれもが幸せそうで、満足し、豊かに見えました。

　番人が通りを案内し、みんなを大きな建物まで連れて行きました。都のちょうど

まんなかにあるその建物が、偉大な魔法使い、オズの宮殿でした。ドアの前には兵士がひとり立っていて、緑色の制服を着て、緑色の長いひげをはやしています[7]。

「よその国からきた者たちです」と番人はひげの兵士に言いました。「オズ大王の謁見を求めています」

「なかに入れ」と兵士は答えました。「大王さまにお伝えしよう」

兵士は宮殿の門を通ってみんなを大きな部屋に連れて行きました。その部屋には緑色のじゅうたんが敷きつめてあり、美しい緑色の家具にはエメラルドがちりばめられています。兵士はみんなの靴を緑色のマットでふかせてから、この部屋に入れました。そしてみんなが椅子に座ると、丁寧にこう言いました。

「謁見の間の前まで行って、オズさまにあなたたちがおいでになったことを伝えてきますから、どうぞおくつろぎください」

みんなは兵士が戻ってくるまで、ずいぶんと待たされました。ようやく兵士が戻ってくると、ドロシーは聞きました。

「オズさまには会ったの?」

兵士は答えました。「いいえ、オズさまに会ったことなどありません。衝立のうしろに座るオズさまに話しかけ[8]、あなたたちのことをお伝えしました。オズさまはそれほど望むのなら話を聞こうとおっしゃいましたが、オズさまの前にはひとりで出なければなりません。それに、一日おひとりのみが許されます。ですから数日は宮殿にいなければなりませんので、旅でお疲れのあなたたちが気持ちよく過ごせるお部屋へ案内します」

「ありがとう。オズさまはとても親切なのね」とドロシーは言いました。

兵士が緑色の笛を吹くとすぐに[9]、きれいな緑色のシルクのドレスを来た少女が部屋に入ってきました[10]。きれいな緑色の髪、緑色の目をしたその少女は、ドロシーに深々とおじぎをしてから言いました。

「わたしがお部屋までご案内します」

そこでドロシーはみんなにさよならを言うと、トトを腕に抱えて緑色の少女のあとについ

て、七つの廊下をとおり、三つの階段を上がり、宮殿の表側の部屋に着きました。そこは小さいけれどとってもかわいい部屋でした。ふかふかで気持ちよさそうなベッドには緑色のシルクのシーツが敷いてあり、緑色のベルベットのベッドカバーがかかっていました。[11]部屋のまんなかには小さな噴水があります。噴水は緑色の香水で、それを受けるのは、美しい彫刻をほどこした緑の大理石の水盤でした。窓には美しい緑色の花々が飾られていて、本棚には緑色の小さな本が並んでいます。時間ができたときにドロシーが本棚の本を開いてみると、緑色の変わった絵がびっしりと描かれていて、[12]ドロシーは思わず笑ってしまいました。とってもおもしろかったのです。

洋服ダンスには緑色の服がたくさんかかっていて、シルクやサテンやベルベット製です。[13]それにそのどれもがドロシーにぴったりの服でした。

「どうぞおくつろぎください」緑色の少女が言いました。「なにかご用でしたら、そのベルを鳴らしてください。オズさまは明日の朝、お呼びになるでしょう」

少女はドロシーをおいてほかのみんなのところへ戻り、それぞれをドロシーと同じように部屋に案内しました。みんなが泊まるのも、宮殿のなかのとても居心地のいい部屋でした。もちろん、こうしたもてなしはかかしにはいりませんでした。だってかかしは部屋を入ってすぐのところに立って、朝までじっと動かずに待っていたからです。かかしは横になって体を休めることもありませんし、目を閉じることもできません。ですからかかしはひと晩じゅう、小さなクモをながめていました。クモは、そこが極上の部屋であることなど気にもとめず、部屋の隅に巣を張っていたのです。[14]ブリキのきこりはいつもの習慣でベッドに横になりました。生身の人間だった頃のことを覚えていたからです。けれども眠ることはできないので、ひと晩じゅう、なめらかに動くかどうか、つぎめを上下に動かしていました。ライオンは部屋のなかに閉じ込められるのがいやでした。森のなかの枯れ葉のベッドで休むほうがよかったのです。とはいえ、そんなことをぐずぐず言ってもなんにもならないので、ベッドに飛び乗ってネコのように丸くなると、ゴロゴロとのどを鳴らしてすぐに眠りに落ちました。[15]

翌朝、朝ごはんがすむと、緑色の少女がドロシーをむかえにきました。そしてドロシーに緑色の錦織のサテンでできたとてもかわいいドレスを着せました。それからドロシーが緑色のシルクのエプロンをつけ、緑色のリボンをトトの首に巻くと、三人はオズ大王の謁見の間へと向かいました。

ドロシーと少女はまず大広間に入りましたが、そこには宮廷の貴婦人や紳士が大勢いて、みんな豪華な服を着ていました。この人たちはなにもせず、ただおしゃべりをしています。[16] 毎朝、謁見の間の外で待っているのですが、だれもオズの謁見を許されていなかったのです。ドロシーが入っていくと、みんなは珍しそうにドロシーを見て、そのうちのひとりがささやきました。

「ほんとうにおそろしいオズさまに会いに行くおつもり?」

「もちろんです。オズさまが会ってくれるならだけど」

「おお、あのお方はお会いになりますよ」魔法使いにドロシーのことを伝えた兵士が言いました。「あのお方はお会いしたいと頼まれるのがお嫌いなのです。[17] 実際、最初はお怒りになり、あなた方に帰れと言うようにとおっしゃいました。でも、わたしにあなた方のようすをお聞きになり、あなたの銀色の靴のことをお話しす

ると、とても興味をもたれたのです。それにあなたのおでこのしるしのこともお伝えしたら、あなたをオズさまのもとにお連れするようにとおっしゃったのです」

ちょうどそのとき鈴が鳴り、緑色の少女がドロシーに言いました。

「オズさまの合図です。謁見の間にひとりでお入りください」

少女は小さなドアを開け、ドロシーが勇気を出してなかに入ると、そこはとてもすばらしい部屋でした。大きく丸い部屋の天井は高くアーチ型で、壁と天井と床には大粒のエメラルドがびっしりとはめこまれていました。天井の中央に大きな灯りがついていて太陽のように明るく[18]、それがエメラルドをきらきらと美しく輝かせていました。

けれどもドロシーがいちばん気になったのは、部屋のまんなかにある、緑色の大理石の大きな玉座でした。それは椅子のような形で、ほかのものと同じで宝石で輝いていました。椅子のまんなかには大きな「頭」がのっていて、そのほかは体も腕も脚もなにも見えません。頭には髪の毛もありませんが、目と鼻と口はついていて、巨人の頭よりも大きいと思えるほどの巨大さなのです。

びっくりしたドロシーがこの頭をこわごわ見つめていると、目がゆっくりと開いて、ドロシーのことをじろりと見つめてきました。そして口が動き、こう言う声が聞こえてきました。

「わしはオズ、おそろしくも偉大な王である。[19]お前の名は？　わしになんの用だ」

大きな頭から聞こえてくる声は思っていたほどおそろしくはなかったので、ドロシーは勇気を出して答えました。

「わたしはドロシー、小さくておとなしい女の子です。[20]あなたにたすけてもらいたくてやって来ました」

目はしばらくドロシーのことをじっと見て、考え込んでいるふうでした。それからこう言いました。

「どこでその銀の靴を手に入れた？」

「東の悪い魔女の靴です。わたしの家が魔女の上に落ちて、魔女が死んでしまったんです」

「額のそのしるしはどこでついた？」

「北のよい魔女がわたしにお別れを言ってあなたのところに送り出してくれたときに、キスしてくれたんです」ドロシーは言いました。

目はドロシーをまたキッと見ましたが、ドロシーがほんとうのことを言っているのだとわかったようです。それからオズがたずねました。

「わしになにをしてほしいのだ？」

「カンザスに送り返してもらいたいんです。エムおばさんとヘンリーおじさんの家に。わたしはあなたの国がどんなに美しくても、好きにはなれません。それにエムおばさんは、わたしが長いこといなくなったら、ひどく心配するにきまってます」ドロシーは必死にうったえました。

目は三回まばたきすると、天井を見て、床を見て、そしてぐるりとまわりました。部屋全体が見えたのではないかというくらい、大きくぐるぐるとまわったのです。そしてようやく、またドロシーのほうを向きました。

「なぜおまえのためにそうしなければならんのだ？」オズが聞きました。

「あなたは強くてわたしは弱いからです。あなたは立派な魔法使いで、わたしはなにもできないちっぽけな女の子だからです」ドロシーは答えました。

「だがおまえは、東の悪い魔女を殺すくらい強いだろう」とオズ。

「それはたまたまです」ドロシーが簡単に説明しました。「わたしにどうこうできることではなかったんです」

「そうか。おまえに答えをやろう。カンザスに帰してもらいたいのなら、わしに必ずお返しをしなければならん。この国では、なにかを手に入れたいときには、なにかを差し出すことが必要だ。わしに魔法の力で家に帰してもらいたいなら、まずわしのためになにかをしなければならん。おまえがわしの役に立てば、わしもおまえの役に立とう」

「なにをすればいいの？」ドロシーは聞きました。

「西の悪い魔女を殺すのだ」とオズは答えました。

「そんなことできません！」ドロシーはびっくりぎょうてんして叫びました。

「おまえは東の悪い魔女を殺してその銀の靴をはいている。それには強い魔法の力がある。この国に残った悪い魔女はあとひとりだ。おまえが悪い魔女は死んだと報告できたら、わしはおまえをカンザスに送り返そう。だが、おまえの仕事が先だ」

　小さなドロシーはしくしくと泣きはじめました。とてもがっかりしたからです。目がまたまばたきすると、ドロシーを心配そうに見ました。[21]ドロシーがその気になりさえすれば、大王のたすけになれるのにと思っているかのようでした。

「わたしはこれまで、殺そうと思ってなにかを殺したことなんてありません」ドロシーはすすり泣きました。「それにそうしたいと思ったところで、どうしたら悪い魔女を殺せるの？　おそろしいオズ大王が魔女を殺せないのに、わたしになんてできっこないわ」

「さあな。だがそれがわしの答えだ。悪い魔女が死なないかぎり、おまえはおじさんにもおばさんにも会えない。魔女は邪悪だ。覚えておくように。とてつもなく悪い魔女だ。だから殺さないといかんのだ。さあ行け。そして自分の仕事をおえるまでは、わしに会いたいと言ってはならん」

ドロシーはがっかりして謁見の間を出て、ライオンとかかしとブリキのきこりのところに戻りました。みんな、オズがなんと言ったのか聞こうと待ちかまえていました。

「わたし、もうダメだわ」ドロシーは悲しそうに言いました。「だってオズさまは、西の悪い魔女を殺さなければわたしをお家に帰さないって。そんなことできっこないわ」

仲間はみんなドロシーのことをかわいそうに思いましたが、なにもしてあげられませんでした。だからドロシーは自分の部屋に戻って、ベッドに横になり泣きながら眠りました。

　翌朝、緑のひげの兵士がかかしの部屋にやってきて言いました。

「一緒においでください。オズさまのご命令です」

　そこでかかしは兵士について行き、謁見の間に入ることを許されました。謁見の間には、エメラルドの玉座にとても美しい婦人が座っていました。緑色の薄いシルクのドレスを着て、波打つ緑色の髪に宝石の王冠をつけています。肩からはとてもきれいな色の羽がはえ、[22]その羽はとても軽く、ちょっとでも風が吹けばひらひらとそよぎました。

　このきれいな婦人の前で、かかしがワラのつまった体でできるかぎりお行儀よくおじぎをすると、婦人はやさしくかかしを見て言いました。

「わたくしはおそろしくも偉大な王、オズです。あなたのお名前は？　どういうご用でいらしたのですか？」

　かかしはドロシーから聞いていた大きな頭がいると思っていたのでとてもびっくりしましたが、勇気を出して答えました。

「おいらはワラのつまったただのかかしです。おいらには脳みそがありません。だから、おいらの頭にワラではなく脳みそを入れてくださいとお願いにきたんです。そうすればこの国の人たちと同じくらいの頭にはなれるでしょうから」

「なぜわたくしがそのようなことをしなければならないのですか？」婦人は聞きました。

「あなたが賢くて強いからです。ほかのだれも脳みそをくれやしません」とかかしが言いました。

「なにかお返しになることをしなければなにもしてあげませんよ」オズは言いました。「ですがこれだけは約束しましょう。あなたが西の悪い魔女を殺してくれたら、あなたにたっぷりの脳みそをあげましょう。オズの国でいちばん賢くなるくらいにたっぷりの脳みそをね」

「魔女を殺せというのは、ドロシーに言ったんじゃないんですか」かかしはびっくりして言いました。

「ええ、言いましたよ。魔女を殺すのはだれでもいいのです。でも魔女が死なないかぎりは、あなたの望みをかなえてあげません。さあ、お行きなさい。それほど欲しがっている脳みそをもらえるようになるまでは、ここに会いにきてはなりません」

かかしはがっかりして友だちのところに戻り、オズの話をしました。ドロシーは、偉大な魔法使いが前の日に自分が見た大きな頭ではなく、美しい婦人であると聞いてびっくりしました。

「どっちにしろ一緒さ。あの人には心臓が必要だな。ブリキのきこりとおんなじように」とかかしは言いました。

翌朝、緑のひげの兵士はブリキのきこりのところへきて言いました。

「オズさまがお呼びです。お連れします」

そこでブリキのきこりは兵士について立派な謁見の間にやってきました。きこりは、そこにいるオズが美しい婦人なのか大きな頭なのかはわかりませんでしたが、美しい婦人ならいいなと思いました。「だって」ときこりは心のなかで言いました。「大きな頭だったら心臓をもらえそうにないから。頭には心臓なんてないし、だからわたしに同情なんてしないだろうから。でも美しい婦人なら、心臓をもらえるようにいっしょうけんめいお願いしよう。だってご婦人方はみな、やさしい心の持ち主だって言われてるから」

けれどもきこりが立派な謁見の間に入ると、そこには大きな頭も美しい婦人もいませんでした。オズはとてもおそろしい獣の姿をしていたのです。[23] それはゾウくらい大きく、緑色の玉座は、その重みに耐えられないのではないかと思えるくらいでした。頭はサイのようで、顔には目が五つついています。体からは長い腕が五本はえていて、細くて長い脚も五本です。もじゃもじゃの毛が全身をびっしりと覆《おお》っていて、これよりおそろしい怪物は思いつかないというくらいです。ブリキのきこりはそのとき心臓をもっていなくて幸いでした。もっていたら、そのおそろしさに、きっと心臓はドキドキと大きく激しく打ったでしょうから。ブリキでできているきこりはちっともこわいとは思いませんでしたが、でもがっかりしていました。

「おれさまはオズ、おそろしくも偉大な王だ」獣が大きく吠えて言いました。「おまえはだれだ。おれさまになんの用だ」

「わたしはきこりです。ブリキでできています。だから心臓がないので、愛することができません。ほかの人たちと同じになれるように、心臓をくださいとお願いにきたのです」

「なぜおれさまがそんなことをしなければならん」と獣が聞きました。

「それは、わたしがそうしてもらいたいと思っていて、わたしのお願いを聞き入れてくださるのは、あなたしかいないからです」きこりが答えました。

オズはこの返事に低いうなり声をあげ、ぶっきらぼうに言いました。

「ほんとうに心臓が欲しいのなら、自分で手に入れなければならん」

「どうやってでしょう」

「ドロシーを手伝って西の悪い魔女を殺すのだ。魔女が死んだら、おれさまに会いにこい。そうすれば、オズの国でもいちばん大きくて、いちばんやさしく、それにいちばん愛情深い心臓をやろう[24]」

部屋を出されたブリキのきこりはしょんぼりとして友だちのところに戻り、謁見の間で会ったおそろしい獣のことを話しました。みんな、立派な魔法使いがいろんな形に姿を変えることにひどくおどろいています。そしてライオンが言いました。

「おれが会いにいったときにオズが獣なら、おれは精一杯吠えてこわがらせて、おれの頼みをきかせるさ。それにオズがきれいな婦人なら、飛びかかるふりをし

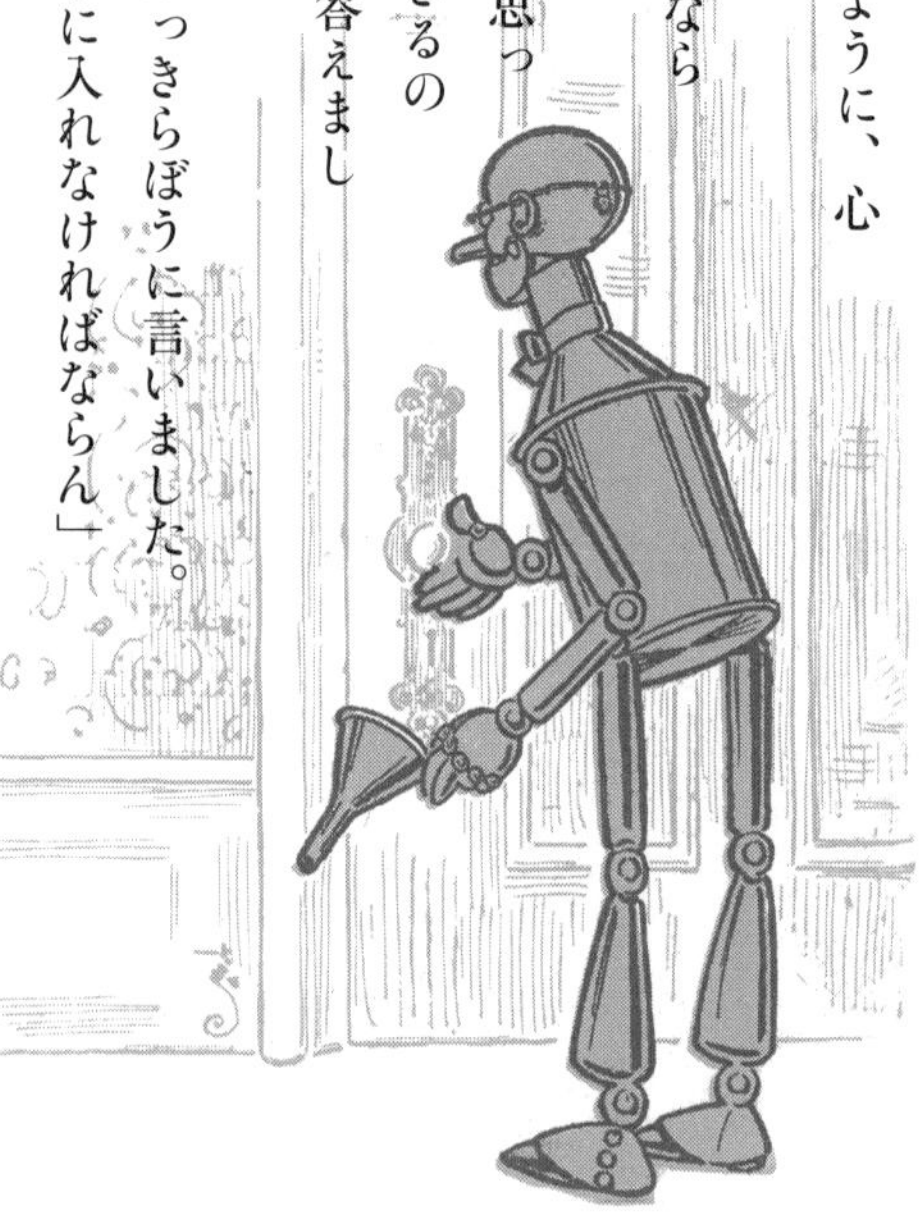

て願いをきかせる。そして大きな頭だったら、そいつはおれの言いなりだ。おれたちがほしいものをくれるって約束するまで[25]、部屋じゅうそいつをころがしてやる。だからみんな、元気を出せ。すっかりうまくいくからな」

翌朝、緑のひげの兵士はライオンを謁見の間に連れていき、オズ大王の前に出るよう言いました。

ライオンはすぐにドアから入ってあたりを見まわすと、ぎょっとしました。玉座の前には巨大な火の玉が浮かんでいて[26]、そちらに目を向けることができないほどギラギラと激しく燃えていました。ライオンは最初、なにか手違いがあってオズに火がついてしまい燃えているのかと思いました。けれど近づこうとすると、あまりに熱くてひげがちりちりとしたので、ふるえながらドアの近くまであとずさりしました。

すると低くて静かな声が火の玉から聞こえてきて[27]、こう言いました。「わたしはおそろしくも偉大な王、オズだ。おまえはだれだ。なんの用だ？」

ライオンは答えました。「おれは、とにかくこわいものだらけのおくびょうライオンです。勇気をくださいと頼みにきたんです。そうしたらおれは、人間たちが呼ぶとおり、本物の百獣の王になれると思うんで」

「なぜわたしがおまえに勇気をやらねばならんのだ？」とオズは聞きました。

「あなたがいちばんりっぱな魔法使いで、おれの頼みを聞いてくれるのはあなたしかいないからです」ライオンは答えました。

火の玉はしばらくゴーゴーと燃えると、こう言いました。

「悪い魔女が死んだという証拠をもってこい。そうすれば、おまえに勇気をやろう。だが魔女が生きているかぎり、おまえはおくびょうなままだ」

ライオンはこの言葉に腹が立ちましたが、なにも言い返せませんでした。ライオンはしばらく黙って火の玉をにらみつけましたが、火の球がさらに熱くなったので、しっぽを巻いて部屋から走り出ました。待っている仲間を見てほっとしたライオンは、みんなに魔法使いとのおそろしい会話のことを話しました。

「どうすればいいの？」ドロシーが悲しそうに言いました。

「やれることはひとつだ。ウィンキーの国に行って悪い魔女をさがし出して、そいつをやっつけるんだ」ライオンが言いました。

「でもできるかしら？」

「できなきゃ勇気はもらえない」とライオン。

「おいらは脳みそがもらえない」とかかし。

「わたしは心臓がもらえません」とブリキのきこりも言いました。

「わたしはエムおばさんとヘンリーおじさんに会えないわ」ドロシーはそう言うと泣きだしてしまいました。

「お気をつけください！」緑色の少女が叫びました。「緑のシルクの服に涙がついたらしみになってしまいます」

　だからドロシーは涙をふいて言いました。[28]

「やるしかないのよね。でも、だれも殺したくなんかないわ。エムおばさんにまた会うためであっても」

「おれも一緒に行くさ。おくびょうだから魔女は殺せないだろうが」とライオン。

「おいらも行くよ。と言ってもほんとにバカだから、たいして役には立たないけどな」とかかしも言います。

「わたしは心臓をもってませんから魔女をやっつけようとは思わないんですが、でもみんなが行くのなら、わたしも絶対に一緒に行きますよ」ブリキのきこりも言いました。

　そこで翌朝みんなは旅をはじめることになり、きこりは緑の砥石《といし》で斧を研ぎ、つぎめすべてにきちんと油をさしました。かかしは新しいワラを体につめて、ドロシーは、よく見えるようにかかしの目を塗りなおしてあげました。みんなにとても親切にしてくれた緑色の少女は、ドロシーのバスケットにたくさんおいしいものをつめ、トトの首に緑色のリボンで小さな鈴をつけてくれました。

　その夜、みんなは早くベッドに入り、夜明けまでぐっすりと眠りました。そして宮殿の裏庭にいる緑色のおんどりの朝を告げる声と、緑色の卵を産んだめんどりがコッコッと鳴く声で目を覚ましたのでした。

第11章　注解説

1【すばらしい都】『オズのエメラルドの都』（一九一〇年）では、この国の首都の大きさがある程度わかる。建物が九六五四棟、住人は五万七三一八人だ。エメラルドの都は、一八九三年にシカゴで開催された、白亜の主要館が並び「ホワイト・シティ」と称された万国博覧会にいくらか影響を受けているのかもしれない。万国博覧会はボームとデンスロウのふたりにとってとくに重要な意味をもっていた。この博覧会のためにボームは一八九一年に、デンスロウは一八九三年にシカゴへと赴いた。デンスロウは五月三日の日記にこう書いている。「この美しさ、大きさはほんとうに言葉にできないほどすばらしい。何マイルにもわたって巨大で芸術的な建物が並んでいる。この建物群がわずか半年しか使用されないことを知り、まず頭に浮かんだのが、博覧会が終わって生まれる廃墟の壮大さはどれほどのものだろう、という思いだった」。デンスロウはほぼ毎日ホワイト・シティの博覧会場で過ごし、『シカゴ・ヘラルド』紙のために会場の光景や人々をスケッチした。ボームは多くはモードや息子たちと、ときにはひとりで会場に足を運んでおり、彼もまたそのすばらしさを十分に理解していた。ここでは、バッファロー・ビルのワイルド・ウエスト・ショーやベリー・ダンサーのリトル・エジプトをはじめとするあらゆる国々のエンターテインメントを楽しむことができ、ポーランド人ピアニストのイグナツィ・パデレフスキから、プロボクサーのジェームズ・J・コーゲットまでさまざまなパフォーマーが登場した。この万国博覧会では、綿菓子や、ポップコーンとピーナツの菓子クラッカー・ジャックが売られ、大観覧車のフェリス・ホイールも設置されていた。エメラルドの都と同じくホワイト・シティは、ミシガン湖沿岸の湿地にあるこの国の中心地のどこからか、とつじょとして出現したように思えた。会場のミッドウェイ・プレザンスに並ぶ店や売り子はオズの都と同じくにぎやかだった。オズの都のきらきらと輝くエメラルドは、夜間にホワイト・シティ全体に輝く小さな灯りから思いついたものかもしれない。『ふたりの小さな巡礼者の旅』（一八九七年）でフランシス・ホジソン・バーネットは、ホワイト・シティとバニヤンの『天路歴程』の天の都とを比較している。そして夜間の電気の照明の効果はとても大きいと述べている。バーネットはこう描写する。日が落ちるとホワイト・シティには「ひと晩中、きらきらと輝く無数のダイヤモンドがあるように見えます。果てしなく連なる宝石のくさりが、ホワイト・シティにからみついているかのようです。フラワー・パレスは巨大なクリスタルの灯りを濃紺の空に向かってかかげ、塔やドームは王冠やティアラをかぶり、木々のあいだに何千もの宝石がつるされ、反射しあい、沼地の暗闇のなかで輝きを放っています。宝石を溶かした泉が湧き出ているようでもあり、宝石が燃え上がり、灯りへと姿を変えているかのようでもあります」。デンスロウはホワイト・シティの全体的な構造をエメラルドの都の描写に拝借し、またヨーロッパと近東の要素を折衷して、塔や光塔を描き、いたるところに旗を翻らせた。

2【大勢の人】『オズの魔法』（一九一九年）によれば、エメラルドの都の住人は「オズミー（Ozmie）」だが、おそらくこれは「オズマイト（Ozmite）」の印刷ミスであり、現在ではこの名が一般に知られている。オズの国本来の住人は「オザイト（Ozite）」だ（『オズとドロシー』一九〇八年および『オズのエメラルドの都』一九一〇年）。

3【レモネード】ボームは禁酒主義者というわけではなかったがレモネードが大好物だったので、『ロサンゼルス・イブニング・ヘラルド』紙（一九一三年四月一七日付）はボームのことを「レモネード好きではロサンゼルス一」と称している。カリフォルニア州ハリウッドに構えたボームの自宅、オズコットに子どもが訪れたときは、モード・ボームがよくレモネードのピッチャーを用意し、オズ王室史編纂家と小さな客は庭に腰をおろして、レモネードを飲みながらおしゃべりした。

4【緑色のコイン】これはおそらくは銅貨で、銅貨はよく緑色に変色する。ボームが書いている、すばらしいエメラルドの都の店に並んでいるすばらしい品々は、子どもならすぐに目がいき、おこづかいで買ってしまうようなものだ。オズの経済の一部である通貨は、ボームのオズ・シリーズの最初期の作品にしか登場しない。『オズのふしぎな国』（一九〇四年）第19章のカラスの巣の場面では、カラスにワラを捨てられたかかしが、代わりに何種類ものドル紙幣をつめてもらい、この物語の最後では、ブリキのきこりがかかしをウィンキーの国の「財務大臣」に任命している。だがボームは結局、子どもの読者に出した手紙（一九一九年二月八日付）で、「お金がつまったかかしにしたのは……まったくの失敗でした」と認めている。シリーズが進むと、オズマ姫は王室令で通貨を廃止する。ブリキのきこりは『オズへの道』（一九〇九年）でそのわけを説明する。

「お金！　オズの国でお金！」ブリキのきこりはさけびました。「なんておかしなことを！　お金をつかうなんて、われわれがそんなケチな人種だとお思いで？」「……もし、愛や、親切心や、他人をよろこばせたいという気もちとは関わりなく、お金で物を手に入れてしまったら、ここはまちがいなく、ほかの国と同列になってしまいます。さいわい、オズの国では、お金はまったく知られていません。ここには金持ちもいなければ、貧乏人もいない。だれかがなにかを望めば、その人を幸せにするために、みんながあたえようとするからです。そしてだれもが、自分がつかえる以上のものを持ちたがらないからなのです」（宮坂宏美訳）

ボームがオズの国でお金を廃止したのは、自身の金銭問題が大きくなったせいかもしれない。ブリキのきこりのせりふを書いた二年後には、ついには破産を申請するはめになったのだ。

『オズの魔法使い』が売れる前に、ボーム家には何年か貧しい時期があった。ボームの息子のロバートは自伝（『ボーム・ビューグル』誌、一九七〇年クリスマス号）で、父親が児童書の執筆をはじめる直前の、シカゴでの暮らしのことをこう回想している。

我が家にお金はあまりなく、一セントでももらえれば十分だった。父や母におこづかいが欲しいと言うと、それもたびたびではなかったのだが、わたしは一セントをもらってキャンディ・ストアや雑貨店へと走り、買えるものがあるかさがすのだ。ケースの前に立って、「一セントでどれだけ買える？」と聞く。そして、こんなに買えるんだとおどろく。たぶんたいしておいしくはないキャンディだったのだろう。それでもあまくて、キャンディを食べている気分は味わえる……。父が営業の旅から帰ってきてわたしたちがおこづかいをねだり、気前よく五セント硬貨をくれると、お祭り気分だった。五セントもあればそれから数日は、お腹をこわすくらいに十分なものが買えたのだ。

5【馬だけでなく】スザンヌ・ラーンは『オズの魔法使い』についての論文で、一八九三年のシカゴの万国博覧会では街を清潔に保つため、会場に馬を連れて入ることは禁じられていたと述べている。ボームは単に、ホワイト・シティでの移動手段が徒歩か運河を行く小船しかなかったことを思い出して、こうした表現にしたのかもしれない。

6【どんな動物もいないようでした】しかしこの章の最後で明らかになるように、エメラルドの都にはまったく家畜がいないわけではない。緑色の卵を産むめんどりがいるという点は、オズ・シリーズののちの作品とは矛盾する。『オズのオズマ姫』（一九〇七年）に登場する黄色いめんどりのビリーナは、オズでただ一羽のめんどりだと言われているのだ。

7【緑色の長いひげをはやしています】『オズのふしぎな国』（一九〇四年）では、「緑のひげの兵士」の正式名称は「オズ王国『常備軍』の兵隊」となっているが、シリーズ第三巻の『オズのオズマ姫』（一九〇七年）でようやくこの兵士の名前――オンビー・アンビー――が出てくる。この兵士は、一九〇二年の『オズの魔法使い』のミュージカル狂騒劇ではティモシー・アルファルファという名だったが、人物自体はショーには登場しなかった。『オズの魔法使いの飛行機［*Ozoplaning with the Wizard of Oz*］』（一九三九年）では、ルース・プラムリー・トンプソンがこの兵士の名をワントウィン・バトルズとしている。ピークスキル士官学校に二年間在籍したため、無理もないことだが、ボームは軍――兵士ではなく将校――を評価してはいなかった。とはいえ不思議なことに、ボームは長男から三男まで三人の息子を、ミシガン州オーチャードレイクにあるミシガン陸軍士官学校に入学させている。緑のひげの兵士は、軍に対するボームのそれとない牽制だ。この兵士は戦闘のためというよりもお飾りのような存在で、デンスロウは兵士がもつマスケット銃の先に花束を描いて素敵な雰囲気をくわえている。格好いい制服を着て緑の長いひげをたくわえた兵士は、戦士というよりも軍楽隊の一員のようだ。『オズのふしぎな国』でジンジャー将軍とその反乱軍がエメラルドの都に侵攻すると、彼は戦士にあるまじき、おくびょうな人物だということがわかる。反乱軍兵士の娘に、「いや。この銃には弾が入ってない」「ああ、事故が起きたらこまるからな。それに、なかにつめる火薬も弾も、どこへかくしたかわすれてしまった。だが、ちょっと待っててくれるなら、なんとかさがしてこよう」（宮坂宏美訳）と打ち明けるのだ。挿絵画家のジョン・R・ニールは兵士のマスケット銃に、おもちゃの銃のように栓を描いた。『オズのオズマ姫』（一九〇七年）に出てくるオズマ姫のオズ軍にしても、たいしたことはない。二六人の将校と、兵卒はオンビー・アンビーしかいないのだ。オンビー・アンビーはオズマ姫が総司令官に昇進させるとひげを切るが、『オズのパッチワーク娘』（一九一三年）ではまたひげをはやしている。

8【衝立】この衝立を覚えておいてほしい。これが第15章で重要な役割を果たすからだ。この章とその後の章でいくつか登場する、小さくはあるが重要なディテールのひとつであり、おそろしいオズの正体が露呈することを予兆するものだ。

9【兵士が緑色の笛を吹くと】オズでだれかを呼ぶときは、笛を吹くのがごくふつうのやり方のようだ。西の悪い魔女は銀の笛をもっているし、第14章では、ドロシーが笛を吹いて野ネズミの女王を呼んでいる。

10【少女】この少女の名前は、『オズのふしぎな国』でジェリア・ジャム［Jellia Jamb］（ジェリーあるいはジャムか）と判明する。ルース・プラムリー・トンプソンが『オズの魔法使い』の登場人物を再集結させて『オズの魔法使いの飛行機』（一九三九年）を書くと、ジェリア・ジャムは、オズ・シリーズ中このときだけ物語のヒロインとなる。

11【ベッドカバー】装飾用のベッドのうわがけで、そのまま薄手のふとんにもなる。

12【緑色の変わった絵】この緑色の変わった絵が描かれた小さな緑色の本は、『オズの魔法使い』ではないだろうか？　初版はアップルグリーンのクロスで装丁され、やはり変わった緑色の絵が、とくにエメラルドの都の章ではたっぷりと掲載されていた。デンスロウのおもしろい挿絵に自分が描かれているのを見て、ドロシーは笑ったのではないだろうか。こう考えるときに思い出すのが、「ヌーヴォー・ロマン」やその他現代文学の手法だ。ミシェル・ビュトールの『心変わり』（一九五七年）は、マルセル・プルーストの『失われた時を求めて』（一九一三〜一九二七年）と同様、読者が読み終えたばかりの話を、語り手がこれから書くことを決意するところで終わる。またアラン・ロブ＝グリエの『迷路のなかで』（一九五九年）の結末で主人公のテーブルの上に散らばるページは、『迷路のなかで』の原稿と思われるのだ。

13【シルクやサテンやベルベット】ドロシーがいつも着ている質素なギンガムとは対照的だ。オズのほかの服と同じようにどれもドロシーにぴったりだ。こうした服は、エメラルドの都に住む人たちの民族衣装にちがいない。ボームは『オズへの道』（一九〇九年）でこう描写している。「歩道にはたくさんの人がいて、男も女も子どもも、絹やサテンやベルベットのはなやかな服と宝石を身につけています。それにもましてすごいのは、みんなが心から幸せそうで、くったくのない笑顔をしていて、どこからでも音楽や笑い声がきこえてくることです」（宮坂宏美訳）

14【小さなクモ……は、……部屋の隅に巣を張っていたのです】ごくありふれたディテールを正確に描くことでファンタジーの世界を現実に引きもどし、そうすることによって物語に現実感を生みだすという、ボームのすばらしい手腕がわかる場面だ。これは『オズの魔法使い』の作品全体でボームが見せている技術でもある。フランク・J・ボームは「なぜオズの魔法使いは売れ続けるのか」（『ライターズ・ダイジェスト』誌、一九五二年二月号）で、「現実と非現実は強く絡み合っているため、どこからが現実でどこからがそうでないのか理解するのがむずかしいことが多々ある」と書いている。

15【ゴロゴロとのどを鳴らして眠りに落ちました】もちろん、ライオンはゴロゴロとのどを鳴らしたりはしない。ボームはおくびょうライオンの、大きくおとなしい飼いネコというイメージを強調しているのだ。

16【この人たちはなにもせず、ただおしゃべりをしています】上流階級の人々はたいていがそうだと著者は言っている。ボームは、古代エジプトの神殿では貴族たちは聖室には入れず、別室に控えていなければならなかったことを知っていたのかもしれない。「作品すべてに見える、君主制や王室を象徴するものに対するボームの深い愛情は、一九世紀のアメリカ人の多くがもっていた感覚を反映している」。ビューリーはエッセイ集『仮面と鏡［*Masks and Mirrors*］』（一九七〇年）収録の「オズ・カントリー」改訂版でそう評している。しかしここに書かれているのはうわべの敬意にすぎないのだろう。ボームは君主制や王室の価値に対して、疑念も抱いているのだ。

17【お会いしたいと頼まれる】この章のもつ聖書的な意味合いに気づく読者は多い。オズ・クラブ会員のデイヴィッド・L・グリーンは、旧約聖書の出エジプト記にある、神が燃えさかる柴のなかに現れたとき、モーセが神の顔を見るのを恐れて目を覆ったという話を挙げている。魔法使いが、人々に自分のことを神だと思わせようとしているのは明らかだ。人々はオズが意のままに姿を変えられると思っており、彼はみんなにとって神秘的な存在だ。オズに謁見するには、それにふさわしい人でなければならないが、選ばれることはめったにない。ドロシーが銀の靴やよい魔女のキスのしるしをもたなかったら、謁見を許されなかったかもしれない。それにオズがほんとうに神なら、第15章のおそろしいオズの正体がわかるくだりは、実に厳しいものになるはずだ。

　この場面でボームは、ルイス・キャロル的理論で「会う／見ること（seeing）」を解釈して遊んでいる。宮廷人たちはドロシーがほんとうにオズ大王の「謁見」を許されるのか疑問に思っているが、ドロシーは純粋に、オズがドロシーに姿を見せてくれると思っている。しかし兵士はドロシーの「会う」という言葉どおりのことしか考えておらず、ドロシーにはオズのほんとうの姿が見えないとしても、オズにはドロシーのことが見えるだろうともとれることを言う。第15章では、なぜ魔法使いが人々と会おうとしないのかが明らかになる。

18【大きな灯り】当然、これは電気のつもりなのだろう。『新しい不思議の国』（一九〇〇年）の魔法使いの住まいには電灯がある。一八九三年のシカゴ万国博覧会は電気の照明があったことで有名であり、トーマス・A・エジソンのすばらしい発明を世に広めるのに一役買った。一九〇〇年には電気はまだ、世界で十分に活用されてはいない、大きな不思議のひとつだった。電気の灯りは、ボームのおとぎ話ではいたるところに登場する。『海の妖精［*The Sea Fairies*］』（一九一〇年）の人魚の宮殿は、クラゲ型の電灯で照らされている。「わたしたちは宮殿で電気を使っています」海の乙女のひとりはこう言う。「何千年も前から、陸上の人々が電気のことを知るはるか昔から使っているのです」。『オズのチクタク』（一九一四年）の光の女王の宮殿には美しい光の精たちがおり、そのひとりである「エレクトラ［訳注＝電気］はだれよりも美しく、……太陽の光と昼の光がエレクトラをうらやみ、ちょっぴりねたましく思って」（宮坂宏美訳）いた。ボームは『オズの魔法使い』の次に、実験的なSF小説『マスター・キー』（一九〇一年）を書いた。これは、ひとりの少年が偶然電気のデーモンを呼び出して願いを実現させるという、「電気のおとぎ話」だ。主人公の少年はボームの息子のロバートがモデルで、ロバートは自伝で、自分が電気に夢中になっていたことを回想している。

> 　機械の類にはなんでも興味があり、大きな屋根裏部屋には……工房をもっていて、そこでたくさんの物を作った……けれども特別に大事な計画は自分の部屋で作業をした。家の裏側にある二階の部屋だ。両親はほんとうに寛大だったと思う。わたしは家中に穴を空け、自分で作ったいろいろな装置を動かすワイヤーを配していたからだ。たとえば自分の部屋にプライバシーが欲しいと思ったわたしは、

そのためにごく簡単な仕組みを工夫した。部屋に点火コイルとバッテリーをおき、そこからワイヤーをドアの内側のノブにつないだのだ。だれかが外からノブをつまんで回すとコイルとバッテリーが接触して、部屋に入る気がうせるという仕組みだった。
　わたしはガス灯をつける装置も作った。ボタンを押すとガスが出て、電気の火花がガスを燃やすのだ。ルイス［・インスティテュート］に進学したわたしは、家から遠い学校に通うために朝早く家を出なければならなかった。そのためわたしの朝の用意が手際よく進むようにと、キッチンに表示器が降りる仕組みを作った。ベッドから出てすぐに部屋のボタンを押すと、キッチンに「朝食の準備」と知らせる表示器が降りてくる。これは料理人への合図で、わたしがキッチンに降りていくと朝食の準備ができているというわけだ。

なんと寛大な両親であることか！「ロブは家中に電気のバッテリーやその類のものをおいている」ボームは、一九〇〇年四月八日付けの弟ハリーへの手紙にこう書いている。「わたしたちはドアを開けたり階段をのぼったりするたびに、ベルが鳴るのを聞くはめになる」。このドタバタの多くは『マスター・キー』冒頭の数章に描かれている。
　ボームは機械の発明に対して息子と同じくらい興味があり、ちょうどその当時にさかんに利用されはじめていた電気の可能性を信じていた。『マスター・キー』の主人公の父親であるジョスリン氏はボームに代わってこう語る。「電気は世界を動かす力となる定めにある。将来の文明の進歩は電線とともにあるのだよ」

19【わしはオズ、おそろしくも偉大な王である】ボームのオズは、イングランドの詩人シェリーの詩に出てくるオジマンディアスのように仰々しい。

我が名はオジマンディアス、〈王〉の〈王〉
我が偉勲を見よ、汝ら強き諸侯よ、そして絶望せよ！
（『対訳シェリー詩集』アルヴィ宮本なほ子編）

この「オズ」の意味と第2章注17の「偉大ですばらしい」とを比較してみよう。ここでの魔法使いの名乗りは（ナイとビューリーがどちらも書いているように）「オズ・シリーズのすべての作品中、もっとも邪悪な登場人物」を思い出させる。『オズのエメラルドの都』（一九一〇年）に登場するおそろしい妖魔「マボロシ族」の頭《かしら》である「イノイチバン」［訳注＝原書ではthe First and Foremost、「最恐最悪」とでもいった意味］だ。「オズ・カントリー」でビューリーはこう論じている。「そのひどく不吉な呼び名には、オズの物語に込められた意図がまさに要約されている。悪の根源にあるのは、他人を犠牲にして

個人の力および私的な立場を増大させることなのだ」。それはオズの「おそろしくも偉大な王」という呼び名にも言えることであり、一方でドロシーは、「小さくておとなしい」と名乗る。

20【わたしはドロシー、小さくておとなしい女の子です】 これほどうまい返しはないだろう。ちっぽけなふつうの人間が神々や力のある支配者に支援を求めようとするときは、謙虚を装って機嫌をとろうとすることが多い。

21【ドロシーを心配そうに見ました】 この一文は、大きな頭が見た目ほどはおそろしくはないことをうかがわせる。実はほぼ人間なのだから！　その目はドロシーに、魔法使いのために西の悪い魔女を殺してくれと、懇願していると言ってもいいくらいなのだ。

22【羽】 これは唯一、ボームによるオズ王室史に伝統的な妖精の姿が出てくる場面だ。とはいえ、デンスロウが描いた美しい婦人には羽が「ない」。この女性は、『オズのオズマ姫』（一九〇七年）とその後のオズのシリーズで、ジョン・R・ニールが描いたオズマ姫によく似ている。アレクサンドル・ヴォルコフは一九三九年の「ロシア語版」で、この婦人を人魚にした。

23【とてもおそろしい獣の姿】 文学作品や伝説には、こうしたさまざまな動物の体が組み合わさった生き物があふれている。『黙示録』に出てくる獣（サタン）は、一〇本の角と七つの頭をもつ。ボームの獣は『天路歴程』に登場する怪物「アポリュオン」のようなおそろしさだ。アポリュオンは「魚のようなうろこ……ドラゴンのような翼、クマのような足、腹からは火と煙を吐き、口はライオンのそれのようだ」。ボームは自作の物語で、さまざまなものをくっつけたあらゆるタイプの獣を生み出している。そうした獣は『オズの魔法』（一九一九年）の「ライサルワシ」のような魔術師が変身したものや、『オズのブリキのきこり』（一九一八年）の「カ・バキ・リン」といった、野生で自然に生まれた動物の場合もある。ミュージカル狂騒劇『オズの魔法使い』の、上演されることのなかった脚本第一稿では、ボームはこの、とてもおそろしい獣を「巨大なカニのような獣」におき換えている。物語中の奇妙な怪物を舞台で再現するには、こちらのほうが簡単だったからだろう。こうした生き物も、魔法使いの変装のどれも、上演されたミュージカル劇には登場しなかった。

デンスロウはこの場面の挿絵にとてつもなくおそろしい獣を描きはじめはしたが、ボームは子ども向けの本にはこわすぎると考え、その案を止めさせた。デンスロウはその絵の上にインクで、四人の旅人たちを案内してエメラルドの都の通り歩く緑のひげの兵士のカラー図版を描いた。ニューヨーク公共図書館版画・原画部門、ヘンリー・ゴールドスミス・コレクション収蔵の原画には、鉛筆でスケッチした怪物はうっすらとしか確認できない。デンスロウ以降、魔法使いが変身したこの三番目の姿を描いた挿絵画家はほとんどいない。

24【愛情深い心臓】 ガードナーは

『オズの魔法使いとその正体』の注でこう解説している。「魔法使いは約束を守ることができなかった。わたしたちは『オズのブリキのきこり』で、この心臓が『やさしい心』ではあるが『愛する心』ではないことがわかる」。これは第16章でブリキのきこりが心臓を受け取って、「でもこれはやさしい心臓なんでしょうか？」とたずね、魔法使いが「ああ、やさしいとも！」と答えることでもうかがえる。ブリキのきこりは『オズのブリキのきこり』でこう打ち明けている。心臓をもらってすぐに愛する少女のもとに戻らなかったのは、「せっかく心臓をもらっても、やっぱり」彼女のことを愛することはできなかったからだと。

25**【おれたちがほしいものをくれる】**ライオンが語っているのは、自分たちがおかれた皮肉な状況だ。それぞれが、謁見の間に行く順序が仲間よりもひとつ前であったら、彼らの問題はみな解決していたかもしれない。かかしは知恵のある巨大な頭に脳みそをくださいと頼み、ブリキのきこりは美しい婦人に心臓を、そしてライオンはおそろしい獣に戦いを挑み、勇気をもらうように頼めていたかもしれないのだ。それぞれが、異なる姿のオズに対し、心底手に入れたいと望んでいる物の使い方を、すでに知っていることを示せたはずなのだ。しかし実のところは、それぞれが、理解も打ち勝つこともできないものに立ち向かうことになった。

26**【火の玉】**魔法使いは、エドワード・トプセルが『四足獣の歴史』（一六〇七年）で述べているように、一般にライオンは火をこわがり、火をまともに見ることができないとされていることを知っているのかもしれない。ボームが、おそろしくも偉大な王であるオズにこの四つの変装をさせたのは、たまたまだったわけではないだろう。この四つは、中世とルネサンス期における宇宙観である「存在の大いなる連鎖」に従っているのだ。ボームはこのシステムのことをオカルトの研究を通じて学んだのかもしれない。この世のあらゆる物は、神からとるにたりない無生物まですべて、連続した階層秩序を形成しているというのがこの理論だ。鎖のように連なっている存在のすべてに階層があり、その階層ごとに最上位に立つものがある。エメラルドの都の統治者である魔法使い自身がオズ社会の頂点であり、このため他の階層の最上位のものに変身できるのだ。火は元素のなかで、頭は体の部位で、最高の地位にある。またロバート・カークは自著『秘密の共和国』（一六九一年）で、妖精は「人間と天使の中間の性質をもつ存在」だと論じている。目に見える世界にあるもので、もっとも人間に近い存在だ。つまり、羽のある婦人はこの世の精霊のなかでもいちばん美しい風の精霊であり、精霊の長なのである。またおそろしい獣は、（注23で述べたように）怪物の長である「黙示録」の獣なのかもしれない。この世界観は、詩や劇などのなかに見ることができる（E・M・W・ティリャードの『エリザベス朝の世界像』、一九五六年、およびアーサー・O・ラヴジョイ『存在の大いなる連鎖』一九三六年を参照）。

27**【低くて静かな声】**この描写か

らして、第15章で明かされるオズの魔法使いのほんとうの人物像とは違っている。

28【ドロシーは涙をふいて】ボームはとてもうまい方法で、この少女に泣くのをやめさせている。同じような場面は第18章にも出てくる。ブリキのきこりが、つぎめがさびないように涙をふいてもらわなければならないのだ。きこりは、エメラルドの都からオズの魔法使いがいなくなったことに対して涙を流すのが、自分の崇高な義務だと思っている。

第12章

西の悪い魔女をさがして

緑のひげの兵士がみんなを連れてエメラルドの都の通りを歩き、門の番人が住む部屋までやってきました。番人はみんなのメガネのカギをはずすと、またメガネを箱にしまい、それからこの四人のために丁寧に門を開けました。

「西の悪い魔女のところへ行けるのはどの道なの？」ドロシーが聞きました。

「道などないよ。だれもそんなところへは行きたくないからな」

「じゃあ、どうやって魔女を見つければいいの？」ドロシーはたずねました。

「かんたんさ」と番人は答えます。「ウィンキーの国に入ったことがわかったら、魔女がお前さんたちを見つけて奴隷にしてしまうからな」

「たぶんそんなことにはならないさ」とかかし。「だっておいらたちはそいつをやっつけに行くんだから」

「ああ、だったら話は別だな。これまで魔女をやっつけた者なんかおらんし、だからきっとこれまでと一緒で、魔女がお前さんたちを奴隷にすると思ったんだ。だが気をつけるこった。魔女は悪くて気性があらくて、あっさりとやっつけられるような相手じゃないからな。ずっと西へ、日が落ちる方へ向かって行けば、かならず魔女は見つかる」

　みんなは番人にお礼を言って別れをつげると、西へと向かって、あちこちにデイジーやキンポウゲが咲いているやわらかな草地を歩いていきました。ドロシーは宮殿でもらったかわいいシルクの服を着たままでしたが、おどろいたことに、もうその服は緑色ではなくてまっ白になっているのでした。[1]トトの首につけたリボンも同じです。緑ではなく、白に変わっていました。

　エメラルドの都はやがてずっとうしろに遠ざかりました。歩いていくうちに地面は荒れて、でこぼこになっていきました。西の国には農場も家もなく、耕されていなかったのです。

　お昼をすぎると、影を作ってくれる木もないため、太陽が顔に照りつけてとても暑くなりました。そのため夜になるまえにドロシーとトトとライオンは疲れてしまい、草の上に横になって眠ってしまったので、きこりとかかしは見張りをしました。

ところで、西の悪い魔女には目が片方しかありませんが、[2] 望遠鏡のように遠くまで見えるし、それにどんなところも見通せるのでした。だから魔女が城の玄関の前に腰をおろして見まわしてみると、仲間と一緒にいるドロシーが目に入ったのです。ずっと遠くではありませんが、悪い魔女は自分の国にドロシーたちが入り込んでいるのを見ると腹を立て、首にかけていた銀の笛を吹きました。

たちまち魔女のもとへ、大きなオオカミがあちこちから一斉にかけつけました。どのオオカミも長い脚をもち、目はギラギラと光って鋭い歯をしています。

「あいつらのとこへ行って、ズタズタに引き裂いておしまい」魔女が命じました。

「奴隷にするんじゃないんですかい？」オオカミの頭《かしら》が聞きました。

「しないね。ひとりはブリキ、ひとりはワラだ。それにちっこい娘がひとりとライオン。どいつもちゃんと働けやしない。だから八つ裂きにしておやり」

「おおせのとおりに」オオカミの頭《かしら》はそれっとかけ出し、ほかのオオカミもあとに続きました。

幸い、かかしときこりはずっと目を覚ましていたので、オオカミがやってくる音に気づきました。

「わたしの出番だ。わたしのうしろに隠れて。あいつらはわたしが引き受けるから」きこりは言いました。

きこりはしっかりと研いでいた斧をつかんで、自分に向かってくるオオカミの頭《かしら》の首に、斧をふり下ろしました。オオカミの頭は切り落とされ、あっという間に死んでしまいました。きこりが斧をかまえたとたんに次のオオカミがやってきて、これも斧の鋭い刃で頭を切り落とされてしまいました。オオカミは四〇匹いたのできこりは四〇回頭を切り落とし、[3]そしてきこりの前には死んだオオカミの山ができました。

ひと仕事おえたきこりが斧をおろしてかかしのとなりに座ると、かかしはこう言いました。

「なかなかやるじゃないか、相棒」

ふたりはそのまま、翌朝ドロシーが目を覚ますまで待ちました。小さなドロシーは毛むくじゃらのオオカミが山と積みあがっているのを見ると、ひどくこわがりました。けれどもブリキのきこりが前の晩のことを話して聞かせたので、ドロシーはたすけてくれたお礼を言って、腰をおろし朝ごはんを食べ、それからまたみんなで旅をはじめました。

そしてこの朝、悪い魔女は城の玄関先で、遠くまで見える片目で外をながめました。するとオオカミたちはみんな死んでいて、ドロシーたちはまだ魔女の国を旅しています。これに魔女はますます腹を立てて、銀の笛を二回吹きました。

すぐに野生のカラスの大群が飛んできて、空は真っ黒になりました。悪い魔女はカラスの王に言いました。

「今すぐあのよそ者たちのところに飛んで行って、あいつら

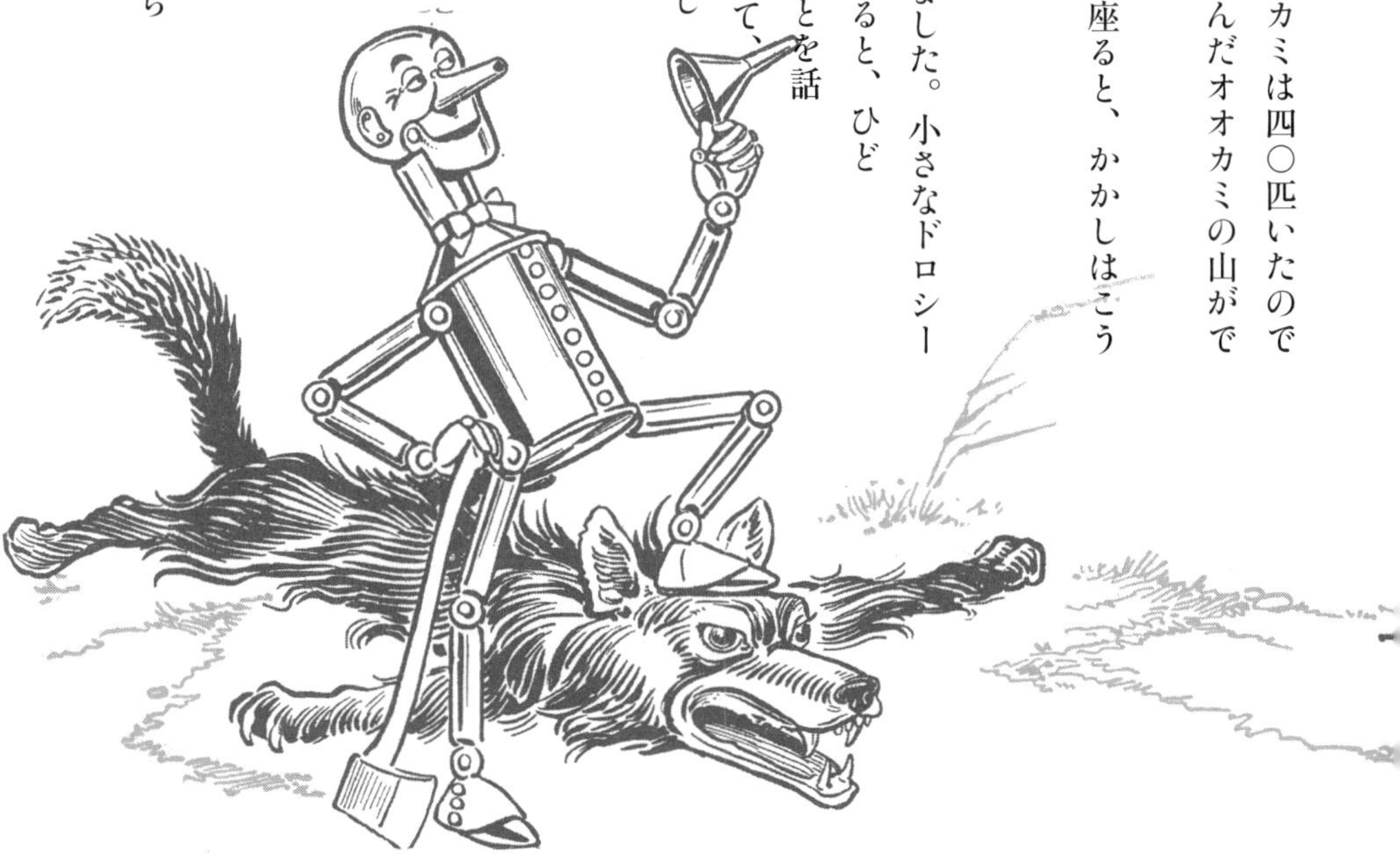

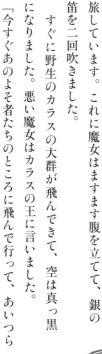

の目をえぐり出し、八つ裂きにしておしまい」

カラスは一団となってドロシーと仲間のほうへ飛んでいきました。小さなドロシーは、飛んでくるカラスの群れを見てこわがりました。でもかかしがこう言いました。

「今度はおいらの番だ。おいらのそばに横になってれば大丈夫だ」

そこでみんなは、かかしのそばの地面に体を伏せました。かかしは立ち上がって両腕を広げています。カラスの群れはかかしを見つけてぎょっとしました。カラスはかかしにいつもおどかされているので、近よれなかったのです。けれどもカラスの王が言いました。

「そいつはただのワラ人間だ。おれが目をえぐり出してやる」

カラスの王がかかしのところへ飛んでいくと、かかしはカラスをつかまえて、首をひねって殺してしまいました。それから次のカラスが飛んでくると、かかしはまたそいつの首もひねりました。四〇羽のカラスが飛んできたのでかかしは四〇回首をひねり、ついには、かかしのそばに死んだカラスが山と

積み上がりました。それからかかしはみんなにもう起きていいぞと声をかけ、みんなはまた旅をはじめました。

悪い魔女がまた外をながめると、カラスはみんな死がいの山になっています。魔女はかんかんに怒って、銀の笛を今度は三回吹きました。

するとぶんぶんという大きな羽音が聞こえてきて、黒いハチの群れが魔女のほうに飛んできました。[4]

「よそ者のところへ行って、あいつらを刺し殺しておしまい！」魔女がこう命じると、ハチは向きを変えてあっという間に飛んでいき、ドロシーと仲間が歩いているところまでやってきました。けれどもきこりにはハチがやってくるのが見えていましたし、かかしは打つ手を決めていました。

「おいらのワラをぬいて、ドロシーとトトとライオンにかぶせてくれ。そしたらみんな刺されないだろ」かかしはきこりに言いました。きこりはさっそくワラをぬきました。ドロシーはトトを腕に抱いて、ライオンにくっついて横になりました。そしてきこりが、ドロシーとトトとライオンが見えなくなるまでワラをかぶせたのです。

ハチは飛んできたものの、刺す相手はきこりしかいません。でもブリキに向かっていったハチはみんな針を折ってしまい、きこりには傷ひとつつきませんでした。ハチは針が折れると生きていられないので、それで黒いハチは一巻の終わり。きこりのまわりにボタボタと落ちて、小さな石炭の山がいくつもできたように見えました。

それからドロシーとライオンは起き上がり、ドロシーは、ブリキのきこりがかかしにワラをつめなおすのを手伝って、ちゃんともとのかかしに戻してあげました。そしてみんなはまた旅をはじめたのでした。

悪い魔女は手下の黒いハチが小さな石炭の山のようになってしまったのを見るとかんかんに腹を立て、足をどんどんと踏み鳴らし、髪をかきむしって歯ぎしりして悔しがりました。それから魔女はウィンキーの奴隷を一二人呼ぶと、鋭い槍をわたして、よそ者のところへ行ってやっつけろと命じました。

ウィンキーは勇敢な人々ではありませんでしたが、魔女の命令には従わなければなりません。だからみんなでドロシーたちの近くまでやってきました。するとライオンが大きく吠えて飛び出してきたので、かわいそうなウィンキーたちは震えあがって、我さきにと走って逃げ帰りました。

ウィンキーたちが城に戻ってくると、悪い魔女はウィンキーたちをムチでなんどもたたいてから仕事に戻しました。それから魔女は腰をおろして、次はどうするものかと考えました。魔女には、よそ者たちをやっつける計画がなぜこうもうまくいかないのかわかりません。けれども、悪いうえにとても力のある魔女だったので、すぐに次の作戦はまとまりました。

魔女の戸棚には「黄金の帽子」がありました。[5] ダイヤモンドとルビーがぐるっとはめ込まれた帽子です。この帽子には魔法の力がありました。帽子の持ち主は翼のあるサルを三回呼び出して、[6] なんであれ命令に従わせることができるのです。[7] けれどもこの不思議な生き物に命令できるのは三回までです。悪い魔女はすでに二度、

この帽子の魔法を使っていました。最初に使ったのは、ウィンキーたちを奴隷にしてこの国を支配したときです。翼のあるサルたちに手伝わせたというわけです。二度目は、オズ大王と戦い、大王を西の国から追い出したときでした。翼のあるサルたちが、このときも魔女の手伝いをしたのです。魔女がこの黄金の帽子を使えるのはあと一回きりです。だから魔女は、ほかの力を使えなくなるまでは、この帽子を使おうとはしなかったのでした。けれども、獰猛なオオカミも荒くれカラスも黒いハチも、みんな死んでしまいました。それに、奴隷たちはおくびょうライオンにおどかされて震え上がってしまいました。だから魔女には、ドロシーとその仲間をやっつける方法はひとつしか残っていないのです。

そこで魔女は黄金の帽子を戸棚から取り出して、頭にのせました。そして左足で立つと、ゆっくりとこう呪文をとなえました。

「エピー、ペピー、カキー！」[8]

次に右足で立ち、こう言います。

「ヒロー、ホロー、ハロー！」[9]

そして両足で立ち、大声で叫びました。

「ジジー、ズジー、ジック！」[10]

すると呪文が効きはじめました。空は暗くなり、ゴロゴロと低い音が聞こえてきました。たくさんの翼が羽ばたく音が近づき、大声でおしゃべりしたりゲラゲラ笑ったりする声がします。そ

して太陽が暗い空から顔を出すと、悪い魔女はサルの群れに囲まれていました。どのサルも、肩から大きくて力強い翼がはえています。

なかでもいちばん大きなサルが親分のようでした。親分は魔女のそばまで飛んでくると言いました。

「あんたに呼ばれるのはこれが三度目だ。なにをしてほしいんだい？」

「あたしの国に入り込んだよそ者のところへ行って、あいつらをやっつけておくれ。だがライオンは生きたままここに連れてくるんだ。馬みたいにくつわをつけて働かせようかね」

「命令のままに」親分が言いました。そしてガヤガヤ、バサバサとうるさい音を立てながら、翼のあるサルはドロシーと仲間が歩いているところまで飛んでいきました。

サルのうち何匹かはブリキのきこりを見つけてもちあげ、鋭い岩ばかりのところまで飛んでいきました。そこでサルたちはとても高いところからきこりを落としたので、かわいそうなきこりは岩にぶつかり、でこぼこにへこみ、バキバキに折れて、動くこともうめくこともできませんでした。

ほかのサルはかかしをつかんで、長い指でワラをぜんぶ抜き出してしまいました。そしてかかしの帽子とブーツと服を小さく丸めて高い木のてっぺんの枝にほうり投げました。

それ以外のサルたちはがんじょうなロープをライオンに投げかけて、体と頭と脚をぐるぐる巻きにしてしまいました。ライオンはもうかみつくこ

とも、ひっかくことも暴れることもできません。それからサルたちはライオンをもちあげて魔女の城まで運び、高い鉄の柵で囲った小さな庭におろし、ライオンを閉じ込めてしまいました。

けれどもドロシーはぶじでした。トトを腕に抱いたドロシーの目のまえで、仲間たちが痛めつけられています。次は自分だわ、とドロシーは覚悟していました。翼のあるサルの親分がドロシーのところに飛んできて、醜い顔をにやりとおそろしくゆがめ、毛むくじゃらの長い腕をドロシーのほうに伸ばしました。けれどもドロシーのおでこについたよい魔女のキスのしるしを見たとたん、サルは動きを止め、ほかのサルにドロシーにはさわるなと命じました。

「この女の子には手を出せない。この子はいい魔法の力で守られてる。こいつは悪い力よりも強いんだ[11]。悪い魔女の城まで連れて行って、そこにおいてくるしかないな」親分はそう言いました。

そこでサルたちはドロシーを丁寧にそっと抱え上げてあっという間に空を飛び、城の玄関口に降ろしました。そして親分は魔女に言いました。

「できるだけのことはやった。ブリキのきこりとかかしはもう動けないし、ライオンはしばられて庭にいる。だが女の子とその腕に抱えてる犬には手出しができない。それからあんたの命令を聞く魔法はこれで終わりだ。もうあんたと会うことはない」

こうして翼のあるサルたちはみんな、ゲラゲラ、ガヤガヤとうるさい音を立てながら飛びたち、やがて見えなくなりました。

ドロシーのおでこのしるしを見た悪い魔女は、びっくりするのと同時に不安になりました。魔女は、翼のあるサルと同じく、自分もこの女の子になにも手出しをできないとわかったからです。足元を見ると、ドロシーは銀の靴をはいています。魔女はおそろしくなって震えだしました。銀の靴には強力な魔法があることも知っていたからです。魔女は思わずドロシーから逃げ出しそうになりましたが、けれどもドロシーの目をふとのぞきこんだところ、この子がとても無邪気だということがわかったのです。この子は銀の靴がもっているすばらしい魔法の力のことなんてなにも知らない。だから悪い魔女はほくそ笑んで、こう考えました。「この子を奴隷にはできる。力の使いかたを知らないようだからね」そこで魔女はドロシーに、厳しい声でぴしっと言いました。

「ついておいで、全部言うとおりにするんだよ。そうしないと一巻の終わりさ。ブリキのきこりとかかしみたいにね」

ドロシーは魔女について城の美しい部屋をいくつもとおり、台所までやってきました。魔女はドロシーに、鍋やヤカンを磨き、床の掃除をして、それに薪《まき》をくべて火を絶やさないようにと言いつけました[12]。

ドロシーはいっしょうけんめい働こうと決めて、おとなしく仕事をはじめました。悪い魔女が自分を殺さないことにしたので[13]、ほっとしていたからです。

ドロシーをこき使う一方で、魔女は中庭へ行って、おくびょうライオンに馬のように引き具をつけようと思っていました。出かけたいときには二輪車をライオンに引かせればおもしろいに違いない。そう考えたのです。けれども門を開けると、ライオンは大きく吠えて魔女に飛びかかろうとしたので、魔女はこわくなって逃げだし、門をぴしゃりと閉めました。

魔女は、門の柵の外からライオンに言いました。「引き具をつけさせないと飢え死にしてしまうよ。あたしの言うとおりにするまではなんにもあげないからね」

それからは檻に入れたライオンに食べ物をなにもあげず、そして毎日昼には門のところまでやってきて、こう聞きました。

「どうだい、馬みたいにつながれる気になったかい？」

するとライオンはこう答えるのでした。

「お断りだ。この庭に入ってきたら、かみついてやるからな」

じつは毎晩、魔女が眠っているあいだに、ドロシーはライオンに棚から食べ物をもってきていました。だからライオンは、魔女の命令もはねつけることができたのです。ライオンが食べおえてワラの寝床に横になると、ドロシーはそれに寄り添って、頭をライオンのやわらかいふかふかのたてがみにのせます。そしてふたりはそれぞれの苦労を語り合い、なんとか逃げる方法はないかと話し合いました。けれどもいつも黄色いウィンキーたちが見張っているので、城から逃げ出す方法はみつかりません。ウィンキーたちは悪い魔女の奴隷にされていて、魔女がこわくて命令にそむけないのです。

ドロシーは昼間はいっしょうけんめい働かなければなりません。魔女はいつもとても古い傘をもち歩いていて、[14]これでぶつぞとしょっちゅうドロシーをおどすのでした。とはいえほんとうは、ドロシーをぶつことなどできなかったのです。ドロシーのおでこにしるしがあったからです。ドロシーはこのことを知りませんでしたし、自分とトトのことが心配でたまりませんでした。一度魔女がトトを傘でぶつと、小さいけれど勇敢なトトは魔女に飛びついて脚にかみつきました。かみつかれても、魔女から血は流れませんでした。とても悪い魔女の体のなかでは、ずっと前に血はカラカラに枯れていたのです。

ドロシーの毎日はとてもつらいものになりました。カンザスのエムおばさんのところへ帰るのは、もう無理かもしれないと思うようになってきたからです。ときどきドロシーは何時間も泣くことがあり、するとトトは足元に座ってじっとドロシーの顔を見つめて、クンクンとさびしそうに鳴きます。この小さなご主人に、かわいそうにと言っているかのようでした。ほんとうのことを言えば、トトは、ドロシーと一緒ならカンザスでもオズの国でもどちらでもかまわなかったのですが、ドロシーが悲しんでいるのがわかり、自分も悲しくなったのでした。

ところで悪い魔女は、ドロシーがいつもはいている銀の靴が欲しくてたまりませんでした。手下にしていたハチもカラスもオオカミも、いまでは死がいの山になってカラカラですし、黄金の帽子の力ももう使うことはできません。でも銀の靴を手に入れさえすれば、これまでに失くしたものを合わせたよりももっと強い力を使えるのです。魔女はドロシーをじっと見張って、靴を脱いだら盗んでやろうと思っていました。けれどもドロシーはそのきれいな靴がとても気に入っていたので、脱ぐのは夜眠るときとお風呂に入るときだけでした。魔女は暗やみがとてもこわいので、夜にドロシーの部屋に入って靴を盗もうとはしませんでした。それにそれよりこわいのが水だったので、ドロシーがお風呂に入るときには近よろうとはしませんでした。実際に、年よりの魔女は水には絶対にふれないようにしていましたし、絶対に水がかからないように気をつけていたのです。

けれどもこの悪い魔女はとてもずるがしこかったので、とうとう欲しいものを手に入れる罠を思いつきました。魔女は台所の床のまんなかに鉄の棒をわたして、魔法で人間には見えないようにしました。だからドロシーが台所を歩くと、見えない棒につまずいてバタンところんでしまいました。たいして痛くはなかったのですが、ころんだはずみに銀の靴が片方脱げてしまいました。そしてドロシーがそれをひろうより早く、魔女がぱっと取り上げて骨と皮だけの足にはいてしまったのです。

悪い魔女は自分の罠がうまくいったことに大喜びしました。靴の片方だけでも

手に入れば魔法の半分を使えるし、ドロシーが魔法の使い方を知っていたとしても、それを魔女に向けて使えないのです。

　ドロシーはかわいい靴の片方をとられてしまったことにひどく腹を立て、魔女に言いました。

「わたしの靴を返してよ！」

「やだね。これはもうあたしの靴さ。おまえのじゃないよ」

「なんて悪いやつなの！　わたしの靴をかってにとらないでよ！」

「なんとでもお言い。返しゃしないよ。そのうちもう片方もとってやる」そう言って魔女はドロシーを笑いました。

　あんまり頭にきたドロシーは、そばにあったバケツをつかんで、魔女にえいっと水を浴びせました。魔女は頭のてっぺんからつま先までびしょぬれです。

　魔女はとたんにギャーッと大声をあげました。ドロシーがびっくりして見ていると、魔女はどんどん縮んでくずれ落ちていきます。

「なんてことを！」魔女は金切り声をあげました。「も

うすぐ溶けちまう」

「ほんとにごめんなさい」とドロシーは言いました。魔女が目の前で黒砂糖のように溶けていくのを見て、とてもこわくなったのです。

「水がかかったらあたしはおしまいだって、おまえは知らなかったのかい？[16]」どうしようもない魔女は泣き叫びました。

「知らないわよ。そんなの知るわけないわ！」

「あと少しであたしは溶けてなくなっちまう。そしたらこの城はおまえのもんだ。悪賢いことじゃだれにもひけをとらなかったが、こんな小娘にやられちまうなんて思いもしなかった。[17]もう悪いこともできやしない。ほら、もう消えちまう！[18]」

　魔女はこう言いながら溶けていき、どろりとした茶色いものが、ドロシーが磨いた台所の床に広がっていきました。魔女がすっかり溶けてしまうと、ドロシーはバケツにもう一杯水をくんでその茶色のどろどろにかけ、それをドアからきれいに掃き出してしまいました。[19]そして年よりの魔女がいたところにぽつんと残っていた銀色の靴をひろい上げると、それをきれいに洗って布でよくふき、またもとのようにはきました。ようやく自由になったドロシーは、ライオンに西の悪い魔女がいなくなったことを教えようと中庭にかけて行きました。もうふたりはこの知らない国の奴隷ではないのです。

第12章　注解説

1【緑色ではなくて】第15章でエメラルドの都の魔法とはほんとうはどのようなものかがわかると、この描写は意外でもなんでもない。デンスロウは、本文のこの細かな描写に厳密に沿った挿絵を描いている。

2【西の悪い魔女】オズ・シリーズを読んで育ち、一九三九年のMGMのミュージカル映画で魔女を演じたマーガレット・ハミルトンには、西の悪い魔女というイメージが定着することとなる。もちろんハミルトンが演じた緑色の肌の魔女はボームが描いたものよりも伝統的な魔女に近く、ウォルト・ディズニーの『白雪姫と七人のこびと』(一九三六年)に出てくる悪い継母を一部モデルとしている。甲高い笑い声をあげ、全身真っ黒な服をまとい、先がとがった高い帽子をかぶり、大きなかぎ鼻をもち、箒に乗るのだ。ポップ・アーティストの巨匠アンディ・ウォーホルは、一九八一年にシルクスクリーン作品のシリーズ『神話［*Myths*］』を発表したが、そのなかの「魔女［*The Witch*］」に、ハミルトンの姿を取り入れているのは明白だ。バリー・モーザーは一九八五年のペニーロイヤル版で、ハミルトンのハリウッド時代の古い友人であるナンシー・レーガンをモデルに魔女を描いている。「ボームのイメージはときにとても陳腐だ」。『オズへの四七日』の五月三日のページで、モーザーはそう不満を述べている。「だから、つまらなくてありきたりにならないように描くのは無理だと思えることがある」。だがモーザーは、西の悪い魔女の挿絵でそれをうまくやってのけた。

3【オオカミは四〇匹いたのできこりは四〇回頭を切り落とし】「四〇匹のオオカミ」、「四〇羽のカラス」それに「四〇匹のハチ」は、聖書において「多数や長期」を意味する「四〇」という数字とかけたものだ。大洪水は四〇日と四〇夜続き、キリストは荒野で四〇日と四〇夜のあいだ断食する。ムカデ——「一〇〇本足」を意味する——は、近東では「四〇本の足」という名だ。悪い魔女がドロシーたちに放つ群れはこの世を襲う三つの災厄のようであり、動物のなかの三つの分類を表すものでもある。つまり、獣(オオカミ)、鳥(カラス)そして虫(ハチ)だ。奇妙なことだが、バリー・モーザーは一九八五年のペニーロイヤル版の挿絵で、オオカミの頭《かしら》をコヨーテ、カラスの王をワタリガラスと、ボームが書いたのとは異なる生き物にしている。

4【黒いハチの群れ】広大なアメリカ西部の入植者たちは、ドロシーと仲間たちのようにオオカミやカラス、ハチと格闘することもたびたびだった。一九三九年のMGM映画には削除されたシーンがふたつあるのだが、このふたつは悪い魔女が使うハチに着想を得た可能性がある。ブリキのきこりがハチの巣箱になるシーンと、『ジッターバグ』の曲が流れる場面だ。映画には当初、

悪い魔女がブリキのきこりをハチの巣箱にしようと考える場面があり、これはただのおどしではなかった。赤い煙がもくもくと上がって魔女が消えたあと、きこりが黄色いレンガの道をかかしとドロシーと一緒に出発しようとするまさにそのとき、ブリキのきこりの胸からブンブンという音が聞こえ、二匹のハチが口から飛び出すのだ！『ジッターバグ』はハロルド・アーレンとE・Y・「イップ」・ハーバーグが「お化けの森」のシーンのために書いた曲だ。青とピンクの蚊にドロシーと三人の仲間は「いらいら《ジッター》」させられ、みんなは激しく踊り、木々はそろって音楽に合わせて揺れ、それから翼のあるサルたちがやってきて木にとまる。この手の込んだ複雑なシーンの撮影には五週間をかけ、八万ドルの費用を投じたが、最初のプレビュー後に削除された。残ったのは、悪い魔女が「あいつらの戦う気が失せるように小さな虫を送り込んでやった……」というせりふだけだった。マーガレット・ハミルトンがプロデューサーのマーヴィン・ルロイに、なぜ作品からこれを削除したのか聞いたところ、ルロイは、この映画を時代遅れにしたくないからだと答えた。近年の「ジッターバグ」ダンス（ジルバ）人気は永遠に続くわけではないから、と。ハミルトンはルロイに、この映画の人気はどれくらい続くと思うかとたずねると、ルロイは少なくとも一〇年と答えた。「すごいのね！」とハミルトンはルロイに言った。カットされたシーンはどちらも『オズの魔法使い——脚本［*The Wizard of Oz: The Screenplay*］』（一九八九年）に残っている。

5【黄金の帽子】東の悪い魔女が銀の魔法の靴をもっていたのだから、西の悪い魔女も、黄金でできた魔法の道具をもっていたはずだ、といったところだろう。魔法の帽子は民話にはよく登場し、魔法で移動する力をもつことが多い。ペルセウスは姿が見えなくなる兜を、オデュッセウスは闇の帽子をもち、巨人殺しのジャックは全知の帽子をもっている。一七世紀に人気のあったチャップ・ブック［訳注＝安価で手軽に読めるポケットサイズの本］で、オランダの伝説から生まれた『フォルトゥナトゥスの話［*The History of Fortunatus*］』には、主人公がかぶると、どこへでも行きたいところへ連れて行ってくれる帽子が出てくる。ロバート・バートンは『憂鬱の解剖』（一六二一年）で、悪い魔女の黄金の帽子とよく似たものを描いている。「スウェーデンのエリカス王は魔法の帽子をもっており、このおかげで、魔法の言葉や呪文を口にすれば、王は精霊を使い、大気を乱し、思うままに風を吹かせる。このため大風や嵐が吹くときには、民は、王が帽子の呪文をとなえたのだと言うようになった」。ジャック・ザイプスは一九九八年のペンギン・トウェンティース・センチュリー・クラシックス版『オズの魔法使い』の注釈で、別の可能性に触れている。「赤ずきん」とも相似点がある「金ずきんちゃんのほんとうの話」との関連だ。この話はアンドルー・ラングの『あかいろの童話集［*The Red Fairy Book*］』（一八九〇年）に収められており、ボームもよく知っていたのではないか（ハリー・ボームは子どもの頃にラングの童話集が家にあったと回想している）。この魔法のずきんはお日さまの光でできており、おばかな小さいブランシェットが頭をオオカミの口のなかにつっこむと、オオカミの舌を焼いてこの子を守るのだ。この本には、北欧に古くから伝わるヴォルスンガ・サガをもとにした話も収録されている。シーグルドが、それを身に着けた者の姿を見えなくするという黄金の兜（「恐怖の兜」）をかぶる話だ。黄金の帽子は一九三九年のMGM映画ではほんの少しだけ登場する。グリンダの雪嵐がおそろしいケシ畑をつぶすと、激怒した悪い魔女が謁見の間で帽子を放り投げるのだ。

6【翼のあるサル】黄金の帽子の

力のもとで守護者として行動するわけではないが、翼のあるサルも、おそらくボームが描く動物の妖精のひとつなのだろう。「人間と同じように、動物にも妖精がいてもいいのではないでしょうか?」ボームは「動物のおとぎ話[*Animal Fairy Tales*]」(『デリネーター』誌、一九〇五年一月号)のまえがきでこう述べている。これはラドヤード・キップリングの『ジャングル・ブック』(一八九四~一八九五年)にボームが呼応して書いた作品だ。「動物の妖精の物語も、人間の妖精に関する物語と同じくおもしろいはずです」。こういう思いで書いたこのシリーズのうち数編は、ボームの短編傑作と言える。『ジョン・ドゥーとチェラブ[*John Dough and the Cherub*]』(一九〇六年)のビーヴァーの妖精も、こうした動物の精霊のなかまだ。

翼のあるサルは、ヨーロッパの魔法使いの「使い魔」と似た役割をもつのだとも言える。魔法使いがある呪文や魔法の言葉をとなえると、「占いをする使い魔」を呼び出して、将来を予言させることができるのだ。もちろん翼のあるサルは予言するわけではなく、なにかを引き起こす役回りだ。

7【なんであれ命令に従わせることができる】翼のあるサルは黄金の帽子の奴隷であり、『アラビアン・ナイト』につきものの魔神ジーニーの現代版だ。ジーニーは、魔法のランプで自分を呼び出した相手の言うことを聞かなければならない。相手が貧しい漁師であれ、アラジンのような若者であれ、それは変わらない。ジーニーも、ランプの持ち主の願いごとをかなえるのは三回まで、という場合が多い。

8【エピー、ペピー、カキー(Ep-pe, pep-pe, kak-ke)】「妻はわたしに、この呪文が『イピキャック(ipecac)』とよく似ていることに気づかせてくれた。今もドラッグストアで売られているが、かつてどこの家にもあった催吐剤の名だ」。ガードナーは『オズの魔法使いとその正体』の注釈でこう述べている。

9【ヒロー、ホロー、ハロー(Hil-lo, hol-lo, hel-lo)】きっと、母音が変わることでまじないが魔力をもつのだ。ボームが「ローラ・バンクロフト」名義で書いた『ドロガメ王子[*Prince Mud-Turtle*]』(一九〇六年)でも、こうした例はある。「ウラー、アラー、オラー、オラー!(Uller, aller; oller; oller!)」というまじないが登場するのだ。『オズのふしぎな国』(一九〇四年)の「命の粉」の魔法「ウェー! テェー! ペェー!(Weaugh! Teaugh! Peaugh!)」のように、子音が変化するものもある。

10【ジジー、ズジー、ジック(Ziz-zy, zuz-zy, zik)】『新しい不思議の国』(一九〇〇年)にも、「ギグル――ガグル、グー!」(邦訳『魔法がいっぱい』)と、これと似たような呪文が出てくる。黄金の帽子の呪文の最後にとなえるのは、伝統的な数え唄、「ワンナリー、トゥーエリー、ジッカリー、ザン!」、「イーニー、ミーニー、マイニー、モー!」、それに「ワンジー、トゥージー、スリー!」に連なるものだ。おそらく『イクスのジクシー女王』(一九〇五年)の魔女の女王の説明がいちばん的を射ている。ある呪文の意味を問われると、「ミス・トラスト(信頼)」に変装したジクシーは、「だれも知らない。だからよく効くんです」と答えるのだ。リチャード・キャベンディッシュが『黒魔術』(一九六七年)で論じているように、呪文には一般にたいした意味はなく(重要な儀式の言葉から生まれたものでさえ、意味のないものもある。たとえば、聖餐式で使うラテン語「ホック・エスト・コルプス・メウム」[Hoc est corpus meum、これはわたしのからだである」からは「ホーカス・ポーカス」[hocus-pocus、ちちんぷいぷい」という呪文ができた)、その言葉を発すれば「心に強く残る」ことが重要なのだ。

11【悪い力よりも強いんだ】ここに書かれているのは、この作品はじめ、おとぎ話でもっとも重要なことだ。シャルル・ペローのおとぎ話を英語に翻訳した『昔の物語』（一七九二年）の献辞でロバート・サンバーが述べているように、悪に対する善の勝利は「おとぎ話の真の目的であり意図するものである」。ペローもこれを認めており、自作の物語の序章でこうまとめている。

　主人公たちが不運であれば彼ら［子どもたち］は悲しみ、落胆し、主人公に幸せが訪れれば喜びの声をあげる。それと同じように、邪悪な者たちの魔力にはじっとがまんをし、最後に邪悪な人々がそれにふさわしい罰を受けると、みな大喜びするのだ（『マザー・グースのほんとうのおとぎ話と数え唄［*The Authentic Mother Goose Fairy Tales and Nursery Rhymes*］』一九六〇年、ジャック・バーシェロンおよびヘンリー・プティによる序文より引用）。

アンドルー・ラングも認めている。ラングは『ももいろの童話集［*The Pink Fairy Book*］』（一八九七年）の序文で、「勇気ある者、美しき者、若き者、親切な者はいくつもの試練を受けるが、みないつも戦いに勝つ」と書いている。「一方で魔女や巨人や、友好的ではない残酷な人々は敗者となる。そうあるべきであり、また全体としては現実にそうであるし、これからもそうだろう。それこそがおとぎ話が語るべきものなのだ」。ボームも「現代のおとぎ話」（『ジ・アドヴァンス』紙、一九〇九年八月一九日付）で、「おとぎ話が語られ、書かれたとしても、善が悪に勝つものではなく、最後に美徳を称えるものではないなら、そのおとぎ話はのちの世に残りはしません」と認めている。同様に、『サンタクロースの冒険』（一九〇二年）では、ボームは「敵対するもののない悪は数々のすさまじい行為をなしとげるかもしれませんが、悪に立ち向かう善の力があるとき、それはけっして屈することはありません」（田村隆一訳）と書いている。

12【薪をくべて火を絶やさない】ヨーロッパの伝承の魔女と、ボームが描く、アメリカ版魔女の典型とも言えるものの違いに注目してほしい。この魔女は、ヘンゼルとグレーテルを捕まえる魔女のように、ドロシーを食べてしまうぞとおどしはしない。この魔女が考えているのは、せいぜいドロシーに家事をやらせることなのだ！　よい魔女のキスのしるしがうまくドロシーを守ってくれているので、ドロシーは、昔のおとぎ話の登場人物にふりかかるような苦難に耐える必要はない。子どもたちは、鍋やヤカンを洗ったり、床を掃除したり火に薪をくべる場面が気に入らないかもしれないが、こうした家事のせいで悪夢を見ることはない。ドロシーは、邪悪な継母やいじわるな義姉たちに家事をすべて押し付けられている、シャルル・ペロー版のシンデレラのようだ。

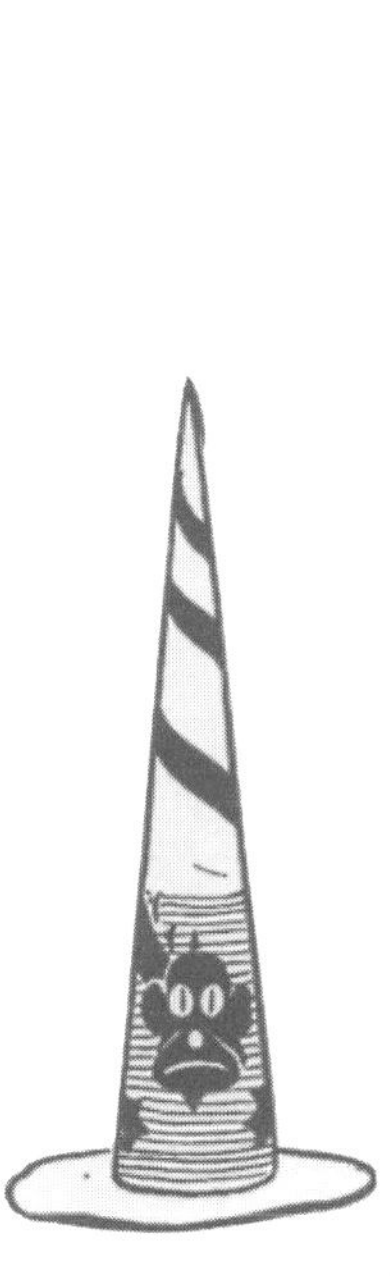

13【自分を殺さない】「西部の農民の多くが、たいして神秘的ではないものを、これと同じように恐れていた」。ヘンリー・M・リトルフィールドは「オズの魔法使い――ポピュリズムについての寓話」（『アメリカン・クォータリー』誌、一九六四年春号）でこう述べている。「西の魔

女は自然の力を使って目的を達成しようとする。魔女は、ボームなりの、ずる賢く有害な性質のものの象徴だ」。こうした自然の力は魔女の手下のオオカミやカラス、ハチという形をとっている。そのどれもがアメリカの入植者たちを悩ませたものだ。リトルフィールドは続ける。「西の魔女が、ダーウィンやスペンサーの理論における悪の性質をもつものだとしたら、これに対する別の力が現れて魔女を排するのだ。ドロシーは、怒ってバケツの水を浴びせることで悪い魔女を倒す。水は、大草原に住み干ばつに苦しむ農民たちにはひどく重要なもので、貴重な必需品であり、正しく使えば農業の楽園を生み出した。そして少なくとも、悪い魔女を溶かす力をもっていた。ただの水が、西の国の悪の存在を終わらせるのだ」。ボームは、サウスダコタ州アバディーンに住んだ経験から、大平原における水の重要性をよくわかっていたのだ。

14**【傘】**西の悪い魔女が水に対して抱く恐怖心や、魔女の運命を考えると、魔女が箒ではなく傘をもち歩くのも、きわめてまっとうなことに思える。一九三九年のMGMのミュージカル映画でもそうだったように、魔女がもっているのは通常は箒だ。

15**【魔女は暗やみがとてもこわいので】**これももちろん、ボームの皮肉だ。この城でだれもがこわがるものと言えば、悪い魔女自身しかないのだ！　ボームは、西の悪い魔女にも子どものようにこわいものがあると描くことで、この魔女が悪の化身であるというまちがったイメージを与えないようにしている。実際には、この魔女には人がこわがるようなところはなにもなく、人々は、自分ではよくわからないものをこわがっているだけなのだ。ウィンキーたちはみな、魔女の力がほとんどなくなっていても、まだ悪い魔女をおそれている。第15章でドロシーと仲間たちが対面するおそろしいオズ大王は、それまでに見たどの姿よりも恐怖を感じるものだ――謁見の間にはだれもいないのだ。西の悪い魔女が、ヨーロッパの伝承の魔女のような悪の化身ではない点ははっきりしている。伝承の魔女たちは自然の力にも似ているが、ボームの魔女はちっぽけな人間の弱点をもちあわせている。西の悪い魔女はボームの描く悪役の典型だ。魔女は利己的で狭量でいじわるで、まるで甘やかされた子どものようだ。

16**【水がかかったらあたしはおしまいだって、おまえは知らなかったのかい？】**ドロシーはこれを知っていたはずだ。ロバート・ブランズは一七九〇年の自作の詩「シャンタのタム」の注釈でこう書いている。「魔女や悪い精霊たちは、かわいそうな人間を追いかけても、川の流れのまんなかよりも遠くへは行けないというのはよく知られた事実だ」。シャンタのタムは森のなかで魔女の集会にばったり出くわし、怒って追いかけてくる魔女たちから馬に乗って逃れようとする。「流れる川を魔女はわたろうとはしない」からだ。魔女だと告発される

と、水を使って有罪かどうかを試されることが多かった。人は水の元素を惑わすことはできないため、水こそが魔法という罪を暴くものだと考えられていたのだ。容疑者はしばって水に投げ入れられ、水に浮かべば有罪となり火刑に処された。この裁き方は紀元前一九五〇年頃にハムラビ法典に登場しており、フランスの法廷は、一六九六年六月までこの方法で審判を下していた。ボームも『アバディーン・サタデー・パイオニア』紙（一八九〇年三月二九日付）で、「昔、水に入れられた魔女」について言及している。

オズ研究家の多くは、ボームの作品中の魔法は合理的に説明でき、一定の科学的原則に則ったものであり、また自然の法則の延長線上にあるものだと確信している。ダグラス・A・ロスマン博士は「魔女の液状化について」（『ボーム・ビューグル』誌、一九六九年春号）で、西の悪い魔女が溶けたのは、加水分解によるものだと論じている。互いに接触することで細胞を接着させる細胞接着分子は、水やその他、空から家が落ちてくるような強い力によってこわれることもある。東の悪い魔女と同じく、西の悪い魔女はとても年よりで干からびていたので、血も流れていない。また外からの作用に強く抗うような体液もない。体の分子をまとめるものはほとんどないのだ。崩れ落ちるのをくい止めているのは、魔女の黒魔術だけなのである。水は魔女の体の弱った接着力をこわし、魔女は溶けて、茶色のどろどろのかたまりになる。またドロシーの家が東の悪い魔女の上に落ちたことによる衝撃は魔女の分子構造を破壊し、東の魔女はほこりになってしまう。セリア・カトレット・アンダーソンは「オズのコメディアン」（『アメリカン・ユーモアの研究』一九八六〜一九八七年冬号）で、西の悪い魔女は「退屈な家事の象徴でもあるバケツに入った水によって倒されている」と記している。『L・フランク・ボームの少年少女のための物語』（一九一二年）には、この章にいくらか手をくわえた物語である「悪い魔女を溶かす［Melting a Wicked Witch］」が収録されている。

17【こんな小娘】魔女は「ヘンゼルとグレーテル」の物語を読んだことがないようだ。この話でも、同じように自ら行動する子どもが悪い魔女をやっつける。ブルーノ・ベッテルハイム博士は『昔話の魔力』（一九七六年）でこう論じている。「魔女を信じる限り子どもは、自分たちの想像力から生まれた恐ろしい相手を、主人公が、知恵を働かせて打ち負かす、という物語を聞く必要がある」（波多野完治、乾侑美子共訳）

18【ほら、もう消えちまう！】だがドロシーには殺人の罪があるのだろうか？　近年いくつかの学校では、ドロシーを西の悪い魔女殺しの裁判にかけている。「小さな法律家たち、ドロシーの殺人行為を巡り対決」（「カリフォルニア州『オレンジ・カウンティ・レジスター』紙、一九九二年六月五日付）という記事によると、学校の授業で、ドロシーが四、五、六年生（ドロシーと同じ子どもたち）の陪審団により裁かれたという。児童にアメリカの裁判制度の基礎を教えるのは賢明なことだ。通常、ドロシーは刑罰を免れている。だがほんとうのところを言えば、ドロシーは、気持ちをコントロールすることを学ぶべきだ！

19 **【それをドアからきれいに掃き出してしまいました】**「悪」を取りのぞいてしまうのに、なんと手早く、さっぱりとして効率のよい方法だろうか！「ほかはよくない内容だとしても、この場面は、子どもたちにとってはきれい好きの実例であり、よい教訓となる」。レイリン・ムーアは『すばらしい魔法使い、ふしぎの国』（一九七四年）でこう評している。ボームは、小さなドロシーがきちんと育てられていることを繰り返し伝えているのだ。

第13章

仲間をたすける[1]

おくびょうライオンは、悪い魔女がバケツの水で溶けたことを聞いて大喜びでした。ドロシーはすぐに庭の門のカギを開けてライオンを出してやり、ふたりは一緒に城へ行きました。まず、ドロシーはウィンキー全員に集まってもらい、もうみんなは奴隷ではないことを教えました。

黄色いウィンキーたちからはいっせいに歓声があがりました。悪い魔女のために何年もいっしょうけんめい働いてきたからです。魔女はこれまでずっと、ウィンキーたちのことをほんとうにこきつかってきたのです。ウィンキーたちはこの日をこの先ずっと祝日にすることにして、みんなでごちそうを食べ、踊って祝いました。

「友だちのかかしとブリキのきこりがここに一緒にいたら、こんなにうれしいことはないのにな」とライオンが言いました。

「ふたりをたすけられないかしら?」そう言うドロシーの声も真剣です。

「やってみるか」

そこでふたりは黄色いウィンキーたちを呼んで、友だちを救い出したいので手伝ってくれませんかと頼んでみると、ウィンキーたちは喜んでドロシーに力を貸すと言いました。奴隷の身から解放してくれたのはドロシーなのですから。そこでドロシーはなんでも知っていそうなウィンキーたち何人かに一緒にきてもらうことにして、城を出発しました。みんなは次の日もしばらく歩きつづけ、ブリキのきこりがころがっている岩地までやってきました。きこりは全身でこぼこになっています。斧はそばに落ちていましたが、刃はさびて、柄は折れて短くなっていました。

ウィンキーたちはきこりをそっと抱え上げて、黄色い城まで運びました。ドロシー

は城に着くまでのあいだ、懐かしい友だちの悲しい姿にぼろぼろと涙を流しながら歩き、ライオンもとても険しい顔で沈んだようすでした。みんなが城に着くと、ドロシーはウィンキーたちに言いました。

「ブリキの職人さんはこのなかにいるかしら？」

「ええ、いますよ。何人か、とっても腕のいい職人がいます」

「じゃあ、その人たちを連れてきてください」そして職人たちがかごいっぱいに道具をつめてやってくると、ドロシーは聞きました。

「ブリキのきこりのこのでこぼこをもとどおりにきれいにして、それから折れたところはくっつけられるかしら？」

　ブリキ職人たちはきこりの体をじっくりと調べて、前と同じような姿に戻せるでしょうと言いました。それから職人たちは城の黄色い大きな部屋のひとつで作業をはじめました。三日と四晩かけて、きこりの手足と体、頭を金づちでコンコン打って、ねじって曲げて、ハンダづけして磨き、あちこちたたいてたいらにしてくれたのでした。これでようやくきこりは以前のようにまっすぐ立つことができ、つぎめも前のようになめらかに動くようになりました。つぎはぎがいくつかできはしましたが、ブリキ職人たちはじょうずにきこりをなおしてくれました。それにきこりは見栄っぱりではなかったので、つぎはぎのことなどちっとも気にしませんでした。

そしてついに、きこりは歩いてドロシーがいる部屋にやってきて、たすけてくれてありがとうとお礼を言いました。きこりは喜ぶあまり涙を流したので、つぎめがさびないように、ドロシーは自分のエプロンで涙をきれいにふいてあげなくてはなりませんでした。でもドロシーにしても、懐かしい友だちとまた会えた喜びで、涙をぽろぽろとこぼしています。この涙はきこりのようにふく必要はありません。ライオンはしっぽの先でさかんに目をぬぐっているのですが、すぐにしっぽはびちょびちょになって、中庭へ行って日にあててかわかさなければなりませんでした。

ドロシーが魔女につかまってからのことを話しおえると、ブリキのきこりが言いました。「かかしくんがここにいてくれたら、言うことはないんですが」

「かかしをさがさなきゃ」とドロシーが言いました。

そこでドロシーはウィンキーたちを呼んで今度も手伝ってほしいと頼みました。そしてみんなは次の日まで歩き、翼のあるサルたちがかかしの服を放り投げた、背の高い木のところまでやってきました。

その木はとても高いうえに幹はつるつるで登ることはできません。でもきこりがすぐに、こう言いました。

「わたしが切り倒しましょう。そうしたらかかしくんの服をとれますから」

じつは、ブリキ職人たちがブリキのきこりをもとの姿に戻しているあいだに、金細工師のウィンキーが折れた柄のかわりに純金の柄を作り、[2]これにきこりの斧をつけてくれていたのです。それにほかのウィンキーたちが刃のさびを落として、ピカピカに磨いてくれていました。

そう言うと、ブリキのきこりはさっそく斧で木を切りはじめました。そしてすぐに木は大きな音をたてて倒れ、かかしの服は枝からはずれて地面に落ちました。

ドロシーがそれをひろい上げてウィンキーたちに城に運んでもらい、そこで新しくてきれいなワラをつめてもらいました。するとどうでしょう！　そこには以前と同じかかしがいて、[3]たすけてくれてありがとうと、なんども繰り返しお礼を言ったのでした。

さあ、これで仲間がそろいました。ドロシーと友だちは黄色い城で何日か楽しくすごしました。城には、気持ちよくすごすために必要なものがなにもかもそろっていました。けれどある日、ドロシーはエムおばさんのことを思い出して言いました。

「オズのところに戻らなきゃ。そしてオズに約束を守ってもらうのよ」

「そうですね。これでやっとわたしも心臓がもらえます」ときこり。

「おいらは脳みそだ」とかかしもうれしそうに言いました。

「おれは勇気だな」とライオンも考え込むようすで言いました。

「わたしはカンザスに帰してもらうのよ。じゃあ、あしたの朝、エメラルドの都に出発よ！」ドロシーは手をたたき、大声で言いました。

ドロシーと仲間は、朝になったら出発することに決めました。次の日、みんなは

ウィンキーたちに集まってもらい、お別れを言いました。ウィンキーたちはみんなが行ってしまうことがとても残念でした。それにブリキのきこりのことを大好きになっていたので、ここにいて、黄色い西の国とこの国のみんなの王さまになってくださいとお願いしました。[4]けれどもみんなが出発する決心をかためているのがわかると、ウィンキーたちはトトとライオンに黄金の首輪、ドロシーにはダイヤモンドがちりばめられたきれいなブレスレット、[5]かかしには、ころばないように金のにぎりのついた杖、ブリキのきこりには、金のはめ込み細工をし、豪華な宝石を散りばめた銀の油さしをプレゼントしました。[6]

旅に出るドロシーと仲間たちはみんな、ウィンキーたちにお礼のあいさつをして、腕が痛くなるまで握手しました。

旅のあいだに食べるものをバスケットにつめようと、ドロシーが魔女の戸棚のところへ行くと、そこには黄金の帽子がありました。かぶってみるとドロシーの頭にぴったりです。[7]ドロシーは黄金の帽子の魔法のことはなにも知りませんでしたが、帽子がとてもかわいかったのでそれをかぶって行くことにして、日よけ帽はバスケットにしまいました。

旅に出る用意ができると、みんなはエメラルドの都に向かって出発しました。ウィンキーたちはお別れの言葉を大声で三回となえ、ぶじに着きますようにと祈ってくれました。

第13章　注解説

1【仲間をたすける】この章には、『オズの魔法使い』（一九〇〇年）と『新しいオズの魔法使い』（一九〇三年）の初期の版では二種類のタイトルがある。目次のタイトルは「四人はまた一緒に」なのだが、挿絵が入ったこの章のタイトルページには「仲間をたすける」とあるのだ。ボブズ＝メリル社が一九二〇年代に本全体の組みなおしを行ったとき、各章のタイトルページをなくし、第13章のタイトルは「仲間をたすける」のみにした。その後の版は、ほぼ「仲間をたすける」のみとなっている。

2【純金の柄】バリー・モーザーは『オズへの四七日』（一九八五年）の四月一九日のページに、この新しい柄には「ウィンキーの魔法が使われているに違いない。魔法でもなければ、純金を曲げて斧を作ることはできないだろう」と述べている。しかし、刃も純金で作ったという点についてはモーザーのまちがいだ。ボームは、「（斧の刃を）ピカピカに磨いてくれた」と書いている。

3【以前と同じかかし】元のかかしであるかどうかを決めるのは服なのだ！　だが魔法使いから脳みそをもらうと、かかしには新しいアイデンティティが生まれる。『オズのふしぎな国』（一九〇四年）では、かかしがまたワラを失くして別のもの（紙幣）をつめてもらったときに、「（どうか思いだしてほしい。）おいらの脳みそは、もとのわらのままだってことを。この脳みそがあるからこそ、おいらはいつも、いざというときにたよりになる男でいられるわけだ」（宮坂宏美訳）と言う。

4【ここにいて、黄色い西の国とこの国のみんなの王さまになってください】オズ・シリーズの第二巻『オズのふしぎな国』（一九〇四年）では、ブリキのきこりは「ウィンキーの国の皇帝」という称号を得ている。皇帝とは帝国を治めるものだが、ウィンキーの国は王国でしかないと指摘されたときには、かかしが「それをブリキのきこりにいうんじゃないぞ！……ひどく気を悪くするからな。あいつは気位が高いんだ。まあ、それだけのことはあるんだが。それに、王より皇帝ってよばれるほうがうれしいのさ」（宮坂宏美訳）と注意する。のちに『オズのブリキのきこり』（一九一八年）できこりは、「多くの王や皇帝と同様、ぼくも肩書はりっぱだけど、じっさいにはたいした力を持っていません。おかげで自分の好きなように楽しむ時間もとれるんです」

このかかしの絵は『デンスロウのかかしとブリキ男 Denslow's Scarecrow and the Tin-Man』（New York: G. W. Dillingham、1904年）の広告用チラシに掲載されたもの。個人蔵

（ないとうふみこ訳）と打ち明けている。

5【ダイヤモンドがちりばめられたきれいなブレスレット】ボームは、「あらゆる――いや、ほとんどの――アメリカ人」同様、「金や銀、高価な宝石」への執着をもっている、と画家のバリー・モーザーは『オズへの四七日』の五月三日のページで評している。このブレスレットはオズの国において帰ったに違いない。「ドロシーが宝石を家にもち帰ったことはない」からだ（『オズのエメラルドの都』一九一〇年）。

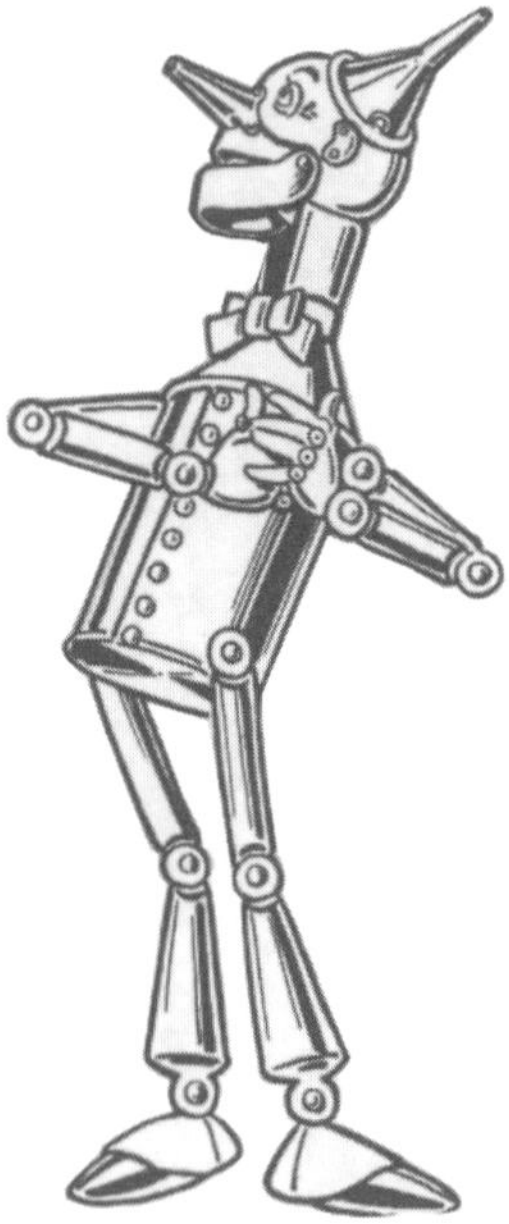

6【銀の油さし】この油さしは『オズのふしぎな国』（一九〇四年）でこう書かれているのと同じものに違いない。（ウィンキーの国のブリキのきこりのブリキの宮殿の控えの間にある）「りっぱなセンターテーブルの上には、大きな銀の油さしがのっています。油さしにほってあるのは、ブリキのきこりと、ドロシーと、おくびょうライオンと、かかしの数々の冒険の場面です。しかも銀にきざみつけてあるその線画は、黄金でなぞってあります」（宮坂宏美訳）

7【ドロシーの頭にぴったりです】銀の靴のときと同じだ。第3章注4を参照。ドロシーはこれで、悪い魔女ふたりがもっていた不思議な力のある道具を両方とも手に入れたことになる。ドロシーは無邪気なため、この道具にどれだけすごい力があって、それをどう使うのかは知らない。もちろん、魔法自体が悪いわけではなく、その使い方しだいなのだ。現代のテクノロジーやその他の知識についても同じことが言えるだろう。

第14章
翼のあるサル

悪い魔女の城とエメラルドの都のあいだには、道はおろか小道さえもなかったことを覚えているでしょう。四人の仲間が魔女をさがしていたとき、それを見た魔女は翼のあるサルたちにみんなをやっつけるように命じ、それからサルたちがドロシーとトトとライオンを魔女の城に連れてきたのでした。キンポウゲと黄色いデイジーの花が咲く大きな野原のなかで都に戻る道を見つけるのは、[1]きたときよりもずっとむずかしかったのです。もちろん、みんなはまっすぐ東に向かわなければならないことはわかっていました。太陽が昇る方角です。だからみんなはまっすぐ太陽に向かって歩きました。けれどもお昼になると太陽は頭の上にきて、どちらが東か西かわからなくなって、大草原のなかで迷ってしまいました。けれどみんなは歩きつづけ、やがて夜になって月が明るく輝きました。だからみんなは甘い香りが漂う黄色い花のなかで朝までぐっすりと眠りました。もちろん、かかしとブリキのきこりは起きたままでしたが。

　次の日の朝、太陽は雲に隠れていましたが、みんなは、まるでどちらに行けばいいかわかっているかのように歩きはじめました。

「ずーっと歩いていれば、きっと、いつかはどこかへ着くはずよね[2]」とドロシーが言いました。

　けれども来る日も来る日も、みんなが進む先には黄色い野原のほかはなにも見えません。かかしはぶつぶつ文句を言いはじめました。

「きっと道に迷ったんだ。ちゃんとエメラルドの都に着かないと、おいらは脳みそをもらえないじゃないか」

「わたしは心臓をもらえませんよ」とブリキのきこりも言いました。「オズに着くまで待てません。もうずいぶん長く歩いてますよ」

「そうだな」とおくびょうライオンは消え入りそうな声で言いました。「どこに着くかもわからんのに、ずっと歩きつづける勇気はおれにはないな」

ドロシーはすっかり元気をなくしてしまいました。草の上に座ってみんなを見ると、みんなも腰をおろし、同じようにドロシーを見ました。トトも疲れ果てています。チョウが顔のまえを飛んでいったのですが、追いかけようともしませんでした。そんなことは生まれてはじめてです。そして舌を出してハアハアと息をしながら、じゃあどうするの、とでもいうようにドロシーを見つめていました。

「野ネズミを呼んだらどうかしら」とドロシーが言いました。「野ネズミたちならエメラルドの都へ行く道を教えてくれるんじゃないかしら」

「うん、きっとそうだ」かかしが大声をあげました。「なんでもっと早く思いつかなかったんだ」

ドロシーは、野ネズミの女王にもらってからずっと首に下げていた小さな笛を吹きました。[3] 何分かたつと、小さな足がパタパタとかける音が聞こえてきて、小さな灰色のネズミたちが大勢ドロシーのほうへ走ってくるのが見えました。そのなかに女王もいて、小さなキーキーという声で聞きました。

「わが友よ、なにかご用かしら？」

「わたしたち、道に迷ってしまったの。エメラルドの都への道を教えてくれないかしら」

「おやすいご用ですよ。でも、とても遠いですよ。みなさんはずっと、反対に歩いてきたんですよ」と女王は言って、ドロシーの黄金の帽子に気づくとこう聞きました。「その帽子の魔法を使えばいいではありませんか。翼のあるサルを呼ぶのですよ。サルたちなら、あなたたちをオズの都まで連れて行くのに一時間もかからないでしょ

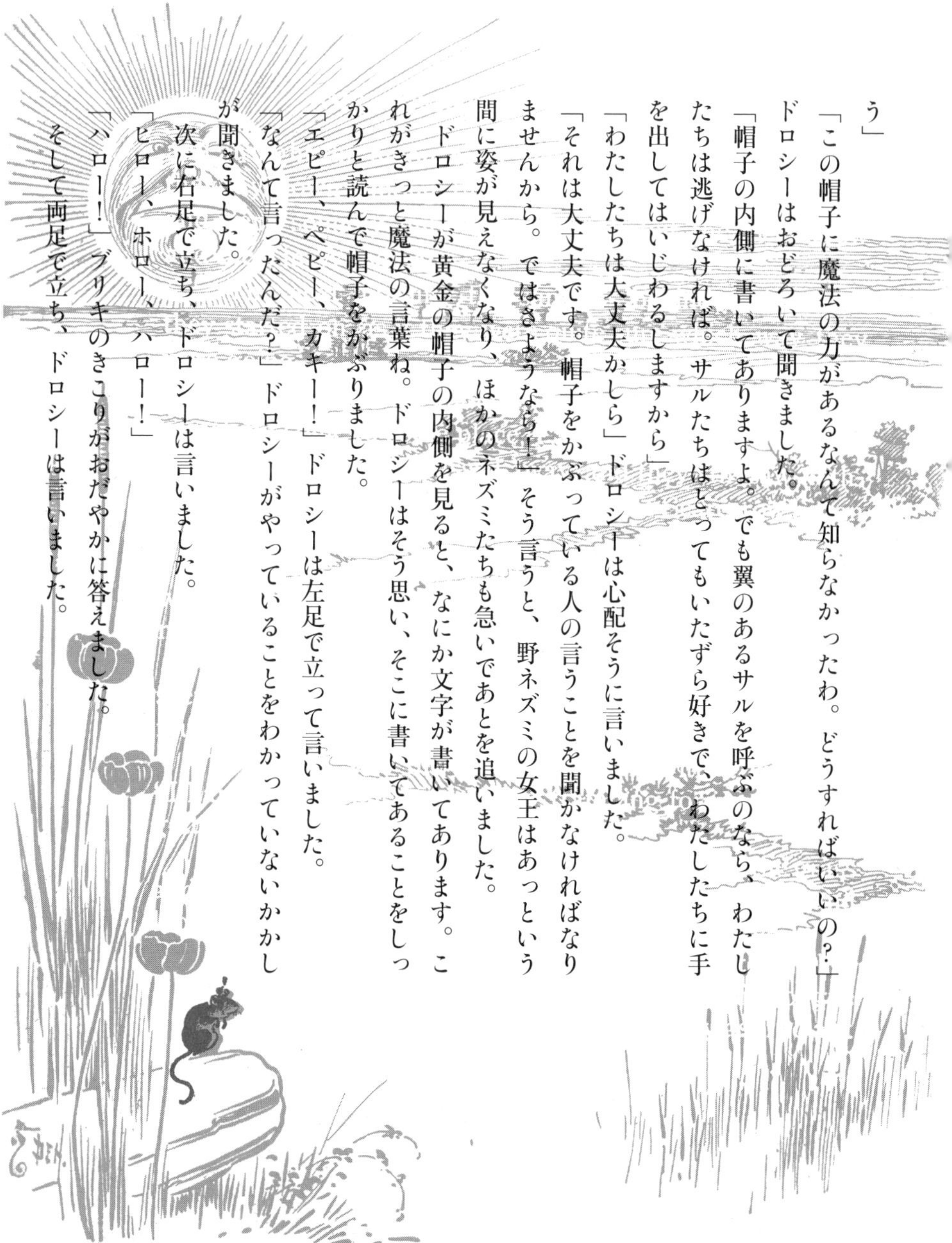

う」

「この帽子に魔法の力があるなんて知らなかったわ。どうすればいいの？」

ドロシーはおどろいて聞きました。

「帽子の内側に書いてありますよ。でも翼のあるサルを呼ぶのなら、わたしたちは逃げなければ。サルたちはとってもいたずら好きで、わたしたちに手を出してはいじわるしますから」

「わたしたちは大丈夫かしら」ドロシーは心配そうに言いました。

「それは大丈夫です。帽子をかぶっている人の言うことを聞かなければなりませんから。ではさようなら！」そう言うと、野ネズミの女王はあっという間に姿が見えなくなり、ほかのネズミたちも急いであとを追いました。

ドロシーが黄金の帽子の内側を見ると、なにか文字が書いてあります。これがきっと魔法の言葉ね。ドロシーはそう思い、そこに書いてあることをしっかりと読んで帽子をかぶりました。

「エピー、ペピー、カキー！」ドロシーは左足で立って言いました。

「なんて言ったんだ？」ドロシーがやっていることをわかっていないかかしが聞きました。

次に右足で立ち、ドロシーは言いました。

「ヒロー、ホロー、ハロー！」

「ハロー！」ブリキのきこりがおだやかに答えました。

そして両足で立ち、ドロシーは言いました。

「ジジー、ズジー、ジック！」これで魔法の呪文は終わり。すると、ガヤガヤとおしゃべりする声や翼をバタバタいわせる音が聞こえてきて、翼のあるサルがみんなのところに飛んできました。サルの親分が、ドロシーに深々とおじぎをして聞きました。

「ご用は？」

「エメラルドの都に行きたいの。道に迷ってしまったの」

「じゃあ、運ぼう」とサルの親分が言うと、あっという間に二匹のサルがドロシーを腕に乗せて飛びたちました。ほかのサルたちもかかしときこりとライオンを連れてつづきます。トトはサルにかみつこうとひっしにもがいていましたが、小さなサルがトトをもちあげ、ドロシーたちのあとを追いかけました。

飛びあがってすぐは、かかしとブリキのきこりはびくびくしていました。翼のあるサルたちに受けた仕打ちを思い出してこわくなったのです。けれどなにもひどいことをされないとわかるととてもうきうきとした気分になって、はるか下に見えるきれいな庭や森をながめて楽しみました。

ドロシーを運んでいたのはいちばん大きなサル二匹で、ドロシーをかるがると抱えています。一匹はサルの親分でした。二匹は手を椅子の形に組んで、ドロシーがけがをしないように用心して運んでいました。

「なぜ黄金の帽子の魔法に従わないといけないの？」ドロシーが聞きました。

「そいつは長い話になる」親分は笑いながら答えました。「だが旅は長い。たっぷり時間はあるし、お望みなら聞かせてやるよ」

「聞きたいわ」

「そのむかし」と親分が話しはじめました。「おれたちは自由だった。大きな森に住んで木から木へと飛びまわって、木の実や果物を食べて楽しく暮らしてたんだ。おれたちに指図する者なんていないし、好きなことだけやって暮らしてた。たぶん、いたずらの度がすぎて、地上に下りていって翼をもたない動物のしっぽをひっぱったり鳥を追いかけまわしたり、森を歩く人たちに木の実を投げつけたりしてたやつらもいただろう。だがおれたちはなんの気がねもなく、楽しいばっかりで、一日じゅうおもしろおかしく暮らしてた。これはずっとずっと昔、オズ大王が雲の向こうからやってきて、この国を治める前のことだ。

　その頃、北のずっと遠いところにきれいなお姫さまがいた。この姫はとても力の強い魔女でもあったんだ。姫は人をたすけるために魔法を使い、いい人たちを傷つけることは絶対になかった。名はゲイエレットで、大きなルビーのかたまりで作った立派な宮殿に住んでいた。[4]だれもがこの姫のことが好きだったが、姫のほうは自分から好きだと思える相手がみつからず、とても悲しかった。男たちはみんな頭が悪いか醜いかで、このきれいで賢い姫とはつりあわなかったんだ。だがとうとう、姫はとても見た目がよくて男らしく、年の割に賢い少年を見つけた。ゲイエレットは、この少年が大人になったら夫にすることにした。だから少年をルビーの宮殿に連れて行き、とにかくあらゆる魔法を使って、女ならだれもが望むような[5]、強くて善良で、立派な男にしたんだ。大人になると、ケララと呼ばれたこの少年は国じゅうでいちばん立派で賢いと言われるようになった。とても男らしいケララのことをゲイエレットは心から愛し、急いで結婚の準備を整えようとした。

その頃、ゲイエレットの宮殿近くの森に住む、翼のあるサルの親分だったのがおれのじいさんで、こいつはおいしい晩めしよりもいたずらが好きな年寄りだった。もうすぐ結婚式というある日、仲間と飛んでたおれのじいさんは、ケララが川のほとりを散歩してるのを見つけた。ケララはピンクのシルクと紫のベルベットで作った立派な服を着ていて、じいさんは、なにかいたずらしてやれと思ったんだ。じいさんの命令で、サルの群れは降りて行ってケララをつかまえ、腕をつかんで川のまんなかまで飛んでいくと、そこでぼちゃんと落としたんだ。

『立派なケララさんよ、泳いで川から出てみな。そしたら服にしみがついてないか見てみろよ』じいさんは言った。ケララはとても賢くて泳げたし、恵まれた生活をしたからといって、ちっともやわな男になんかなってなかった。ケララは川から顔を出すと、笑いながら岸べまで泳いだ。だがケララのところにかけつけたゲイエレットは、川に落ちたせいでシルクとベルベットの服が台無しになっているのに気がついた。

姫はかんかんになった。もちろん、だれがこんなことをやったのかもわかってた。翼のあるサルをみんな呼びつけると、翼をしばってケララと同じように川に落としてやると言った。だがおれのじいさんはいっしょうけんめい姫にあやまった。翼をしばって川に落とされたら、サルはみんなおぼれちまうからな。それにケララもサルをかばってくれたんだ。だからようやくゲイエレットはサルを許した。だがそれは、翼のあるサルは黄金の帽子の持ち主の命令を三回聞かなければならない、という条件つきだったんだ。こいつは結婚式でケララに贈るために作らせた帽子で、王国の財産の半分をつぎ込んだと言われてる。もちろんおれのじいさんもほかのサルたちもみんな、この条件をのんだ。そうしておれたちが、だれであれ、この黄金の帽子の持ち主の命令を三回聞かなきゃならなくなったというわけだ」

「それから姫とケララはどうなったの？」この話を熱心に聞いていたドロシーはたずねました。

「ケララがこの帽子の最初の持ち主になった。それに、最初におれたちに命令を出したのもケララだ。花嫁はおれたちのことを見たくなかったんで、結婚式が終わるとケララはおれたち全員を森のなかに呼んで、翼のあるサルは、ゲイエレットの目の届かないところに行ってくれと命じた。おれたちは喜んでそうした。姫のことがとってもこわかったからな。

しばらくは、ゲイエレットの目の届かないところにいさえすればよかったが、そのあと、帽子は西の悪い魔女のところに行った。魔女はおれたちにウィンキーを奴隷にさせて、オズを西の国から追い払った。そして今、帽子はあんたのもんだ。三回は自分の望むことをおれたちに命じられるってわけだ」

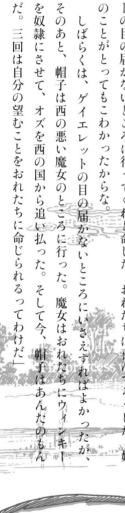

サルの親分が話をおえたのでドロシーが下を見ると、エメラルドの都の緑色に輝く壁が見えてきました。ドロシーは、サルたちはなんて速く飛ぶんだろうとおどろきましたが、それでも旅が終わってほっとしました。不思議なサルたちはドロシーと仲間をそっと都の門の前に降ろしました。そして親分はドロシーに深くおじぎをすると、サルの群れを連れてあっという間に飛び去りました。

「楽しい旅だったわね」ドロシーが言いました。

「そうだな。迷子になったがあっという間にここに着けたしな」とライオンが答えました。「あの不思議な帽子をもってきてくれてほんとによかったよ！」

第14章　注解説

1【黄色】この甘い香りのするキンポウゲと黄色いデイジーの咲く大きな野原は、以前ドロシーがエメラルドの都に行く途中で遭遇したおそろしいケシ畑とは対照的でとても気持ちがよい場所だ。けれども『オズの魔法使い』の大半の版では、この場面の「黄色」が「明るい」色に変更され、「真っ赤な」花と野原になっている。ここはウィンキーの国で、好きな色は黄色なのにだ。この変更が最初に行われたのは一九〇三年のボブズ＝メリル版『新しいオズの魔法使い』であり、この作品に新しい挿絵の色使いを取り入れたのだ。とはいえ、これが本全体におよんでいるわけではない（出版社は、デンスロウの新しい挿絵にくわえ、この小さな変更にも著作権をとろうとしたが、著作権事務所はそれを認めなかった）。このほか、『ブック・セラー』誌（一九〇三年二月号）には、「ページの下部では、赤い服を着たかわいい少女が赤い小道でスキップしている」とある（元の作品中の色はそれぞれ青と黄色なのだが）。版の違いによるこうした変更はボームの原作を損なっている。元の作品では、キンポウゲと黄色いデイジー、黄色い花と黄色い野原という描写しかないのだ。

2【いつかはどこかへ着くはず】この論理を、『不思議の国のアリス』の第六章でアリスがチェシャーネコと会うときの次のせりふと比べてみよう。

「どうか、教えていただけないでしょうか、ここからどちらのほうへ行ったらよろしいでしょう？」

「それは君がどこに行きたいかによるね。」ネコは言いました。

「どこでもいいのですが――」アリスは言いました。

「じゃあ、どっちに行ったっていい」とネコ。

「――どこかに着きさえすれば」と、アリスは説明としてつけ加えました。

「そりゃあ、着くだろうよ」とネコ。「そこまで歩いていけばね」

（河合祥一郎訳）

『オズの魔法使い』とルイス・キャロル作の古典を比較した『ダイアル』誌の書評家は、この場面が頭に浮かんだのかもしれない。ボーム自身がおとぎ話に関する記事でほのめかしているように（第1章注1を

参照）、この大物のイギリス人作家の作品から取り入れている部分はごくわずかだ。『新しい不思議の国』（一九〇〇年）のほうが、アリスの本との相似点は多い。マーティン・ガードナーも一九六八年のドーヴァー版『魔法がいっぱい！』（『新しい不思議の国』の改訂版）の序文でそう解説している。これはボームが書いた初の児童書であり、一部『不思議の国のアリス』と『鏡の国のアリス』をモデルにした作品だが、なかなか刊行にこぎつけられず、ようやく一九〇〇年にニューヨークのR・H・ラッセルから刊行された。ガードナーはボームとキャロルを「子どもの惑いの園」（『サタデー・レビュー』紙、一九六五年七月一七日付）でも比較している。

3 **【小さな笛】**この笛が出てくるのはこの場面が初めてだ。第9章では、野ネズミの女王がドロシーに、また自分たちの力が必要になったら「野原にきて呼んでください。あなたたちの声が聞こえたら、手伝いにきますからね」としか言っていない。おそらくボームは、西の悪い魔女がオオカミやカラスやハチを呼んだときの銀の笛のことが頭にあったのだろう。

4 **【ルビー】**『オズのふしぎな国』（一九〇四年）では北の国の好きな色は紫だが、この部分をはじめとして、いくつか小さな描写から、このときはまだボームがそうと決めていなかったことがうかがえる。おそらくこのときボームは、オズの南の国がそうであるように、赤にしようと思っていたのだろう。

5 **【女ならだれもが望むような】**キャサリン・ロジャーズは「少女の解放」（『サタデー・レビュー』紙、一九七二年六月一五日付）でこう論じている。ゲイエレットは「女性版ピュグマリオンだ。自分が愛せるような賢くて善良な男がいないため、自分のためにそうした男性を作り上げるのだから」。ゲイエレットという名は、ピュグマリオンが恋に落ちた彫像の名、ガラテアから取ったものなのだろうか。

第15章
おそろしい オズ大王の正体

四人の旅人はエメラルドの都の門まで歩いていき、呼び鈴を鳴らしました。数回呼び鈴が鳴ると門は開き、以前と同じ門の番人が現れました。

「なんと！　戻ってこられたと！」番人はおどろいて聞きました。

「戻るとは思ってなかったのかい？」かかしが言いました。

「西の悪い魔女のところへ行って、それっきりだと思っとったよ」

「魔女のところに行ったさ」とかかし。

「そして魔女があんたがたを帰したと？」番人はびっくりして言いました。

「どうしようもなかったんだ。魔女は溶けちまったからな」かかしが説明しました。

「溶けた！　なんといい知らせだ。で、魔女を溶かしたのは？」

「ドロシーさ」ライオンが重々しい声で言いました。

「なんとありがたい！」番人は喜びの声をあげると、ドロシーに深々とおじぎをしました。

それからみんなを小さな部屋へ連れて行き、前にきたときと同じように、大きな箱からメガネを出してみんなにかけさせカギでとめました。その後みんなはエメラルドの都へと入って行ったのですが、みんなが西の悪い魔女を溶かしたことを番人から聞いた都の人たちが、みんなのまわりにわっと集まってきました。そしてオズの宮殿に向かうみんなにぞろぞろとついてきました。

緑のひげの兵士はこのときもドアの前で見張りをしていました。けれども今回はすぐにみんなをなかに入れてくれ、また美しい緑色の少女が迎えにきて、みんなを前にも入った部屋に連れて行って、オズ大王の謁見の準備ができるまで休ませてく

れました。

緑のひげの兵士はさっそく、みんなが悪い魔女をやっつけて宮殿に戻ってきたことをオズ大王に伝えましたが、大王からはなんの返事もありません。みんなはすぐにオズ大王から呼ばれると思っていたのですが、そうではありませんでした。次の日も、その次の日も、そのまた次の日も、オズ大王からはなんの返事もありません。待ちくたびれてしまって、ついにはみんな腹が立ってきました。たいへんな苦労をしたり、奴隷にされたりしたのはオズ大王が西の国に行かせたからなのに、こんなにいいかげんな扱いを受けたからです。だからかかしはついに、緑の少女に、オズにもう一度伝えてくれと頼みました。すぐにみんなと会わなければ、翼のあるサルを呼んで手伝ってもらい、オズが約束を守る気があるかどうかたしかめるぞ、と。

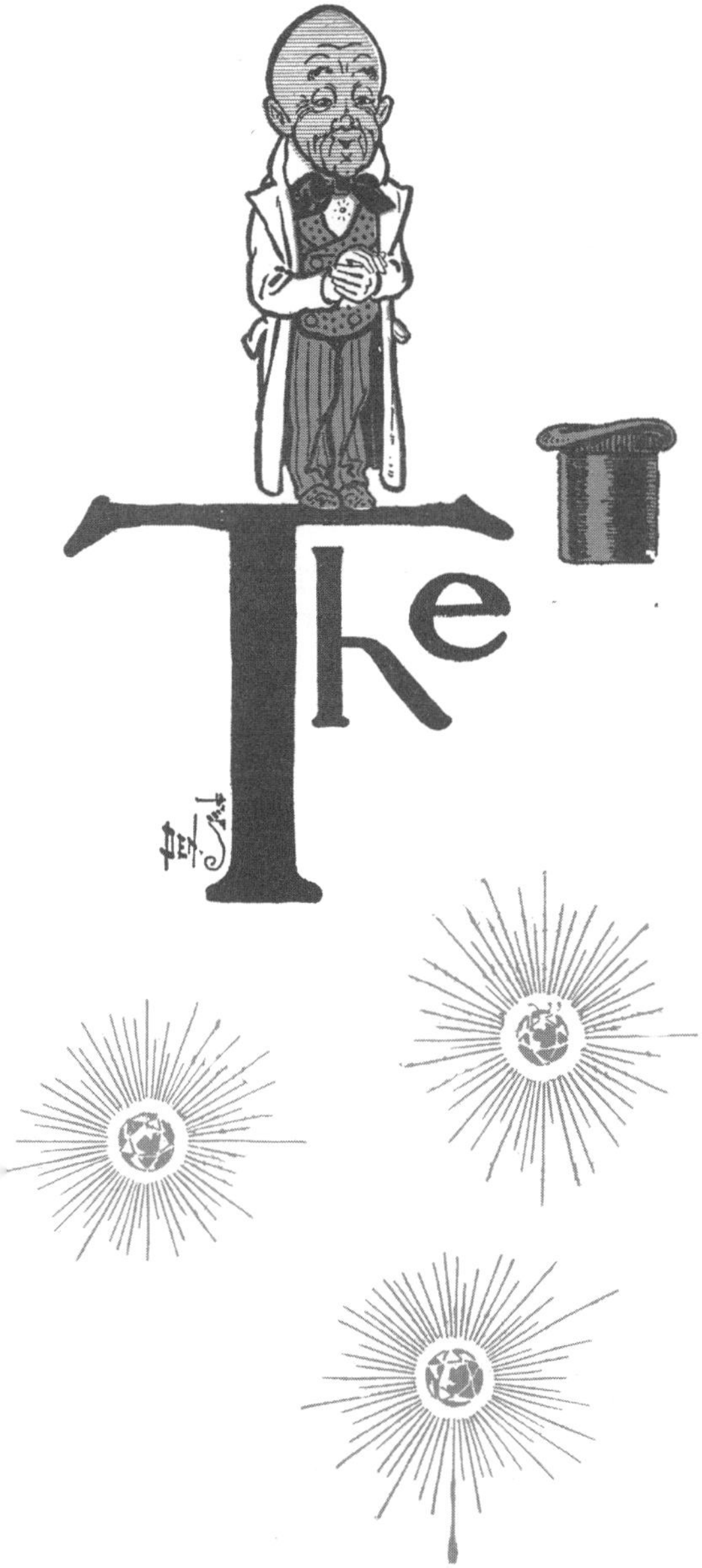

魔法使いはこの伝言を聞くととてもこわくなり、次の日の朝九時四分に謁見の間にくるように、[1]という返事をよこしました。オズは以前に西の国で翼のあるサルに会ったことがあり、もう二度と会いたくはなかったのです。

四人の仲間は眠れない夜を過ごしました。みんな、オズ大王がくれると約束したものが気になってしかたなかったのです。ドロシーはほんのちょっと眠りに落ちて、自分がカンザスに戻った夢を見ました。夢のなかではエムおばさんが、帰ってきてくれてうれしいよ、と言っていました。

次の日の朝、九時ちょうどに緑のひげの兵士が迎えにきて、四分後にみんなはオズ大王の謁見の間に入りました。

もちろん、みんな、自分が会ったときの姿でオズがいると思っていたので、部屋にだれもいないのを見てとてもおどろいてしまいました。みんなはドアのそばでくっつきあって動けませんでした。だれもいない部屋は、これまで見たオズの姿のどれよりもおそろしかったのです。

すると、声が聞こえてきました。謁見の間の円天井のてっぺんあたりから聞こえるような気がします。その声は重々しく言いました。

「おそろしくも偉大な王、オズである。なんの用だ？」

みんなはもう一度部屋のあちこちをながめましたが、やっぱりだれもいません。ドロシーは聞きました。

「どこにいるんですか？」

「あらゆるところだ」と声が答えます。「だがふつうの人間の目にはわしは見え

ぬ。さあ、玉座へ行こう。そしてお前たちと話そう」すると声は玉座から聞こえてきました。だからみんなは玉座のほうへ行って、一列に並んで立ちました。

「オ、オズさま、約束を守ってもらいにきました」ドロシーは言いました。

「約束だと？」とオズ。

「悪い魔女をやっつけたら、わたしをカンザスに帰してくれると約束しました」ドロシーが言いました。

「それにおいらには脳みそをくれるって言った」とかかし。

「わたしには心臓をくださると」とブリキのきこりも言いました。

「おれには勇気だ」とおくびょうライオン。

「悪い魔女はほんとうにいなくなったのか？」と声は聞きましたが、ドロシーにはその声が少し震えているように聞こえました。

「ええ、バケツの水をかけたら溶けたんです」ドロシーが言いました。

「なんと、あっけないものだな！　では明日またくるように。これについては考える時間が必要だ」

「考える時間はたっぷりあったはずですよ」ブリキのきこりが怒って言いました。

「これ以上待てるもんか」とかかしも言います。

「わたしたちとの約束を守ってよ！」ドロシーが叫びました。

ライオンは魔法使いをこわがらせてやろうと思い、ガォーッと大きく吠えました。それがあまりにもこわかったので、トトがぴょんと飛びあがってライオンのそばを離れると、その拍子《ひょうし》に部屋の隅の衝立《ついたて》を倒してしまいました。ガタンと音を立てて倒れたのでそちらを見たとたん、みんなはぽかんとしてしまいました。衝立の向こうには、小さなお年よりが立っていたからです。頭ははげて顔にはしわがより、[2]みんなと同じくらいおどろいた顔をしていました。ブリキのきこりは斧をふり上げてその小男のほうへかけより、叫びました。

「おまえはだれだ？」

「わしはおそろしくも偉大な王、オズだ[3]」その小男は震える声で言いました。「お願いだから、わしに乱暴しないでくれ。なんでもするから」

　ドロシーと仲間たちはおどろき、そしてとまどいました。

「オズは大きな頭だと思ってたわ」とドロシー。

「おいらはきれいなご婦人だと思ってた」とかかし。

「わたしはおそろしい獣だと思っていました」とブリキのきこりが言いました。

「おれは火の玉だと思ってたぞ」とライオンが吠えました。

「いや、そうじゃない。みんなちがうんだ」小男はおずおずと言いました。「わしがそう思わせてただけだ」

「そう思わせてたですって！　あなたは偉大な魔法使いじゃないの？」

「しっ、おじょうさん。そんな大きな声を出さんでおくれ。外に聞こえてしまったらわしはおしまいだよ。偉大な魔法使いだって思われとるんだから」

「そうじゃないの？」

「全然ちがうんだよ、おじょうさん。わしはふつうの、ただの人間だ[4]」

「ただの人間以下だ。あんたはペテン師だ[5]」かかしはがっかりした口調で言いました。

「そのとおりじゃよ！　わしはペテン師だ」小男はそう言って、まるでうれしいかのように両手をこすり合わせました。

「でもひどいですよ。わたしはどうしたら心臓をもらえるんですか？」ブリキのきこりが言いました。

「おれの勇気は？」とライオン。

「おいらの脳みそは？」と、かかしが目からこぼれる涙を上着のそでででぬぐいながらつぶやきました。

「みなさんや、そんなちっぽけなことを言わんでおくれ。ペテン師だとばれてしまってわしは大弱りなんだ」

「ほかの人たちはあなたがペテン師だって知らないの？」ドロシーが聞きました。

「あんたたち四人とわしのほかにはだれもな」とオズは答えます。「わしは長いあいだずっとみんなをだましてきたんで、もうばれるはずはないと思ってたんだ。だがあんたたちを謁見の間に入れたのは大きなまちがいじゃった。いつものわしは、家来にも会わない。だからみんなわしのことをおそろしい大王だと思い込んどるんじゃ」

「でも、わからないわ。どうやって大きな頭を見せたの？」ドロシーがとまどいながら聞きました。

「わしの手品のひとつじゃよ。ほら、こっちにきてごらん。タネ明かしをしてあげよう」

オズは謁見の間のうしろにある小さな部屋に向かい、みんなはそれに続きました。オズが部屋の片隅をさすと、そこには大きな頭がありました。紙を何枚も重ね、厚く貼り合わせて作ったもので、丁寧に顔が描かれています。

「これを針金で天井からつるす。そしたら衝立のうしろにわしが立ち、ひもを引っぱって、目をぐるぐる動かしたり、口をあけたりしてたってわけだ[6]」

「でも、声はどうしたの」ドロシーが聞きました。

「ああ、わしは腹話術ができるんじゃ[7]。自分の声を出したいところから出せる。だから、このハリボテの頭から声が聞こえてくるような気がしたんじゃよ。こっちにもあんたたちをだますのに使った道具がある」オズはかかしに、美しい婦人の姿で現れたときに着ていたドレスと、顔につけていたマスクを見せました。それから、ブリキのきこりが見たおそろしい獣は、皮を集めて縫い合わせ、板で作った骨組みにかぶせたもの、火の玉も、天井からつるしていたものだとタネ明かしをしたのです。火の玉はほんとうはわたを丸めたもので、油を注いで激しく燃え上がらせていたのです。

「こんなペテンをやるなんて、はずかしいやつだな」かかしが言いました。

「たしかにそうだが、こうするほかなかったんじゃ。まあ、座って。椅子はたくさんあるから。これまでの話を聞かせよう」小男は言いました。

それでみんなは椅子に座り、小男の語る話を聞いたのです。

「わしの生まれはオマハで[8]――」

「ええっ、カンザスからそう遠くはないわ！」ドロシーが叫びました。

「そうじゃな、だがここからは遠い」小男は首をふりふり、悲しげにドロシーに言いました。「わしは大人になると腹話術師になって、立派な先生についてしっかり訓練した。どんな鳥も獣も真似できるんじゃ」ここで小男は子猫そっくりにミューと鳴いてみせたので、トトは耳をピンと立てて、子猫をさがしてあたりを見まわしました。「それから、わしはそれに飽きて、気球乗りになった」

「なにそれ？」ドロシーが聞きました。

「サーカスがある日に、気球に乗って空に上がるもんのことじゃ。金を払ってサーカスを見にきてもらうように[9]、気球で客をよぶんじゃよ」

「ああ、それならわかるわ」

「それで、ある日気球に乗って上がったら、ロープがからまって降りられなくなってしまった。気球はどんどん上がって雲の上まで行き、気流に何マイルも何マイルも先まで運ばれてしまったんじゃ。まる一日わしは空を飛んで、ふつかめの朝に目を覚ましたときには、気球が不思議な美しい国の上に浮かんどった。

気球は少しずつ下りていった。わしはどこにもけがはなかったんじゃが、奇妙な人たちに囲まれとった。その人たちは雲から降りてくるわしを見て、立派な魔法使いだと思ってしまった。もちろん、わしはそう思わせておいた。わしのことをこわがっていたからな。そしてわしが望むことはなんでもするとみんなは約束した。[10]

それからわしはこの都と宮殿を作るよう命じた。[11]それが楽しかったし、みんなにいっしょうけんめい仕事をさせておくためだ。みんな進んでよく働いてくれたよ。そこでわしは思った。この国は緑にあふれてとても美しいから、ここをエメラルドの都と名付けよう。それにその名にもっとふさわしいように、緑の色つきメガネをみんなにかけさせて、[12]見えるものをなにもかも緑色にしよう、と」

「でもここでは全部緑色でしょう？」ドロシーが聞きました。

「ほかの町とたいして変わらんよ。じゃが、緑色のメガネをかけておるから、もちろん、なにもかもが緑色に見えておる。[13]エメラルドの都は何年も前に作られた。気球でここにやってきたときは若かったが、今やわしも年よりだ。[14]じゃがこの国の人々は緑のメガネをずっと長いことかけておるので、たいていは、ここがほんとうにエメラルドの都だと思っとる。それにここはとても美しくて、宝石や貴金属がたくさんあって、それにみんなが幸せに暮らすのに必要なものがなんでもそろっとる。わしはここの人たちに親切にしてきたし、みんなもわしのことが好きじゃ。だがこの宮殿が建ってからというもの、わしはここから出ずに、[15]だれとも会わんようにしている。

いちばんおそろしかったのは魔女だった。わしには魔法の力なんてなにもないが、魔女にはほんとうに不思議な力があったからな。この国には魔女が四人おり、それぞれが北と南と東と西に住む人々を治めておった。幸い、北の魔女と南の魔女はよい魔女で、ふたりはなにも悪さをせんとわかった。じゃが東の魔女と西の魔女はとてつもなく悪い魔女だ。わしにたいして力がないなんてことがわかったら、きっとわしをやっつけにきただろうからな。だから、わしは何年も、ふたりをそれはおそれて暮らした。だから、あんたの家が東の悪い魔女をつぶしたと聞いたときには、そりゃあうれしかった。あんたがわしのところにやってきたときには、もうひとりの魔女をやっつけてくれさえしたら、わしは何でも約束しようと思った。じゃが、あんたが魔女を溶かしたというのに、はずかしながら、わしは約束を守ってやれんのじゃよ」

「なんてひどい人なの」ドロシーは言いました。

「いや、おじょうさん、わしはほんとうはとてもいい人間なんじゃが、でも、とてもできの悪い魔法使いなんじゃ。[16] それはほんとうだ」

「おいらに脳みそをくれないのか?」かかしが聞きました。

「あんたには必要ないだろ。毎日なにかを学んどるじゃないか。赤ん坊は脳みそをもっとるが、たいしたことは知らん。知識をさずけてくれるのは経験だけじゃ。

この世に生きてるかぎり、経験は増えていくもんだ」

「それはそうかもしれないが、でもおいらは脳みそがないかぎり、幸せにはなれないんだよ」

偽魔法使いはかかしをしげしげと見つめました。

そしてため息をつきながら言いました。「そうか。先にも言ったが、わしは魔法使いとしては本物じゃないが、明日の朝また来たら、頭に脳みそをつめてやろう。じゃがその使い方は教えてやれん。あんたが自分でそれを見つけにゃならん[17]」

「わぁ、ありがとう、ありがとよ！　脳みその使い方はおれが見つける、心配するな！」かかしは大声をあげました。

「じゃあ、おれの勇気は？」おくびょうライオンが心配そうに聞きました。

「あんたの勇気はたいしたもんじゃないか」オズが言いました。「あんたに足りないのは自信だけじゃよ。危険を目のまえにしてこわくない生き物なんかいない。ほんとうの勇気は、こわくても危険に向かっていくことだ。そんな勇気なら、あんたはいっぱいもっとる[18]」

「たぶんな。だが、それでもおれはこわいんだ。こわい気持ちを忘れさせてくれる勇気をもらえなきゃ、いつまでたっても気分は晴れないんだ」

「よくわかった。明日、あんたにはそんな勇気をやろう」

オズは答えました。

「わたしの心臓はどうなんです？」とブリキのきこり。

「なんでそんな物がほしいんだい？　あんたが心臓をほしがる

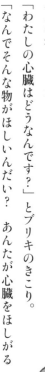

なんておかしいじゃろ。それがあるから、みんな不幸になるんじゃ。それさえわかっておれば、心臓がなくて幸運だというもんじゃ」オズは言います。

「それはあなたの考えです。わたしは、心臓をもらえさえすれば、不幸にもブツブツ言わずにたえますよ[19]」

「よし、わかった」とオズがあっさりと言いました。「明日わしのところにきたら、心臓をやろう。何年も魔法使いをやってきとるんだから、もうちょっとその役をやってもいいか」

「じゃあ、わたしはどうやってカンザスに帰るの？」

「それについては考えねばならん」オズは言いました。「二、三日考える時間をくれれば、砂漠を越える方法を見つけよう。そのあいだ、あんたたちはわしの客としてもてなそう。宮殿にいるあいだはわしの家来に世話させるから、なんでも言いつければいい。その代わり、ひとつだけ頼みがある。わしの秘密を守って、わしがペテン師だってことをだれにも言わんでくれんか」

みんなは自分たちが見聞きしたことをなにも言わないと約束して[20]、うきうきとした気分で部屋に戻りました。ドロシーでさえ、自分が「おそろしくも偉大なペテン師」と呼ぶオズが、カンザスに帰る方法を見つけてくれるかもしれないと思うとうれしくなりました。そしてもしそうしてくれたら、オズがしたことをぜんぶ許してあげようと思ったのでした。

第15章　注解説

1【九時四分】この妙に細かい約束の時間には、『新しい不思議の国』(一九〇〇年)に登場する別の魔法使いが設定しているおかしな時間が思い出される。魔法使いが住む洞窟の入り口にこう書かれているのだ。

魔法使い事務所
営業時間
一〇時四五分より
二時一五分前まで
(『魔法がいっぱい!』佐藤高子訳)

2【頭ははげて】古代の伝統によると、魔法使いの力は髪の多さで左右されるという。それがほんとうならば、オズはただの「とてもいい人だが、魔法使いとしては無能」ということもありえる。しかし、ジェームズ・ヘイスティングスの『聖書辞典』(一九〇九年)では、エジプトの祭司が超自然的な力を得るために髪をそり上げていたとある。一二三ページに掲載の、気球に乗る魔法使いの挿絵では、オズの国に着いたとき、彼の頭がつるつるだったわけではないことがわかる。オズに着いてから年をとったのだ。注14を参照。

3【わしはおそろしくも偉大な王、オズだ】万能のオズのイメージがどれほど失墜したか、シェリーの詩のオジマンディアスのようだ。

……二本の巨大な胴体を失った石の脚
沙漠に立ち……その近くに、沙に
半ば埋もれ崩れた顔が転がり
……
他は形跡なし。その巨大な〈遺骸〉の
廃址の周りには、極みなく、草木なく
寂寞たる平らかな沙、渺茫と広がるのみ。
(『対訳シェリー詩集』アルヴィ宮本なほ子編)

4【ふつうの、ただの人間】ボームが『オズの魔法使い』の劇のために最初に書いた脚本では、「だったらほかの魔法使いとおんなじじゃないか!」とかかしがちゃめっけたっぷりにつけくわえる。

5【ペテン師】彼はでたらめな男であり、詐欺師であり、行商人、ばくち打ちでもあり、いんちき薬を売り、お祭りの余興や見世物小屋でありとあらゆるごまかしばかりをやっている。ジャスティン・G・シラーは一九八五年刊のペニーロイヤル版『オズの魔法使い』のあとがきで、「オズの謁見の間の衝立が倒れたとき、オズ自身の『人格』も失墜したのだ。そしてオズは、自分が誤り多き人間であることにばつの悪い思いをしている」と述べている。ペテン師は、アメリカの文学作品や伝承にはありふれた登場人物だ。ハーマン・メルヴィルは『詐欺師』(一八五七年)で、「新しい時代には、オオカミ(悪人)がいなくなり、キツネ(詐欺師)が跋扈する」と説明している。おそらくこうした詐欺師のなかでいちばん有名なのが、マーク・トウェインの『ハックルベリー・フィンの冒険』(一八八四

年）に登場する「王」と「公爵」を名乗る男たちだろう。オズの魔法使いとしての立場は、同じくトウェインの『アーサー王宮廷のヤンキー』（一八八九年）の、キャメロットにおけるハンク・モーガンの立場を思わせる。一九世紀の人間であるヤンキー（モーガン）のちょっとした発明や工夫が、ヤンキーが迷い込んだ、文明化しておらず迷信のなかに生きている国では不思議な力とみなされるのだ。ヤンキーはすぐに宮廷の新しい魔術師に任命されるが、自分ではそれがペテンであることがわかっている。ボームは、「動物のおとぎ話」（『デリネーター』誌、一九〇五年四月号）のひとつ「森の神官［*The Forest Oracle*］」で、同様のテーマを扱っている。森の生き物の一部は人間ととてもよく似ている。「偉大な神官を通じてもたらされる情報の価値を、動物たちがみんな認めているわけではありませんでした。『未知なる恐怖』の言葉には意味がないというものたちもいたのです。けれども動物の多くは、じっくりと考えれば、こうした賢明なる言葉のどこかに、自分が必要とする助言がみつかると言いました。動物たちは、神官の言葉が理解できないということは、つまり知恵がないということだと言うのです」。それから子ザルが「未知なる恐怖である森の神官――は森の詐欺師である」という秘密をかぎつける。正体を暴かれた年よりのサルは詐欺師であることを認めてこう言う。「金の稼ぎ方にもいろいろある。それに生まれつきおろかじゃったとしても、神官になってうまくやっていけんことはないんじゃ」

実際には、オズの魔法使いはそれほど悪い男ではない。結局オズのペテンが、彼がエメラルドの都を建設した国の中心部から、東と西の悪い魔女を遠ざけていたのだから。オズは「ペテン師王子」と言われた一九世紀の興業師、P・T・バーナムのような、害のない悪者なのだ。アメリカ国民を長く見てきたこのサーカスの興行主は、「だまされやすいカモは毎分生まれてくる」と結論づけた。ボームは『サタデー・パイオニア』紙（一八九〇年二月八日付）に書いている。「アメリカ人はだまされるのが好きなのだ、と言ったバーナムは正しい。少なくとも彼らはだまされないようにする努力をしていない」。また、フランクとモードのボーム夫妻は神智学協会シカゴ支部、ラーマーヤナ兄弟団に加入していたが、ここの指導者であるウィリアム・P・フェロン博士がかなり変わった人物で、そのペテン師魔術師ぶりにもなんらかの影響を受けていたのではないだろうか？　オズを、「メンローパークの魔術師」とも言われたトーマス・A・エジソンにたとえる人もいる。またウォルター・ギブソンは『魔術の達人たち　その人生ともっとも有名なトリック［*The Master Magicians, Their Lives and Most Famous Tricks*］』（一九六六年）で、魔法使いのオズは、一九世紀後半の著名なアメリカ人魔術師ハリー・ケラーに影響を受けている可能性もあると述べている。温厚ではげ頭のケラーは、ステージ上で複雑な奇術を演じ人の目を「欺いた」。それはおそろしくも偉大なオズが工夫した魔術と同様、人をおどろかせるものだった。ボームは何年ものちに、ふたりがロサンゼルス・アスレチック・クラブ内の社交クラブ、アップリフターズ・クラブの会員だった頃に、ケラーと会ったようだ。またボームの周辺には、オズ大王と同じような人生を送った人物がもうひとりいる。一九〇二年のミュージカル狂騒劇のプロデューサーの父親、ジョン・A・ハムリンだ。ハムリンは万能薬の「ウィザード・オイル（魔法使いのオイル）」で名をはせ財産を築いた。彼はサーカスの魔術師として中西部を巡業し、自身で調合したおどろきのオイルを使って奇跡を起こして見せた。そして、この一本五〇セントのすばらしいオイルを両手にすりこめば、だれもが魔法使いになれると請けあった。ハムリンは岩にこのオイルの名を書いたり、ミュージカル劇を作って巡業したりと、このオイルの宣伝になることならなんでもやった。シカゴの詩人カール・サンドバーグも『アメリカ民謡集［*The American Songbag*］』（一九二七年）でこう回想している。「口先のうまいコメディアンがバンジョーを弾きながら、ウィザード・オイルはこんなに効くぞという歌を歌った。病気や不自由な足、けがもよくなるというその効能を聞こうと人がおしかけ、人々の顔をガソリン・ランプが照らした」。サンドバーグは、このショーの「町からきたペテン師」風のテーマソングを復刻させている。次のような歌詞だ。

さあ、おれの話を聞いてくれ。
うそは言わないさ。
つらい痛みにはウィザード・オイルがいちばん。
痛みは消えて、調子はよくなり
気分もすっきり、そして丈夫になる。
その証拠に、これを買った人たちゃ、みんな元気。

（コーラス）
ウィザード・オイルをもう一本買おう、
もう一本、いやもう二本！
ウィザード・オイルをもう一本買おう、
もう一本、いやもう二本！

こうしたウィザード・オイルのレビュー・ショーはボームが住んでいた当時、サウスダコタ州アバディーンのいたるところで行われており、ボームもこのショーを見たことだろう。フランク・J・ボームとラッセル・P・マックフォールは『子どもたちを喜ばせるために』で、ハムリンの仕事といえば、ボームとティーティエンスのミュージカル劇のタイトルを覚えて、その上演を決定することくらいだったと書いている。ハムリンはおそらく、歴史は繰り返すと思ったのではないか。ウィザード・オイルは自分の父親に大きな幸運をもたらしたが、自分にとっては『オズの魔法使い』がそうなのだと思ったのではないだろうか。

魔法使いの役は、一九〇二年のシカゴでの開演初日の夜には、ジョン・スラヴィンが誠実に演じたものの、観客には受けなかった。そこでハムリンはスラヴィンをオランダ人のコメディアンに代えた。後任のボビー・ゲイラーは、冗談好きなアイルランド人のオズを演じた。コメディアン・グループ「キーストン・コップス」のベテラン俳優チャールズ・マレーはアップリフターズ時代のボームの知り合いであり、一九二五年のチャドウィックのお粗末なサイレント映画でこの役を演じた。喜劇王としてキャリアを積んでいたW・C・フィールズは、一九三九年のMGM映画で魔法使いの役を演じることを断った。彼の代わりにどじで明るいオズを演じたのがフランク・モーガンだ。アンドレ・デシールズは一九七五年のブロードウェイ・ミュージカル『ザ・ウィズ』で、リチャード・プライヤーは一九七八年の映画『ウィズ』でオズを演じた。

二〇世紀の著名な政治漫画家も、なんらかの形で『オズの魔法使い』に触れずにはいられなかったようだ。W・A・ロジャーズは、当時民主党のニューヨーク知事候補だった新聞王ウィリアム・ランドルフ・ハーストを、『ハーパーズ・ウィークリー』紙（一九〇六年一〇月六日～一二月三日号）掲載の風刺漫画で「ウーズの魔法使い」と戯画化した。この風刺漫画は、政治家になるというハーストの望みを打ち砕く一因となった。『ワシントン・ポスト』紙に作品を掲載するピュリッツァー賞受賞の風刺漫画家「ハーブロック」（ハーバート・ブロック）は、一九三九年にMGM映画が公開されて以降、オズの登場人物をその政治戯画に利用している。そして期待にたがわず、一九八五年のペニープレス版『オズの魔法使い』ではバリー・モーザーが、当時の大統領ロナルド・レーガンを魔法使い（大統領夫人ナンシーは西の悪い魔女）として描いた。画家のチャールズ・サントーレは、一九九一年のジェリー・ビーン・プレス版『オズの魔法使い』で「おそろしい大ペテン師」を描いたとき、P・T・バーナム、トーマス・エジソン、それにW・C・フィールズのことを意識していた。またアドレー・スティーヴンソンが一九六二年にアメリカ国連大使になったとき、彼はジョン・ケネディ大統領に、ノーベル文学賞受賞者のジョン・スタインベックから受け取ったおもしろい手紙のことを知らせている。スタインベックはスティーヴンソンに「わたしは駐オズ大使になりたいのです」と書いていたのだ。「それについては一点だけ、大きな問題があると思います。オズには、堂々と自分が偽物だと認めている魔法使いがいます。国のこの方針が、ニューヨークの政治家にどう働くと思いますか。もしこれをおおっぴらにするとしたら、ですが」（エレーヌ・スタインベック、ロバート・ウォルステイン『スタインベック書簡集――手紙が語る人生』一九七五年）。ガードナーは一九六一年のドーヴァー版の序文で、「我がエメラルドの都の立派な魔法使いは、ほんとうの魔法使いなのだろうか。それとも、現実よりもよく見えるようにわたしたちに色つきメガネをかけさせている、心やさしいサーカスのペテン師にすぎないのだろうか？」と書いている。

6【目をぐるぐる動かしたり、口をあけたりしてた】ボームは魔法使いの魔法に機械や舞台の小道具を使ったことにしている。ボーム自身は劇を上演するさいに特殊効果を多数工夫していた。ボームの義理の姉のヘレン・レスリー・ゲイジは、ボームのことを「まぎれもない天才。彼の才能は多岐におよび、手を出したものすべてをうまくやり……彼は勘で、子どものおもちゃの修理の仕方までわかるのです」と評している（「身内から見たL・フランク・ボーム」『ザ・ダコタン』誌、一九〇三年一、二、三月号）。ボームは専門書である『雑貨向けショーウィンドウの装飾法と内装』（一九〇〇年）でも、自分がもつ簡単な手品やさまざまな装置についての知識を披露している。娯楽として彼は木工を行い、ミシガン州マカタワ・パークにあるボーム家の夏のコテージ、サイン・オブ・ザ・グースで樫の木製のさまざまな家具を作った。作曲家ポール・ティーティエンスの妻で詩人のユーニス・ティーティエンスは、『身近な世界［*The World at My Shoulder*］』（一九三八年）で次のように回想している。「木工だけでは収まらず、ついにはボームは、『オズの魔法使い』のためにポールが作曲した音楽に、ピアノ向けの手の込んだ編曲を行ったのです。ボームは音楽家ではなかったけれどとてもよいできでした。さらにその後、ボームは巻紙を読み取る自動ピアノの演奏のシステムを理解し、自分が編曲した曲を丸ごと包装紙で作ったのです！　まるで手品のようでしたし、それが終わると彼はさっさと仕事に戻りました」

7【腹話術ができる】本人以外の別のところから声がしているように思わせる話術は古代にさかのぼる。エジプト、ヘブライ、ギリシアの司祭は自分の声を使って神聖な像に話させ、神託を授ける技術を有していた。一九世紀には、腹話術はかくし芸となっていた。ボームの少年時代には、旅巡業の奇術師たちがシラキュースはじめ、ニューヨーク州中部のさまざまな地域をまわっていた。そのなかに「東部の魔術師」ドナルドソンがおり、一八六五年一〇月と一二月には、黒魔術と腹話術でおどろくような奇術を見せている。

8【わしの生まれはオマハで】民主党の大統領候補ウィリアム・ジェニングス・ブライアンもオマハ出身だったことは、偶然の一致というにはあまりにもできすぎている。とはいえ一八九九年に『オズの魔法使い』を執筆しているさいに、ボームが、この政治家とその有名な「黄金の十字架」の演説のことを頭においていたという証拠は、作品中にはどこにもない。『オズとドロシー』（一九〇八年）では、小男の魔法使いが、オズにやってくる前のことを話している。彼の父親は多弁な政治家で、息子に「オスカー（Oscar）・ゾロアスター（Zoroaster）・ファドリグ（Phadrig）・アイザック（Isaac）・ノーマン（Norman）・ヘンクル（Henkle）・エマニュエル（Emmanuel）・アンブロアーズ（Ambroise）・ディグス（Diggs）」という名を付けた。これはあまりに長い名でとても覚えられないため、少年は自分のことをオスカー・ゾロアスターのイニシャル「OZ（オズ）」とよぶようになった。それ以外のイニシャルをつなぐとPINHEAD（ばか者）となり、少年は、自分の頭のできを表していると思われるのが嫌だったのだ。少年は持ち物に新しい名前を書き、サーカスに入ると気球にもその名を書いた。そして気球が雲から降りてきたとき、その地の人々は、彼がその国の正当な統治者に違いないと思った。気球には大きくオズ（O.Z.）と書かれていたからだ。アレクサンドル・ヴォルコフは一九三九年の「ロシア語版」で、なぜだか彼をジェームズ・グッドウィンという名にしている。

9【金を払ってサーカスを見にきてもらう】ボームが少年の頃、ニューヨーク州中部では気球乗りは人気のある見世物だった。一八七一年九月一三日にはC・C・コー教授が、ハノーヴァー広場で自作の気球「新世界号」を膨らませている。この広場には、ボームの父親の事業であるセカンド・ナショナル・バンク・オブ・シラキュースの建物が面していた。興行師P・T・バーナムが「教授」と呼ぶワシントン・ハリソン・ドナルドソンは、奇術師と腹話術師にして気球乗りでもあり、一八七五年七月一五日にシカゴ付近で気球に乗って空にのぼり、行方不明になってしまった。ボームがサウスダコタ州アバディーンに住んでいた頃、当地で開催されていたブラウン・カウンティ・フェアの出し物のひとつが係留気球だった。一八九三年のシカゴの万国博覧会では定期的に大きな黄色い気球が上がり、ボームは『雑貨向けショーウィンドウの装飾法と内装』（一九〇〇年）で、当時は、街で開催されるフェアの広告に係留気球がよく使われていたと記している。

10【わしが望むことはなんでも】ボーム作品の熱心なファンであるエドワード・イーガーは、自身の「現代版」おとぎ話『七日の魔法［*Seven-Day Magic*］』（一九六二年）に、この魔法使いがオズの国にやってくるまでの経緯を取り入れ、うまく書き換えている。イーガーの物語では、子どもたちのグループが魔法の本を使ってオズワルドランドという名の魔法の国を訪れる。それについて行くのはステージ・マジシャンのオズワルドだ。イーガーはオズ・シリーズを読んで育ったが、自分の息子に読み聞かせをして再読したときに、オズ・シリーズには少年少女向け文学作品としての価値があるのだろうかという疑問を抱いた。イーガーは「ファザーズ・マイノリティ・レポート」（『ザ・ホーン・ブック』誌、一九四八年三月号）でこう述べている。「わたしは初期の本――『オズの魔法使い』、『オズのふしぎな国』、『オズのオズマ姫』――にはある意味素朴なアメリカの魅力があり、それが、すぐれた文学性を欠いている点を補っていると気づいた。L・フランク・ボームがこのシリーズを続けるにしたがって物語は劣化し、後期の作品はまさに、第一次世界大戦期のアメリカについて人々が嫌うものを象徴する内容だ」。そうではあっても、イーガーはボームのオズ・シリーズを読むことで、ファンタジー作品の執筆について多くを学んだのだ。

11【わしはこの都と宮殿を作るよう命じた】一八九三年の万国博覧会で、ミシガン湖沿いに広がる湿地にホワイト・シティを建設した大実業家たちとまったく同じだ。フランシス・ホジソン・バーネットが『ふたりの小さな巡礼者の旅』(一八九七年)で書いたこの理想都市建設のようすは、魔法使いが思い出すエメラルドの都の誕生時と似ている。

全世界の魔神の支配者である偉大な魔術師がいました。魔神たちにしても、みなとても力が強くて豊かですばらしい魔術師だったのですが、その偉大な魔術師の言葉にはみなが従い、また財宝すべてを差し出すほどだったのです。偉大な魔術師は言いました。「すばらしい都を作ろう。全世界から人が集まり、そのすばらしさにおどろき、永遠に記憶に残る都を。その都では世界中のあらゆるものを見ることができ、それを見て人々は世界とはどのようなものかを学ぶ。世界はどれほど大きいのか、世界にはどのような知恵があるのか、そしてどれほど不思議に満ちているのかを！　そうすればみな、自分の真の力もわかる。その都の不思議とは、自分と同じような人々の手や足や頭が創り出すものだからだ。だから、自分たちのほんとうの強さ――気づいてさえくれればな――がわかるし、勇気をもらい、考える力もつくだろう」

もちろんここに書かれているシカゴのホワイト・シティを作った魔法は、オズのエメラルドの都の魔法と同じくすべて架空のものだ。

12【緑の色つきメガネ】ボームは「バラ色のメガネをかける」という格言をもじっているのかもしれない。これは、現実よりもなにもかもがよく見える、楽観視を意味する格言だ。ボームは似たようなことを「われらが女地主」のコラムで指摘している。「アレイ氏によるトウモロコシの分配その他、女地主、多くの話題を語る」というタイトルの回だ(『アバディーン・サタデー・パイオニア』紙、一八九〇年五月三日付)。このコラムでは、穀物がなくなってしまい、おもしろい方法で家畜を救おうとした農夫の話が語られる。「わしは馬たちに緑色のメガネをかけさせて、かんなくずを草だと思わせて食べさせるんだ。だがあいつらは太りはせん」。スチュアート・カルバーは「人形が欲しい物」(『リプリゼンテーション』誌、一九八八年冬号)で、ジョセフ・カークランドの難解な小説『ズリー　スプリング・カウンティーのいやしい男[*Zury, the Meanest Man in Spring County*]』(一八八六年)に、この記述に似た箇所があることを書いている。ロシア人評論家のミロン・ペトロフスキイは『子ども時代の本[*Knigi neshego detsva*]』(一九八六年)で、ボームの頭には、イマヌエル・カントの「人は内なる自己を現実世界に重ねるが、それは認識をゆがめるものでしかない」という理論に対して、ドイツのロマン派詩人ハインリヒ・フォン・クライストが述べた有名な言葉があったのかもしれないと述べている。クライストは一八〇一年にこう書いている。「人間がみな緑色の眼鏡をかけていれば、それを通して見えるものはすべて、実際に緑色『である』と考えざるをえないだろうし、目が現実の物をありのままに見ているのかどうか、あるいは、見えている物に目がなんらかをくわえているのかどうか判断することもできない。わたしたちの頭脳についても同じことが言える」。これは、第5章注22で言及した、「理性の時代」の合理性と、感傷的な「ロマン主義運動」の争いの一例でもある。

13【なにもかもが緑色に見えておる】ジャネット・ジャンクは「あるカンザス人の意見［*A Kansan's View*］」（ジェラルド・ピアリー、ロジャー・シャツキン『古典的アメリカ小説とアメリカ映画』所収）で、その美しさの割には、エメラルドの都の緑には自然のものが一切ないと論じている。都の描写に出てくる植物は、宮殿内のドロシーの部屋の窓に飾られた緑色の花々だけだ。ボームが描いているのは、エメラルドの都と一八九三年のシカゴ万国博覧会のホワイト・シティに共通する、幻想の都の姿なのだろうか？　ホワイト・シティも、姿を現したときに思われたほど壮麗ではなかった。宮殿その他の美しい建物は一見大理石のような仕上げがなされていたが、実際に使われていたのは、石膏とセメントと「スタッフ」と呼ばれる繊維を調合した、木よりも軽い耐久性のある建材だった。それに永続性を考慮して作られたものでもなかった。耐火性があると宣伝されていたが、一部は会場で発生した火事で燃えてしまった。建物群は壮大な廃墟となった。万国博覧会当時の建物で今もシカゴに残るのはファイン・アーツ・ビルディングのみで、ここはシカゴ科学産業博物館となった。ガードナーは『オズの魔法使いとその正体』の注19で、オズの人物像をこう修正している。「魔法使いは謙遜さがすぎ、そして少しだけうそつきだ。エメラルドの都を建設したとき、オズはほかの宝石のなによりもエメラルドをたくさん使った。眼鏡をかける習慣は実際には不要だったのだ」。『オズのふしぎな国』（一九〇四年）でジンジャー将軍の反乱軍がエメラルドの都を制圧すると、緑の眼鏡をかける習慣は廃止される。

14【今やわしも年よりだ】これは疑問だ。魔法使いは五〇歳をいくらも超えてはいないのではないか。一八世紀から貿易拠点ではあったものの、その土地にオマハという名がついたのは一八五四年の街の創設時のことだ。魔法使いの服や、その他の過去の話から、彼がオズにきたのは一九世紀後半のことだったことがうかがえる。おそらくエメラルドの都にいるあいだにほかの人々との接触を避けたために、彼の時間の感覚がおかしくなって、自分が年よりだと「思っている」のだろう。もちろん「年より」というのは相対的な言葉ではあるが。一九〇〇年のアメリカ人の寿命は、乳幼児の死亡率が高かったため、男性が四六歳、女性が四八歳だったと言われている。それでもやはり、この魔法使いが「とても年より」だとは考えづらい。実際には、魔法使いはボーム自身よりもたいして年を取っていなかったはずだ。

　ふたりの年齢が近いということのほかにもいくつか、ペテン師オズにはボーム自身がかなり投影されていることがうかがえる部分はある。たとえば、著者ボームは魔法使いと同じくステージ・マジックに興味があり、だじゃれが好きだ。マックフォールは『子どもを喜ばせるために』でこう評している。「金メッキ時代［訳注＝南北戦争後の大好況時代］も終わり、ひとりの男が試せる仕事の半分につまずいて人生の半ばを過ぎ」、ボームは「物語を書くという慎ましい才能が自分の運命だと思ったのだ。おそらく彼は自身にこの魔法使いを重ねてさえいた。オズの物語は次々と書かれ、はじめは『大ペテン師』でしかなかったオズの魔法使いは、本物の魔法使いになったからだ」

15【わしはここから出ずに】このとおりかというとそうでもない。魔法使いは少なくとも一度はウィンキーの国に旅している。悪い魔女が翼のあるサルを使って彼を西の国から追い払っているからだ。これはオズがエメラルドの都に住みつく前のできごとなのだろうか？　あるいは気球がウィンキーの国に降りて、彼と彼に従う人々が今エメラルドの都があるところに逃げてきたのだろうか。『オズとふしぎな国』（一九〇四年）の第二〇章で、よい魔女のグリンダは、オズは魔女のモンビのもとを三回訪ねたことがあり、そのうちの一回で、モンビに赤ん坊のオズマをかくす手伝いをさせたのだと言っている（この情報は、グリンダのスパイが調べたことすべてを記録した本に基づくもので、このスパイはオズについてあとふたつ、奇妙なことを書いている。オズが左足をかすかにひきずって歩き――かかしは、足にタコができたのかもしれないと言う――、またナイフで豆を食べたというのだ）。だが魔法使いとオズマ姫が『オズとドロシー』（一九〇八年）で会ったときには、ふたりとも初対面のようだし、どちらもまったく敵意を抱いていない。モンビと三回会ったことは、エメラルドの都建設以前のできごとなのかもしれない。

16【とてもできの悪い魔法使い】この魔法使いは、社会が決めた役割と、個人である自己のあいだの心理的葛藤に苦しんでいる。「急進的」心理学者のR・D・レインによると、このふたつに引き裂かれることが統合失調症――レインはこれを社会がもたらす亀裂とする――を引き起こすこともあるという。この魔法使いは妄想状態にはない。彼は自身がとてもできの悪い魔法使いだということはしっかりと認識しているが、自分をとてもいい人間だとも思っている。彼が治める人々は、自分たちが望む役割を通してのみ彼のことを見ており、彼のことを人間とさえ思っていない。これには別の問題も生じる。彼を理解していないから、彼のことを恐れているのだ。彼はとてもおそろしい魔法使いであり、人々に恐れられている。それは、彼がだれにも姿を見せないかぎりであり、彼の存在が、社会において大きな役割をもつものとして認識されている場合のみだ。衝立が倒れたときに彼の役割も崩壊し、ほんとうの自分である、小男の老ペテン師という姿を見せることができるようになる。ドロシーが第2章で、オズは「いい人」なのかどうか聞いたときに、「いい魔法使い」だと教えられた。もちろん、このふたつは同じ意味ではない。この魔法使いは、ほんとうの自分をドロシーに見せたとき、彼女をがっかりさせてしまう。この魔法使いが正体をさらしたのは一九世紀の終わりのことだ。この頃、旧時代の考えはすべて、ダーウィンやニーチェらが起こした革命で取り払われたように思える。新しい世紀のはじまりにおいては、人は自分のことを自身で理解し、人生の新しい意味を見出さなければならないのだ。魔法使いであろうと、ひとりの人間でもあるはずだ。

17【あんたが自分でそれを見つけにゃならん】かかしは黄色い道を歩く旅ですでに、脳みそをうまく使うだけの知恵があるということを証明している。だが実際に脳みそをもったことがないため、まだ、

脳みそを思う存分使ったと思ったことがないのだ。同様に、ぶりきのきこりとおくびょうライオンもそれぞれ、自分が求めている性質をすでにもっていることはわかっている。この三人は、ガードナーが『オズの魔法使いとその正体』で論じているように、「人間は、価値のない外面のシンボルに真の価値があると思い違いをする傾向がある」ことを例証しているのだ。魔法使いはすでに、自分は魔法など全然知らないと打ち明けている。だがそんな答えでは三人は満足できない。彼らは自分たちが求めているものを、目に見える形で必要としているのだ。『オズのパッチワーク娘』（一九一三年）ではこの反対の状況が生じている。ガラスのネコは赤いルビーの心臓とピンクの脳をもっていて、それは外から見えるのだが、ネコは冷たくおろかなのだ。ロンドンの『スペクテイター』紙（一九四〇年二月九日付）に掲載された一九三九年のMGMのミュージカル映画のレビューで、グレアム・グリーンはこう感想を述べている。この作品を「アメリカ人セールスマンの逃避の夢」と呼び、この作品が「道徳観は少々粗削りで空想的なものに思えるが……。セールスマンになったら最後、ずっとセールスマンであって、このファンタジーの著者はいまだに明敏なセールスマンであり、客に最高の夢——不合理なところのない——を提供している」

　アメリカでは独立独行が長く美徳とされている。この問題に関しては、ラルフ・ウォルドー・エマーソンがその著名な評論集で述べた独立独行論が思い出されるだろう。これは、ボームが子どもたちを通わせた、シカゴ倫理文化協会日曜学校が教えたことでもあった。ジョン・アルジオは「オズとカンザス——神智学の旅」（スーザン・R・ガノン、ルース・アン・トンプソン『第一三回児童文学協会年次会議録』一九八八年）において、これを、メイベル・コリンズの金言の書『道の光 [*Light on the Path*]』（一八八五年）で描かれているように、神智学の重要な教義としている。この作品はボームも知っていたのではないか。

「自分の内にあるものだけを望みなさい」とコリンズは助言している。「自分の内にあるものがこの世の光であり、道を照らすことのできる唯一の光だからです。それを自分の内に認めることができなければ、ほかで探してもむだです」。魔法使いが話しているのは、コリンズの言葉の言い換えの可能性もある。しかしレイ・ボルジャーは「オズの教訓」（『ガイドポスツ』誌、一九八二年三月号）で、自分の母親が、『オズの魔法使い』のメッセージは、聖書の「神の国はあなたがたの中にある」（ルカ伝17章21）からとられたものだと言ったと回想している。

　オズ大王に会いに行く旅は、脳みそや心臓、勇気をもらうことに価値があるのではない。その結果よりも、旅自体が大事なのだ。旅によって、自身のなかにつねにもっていたものを見出さざるをえなくなるからだ。彼らは経験を通じ

て、自分たちにこうした力があるのかを試される。彼らはオズ大王からの贈り物の使い方を学び、そうするさいに、オズにたのんでもらったものを、実際には必要としなかった。ドロシーは第3章でかかしに「オズさまが脳みそをくれなかったとしても、今より悪くなることもないわ」と言うが、その言葉のほんとうの意味をわかってはいない。かかしは今や賢くなっている。旅のあいだに知恵を試されて、かかしには脳みその使い方がわかっている。魔法使いはかかしが、事実の集積である知識と、身に着けた情報を使う能力である知恵とを混同していると暗に述べている。そして、自分の知恵をどう使えばよいかという知識を得られるのは、経験を通してのみなのだ。

18**【そんな勇気なら、あんたはいっぱいもっとる】**この言葉を『アメリカのおとぎ話』(一九〇一年)収録の「ホッキョクグマの王[*The King of the Polar Bears*]」に書かれた一文とくらべてみるとよい。「この物語は、ほんとうの威厳と勇気とは外見によるものではない、内面からくるものだということをわたしたちに教えている」とあるのだ。脳みそをもつかかし、心臓をもつブリキのきこりと同様、おくびょうライオンは自分自身をより理解するために、それが勇気であれ自信であれ、自分が価値をおくものを自身のなかにさがさなければならない。シェルドン・コップの「カウチのうしろの魔法使い」(『サイコロジー・トゥデイ』誌、一九七〇年三月号)によると、ボームは「必要であればユーモアをもって自身を受け入れるようになることで成長する可能性、また問題解決のさいに、よい人間関係が中心的役割を果たす可能性」を理解しているという。ボームは、「罰や謹厳な教え、また自己管理や犠牲、自己否定などの内なる葛藤によって人格形成が行われるという、ヴィクトリア時代の考えに対して不満を表明するために」作品を書いたのだ。ボームは、現実や、「自己」つまり「意志」の価値を探求した。彼はヴィクトリア時代の児童文学が奨励した美徳に関心はなかった。『幸福の追求[*The Pursuit of Happiness*]』(一九五三年)のハワード・マンフォード・ジョーンズの言葉を借りれば、「勤勉の義務、倹約、弱者への男らしい敬意、謹直なキリスト教徒的利他主義」といったものだ。ボームはジョーンズが「『オズの魔法使い』の公式」と呼んだ、「幸福の追求」をアメリカの児童文学に取り入れた。ボームは、個人の自由の追求を信条とし、それは「自身」のなかにのみあるものだと考えていたのだ。

『オズの魔法使い』はおとぎ話の伝統に対するばくぜんとした批判だ。おとぎ話のヒーローやヒロインは、病気を治し不運を払ってくれる護符、つまりそれがあればすべてがうまくいくものを探す場合が多い。カール・ユングの『人間と象徴　無意識の世界』(一九六四年)でM・L・フォン・フランツが書いているところによると、その病とは、人によっては、すべてが無意識で空虚だという感情の場合もある。苦しんでいる人は、なにかを探し求めることによって、生きることの意味をとりもどすのだ。そして探し求めているものは、個人の自己の反映にすぎない。かかし、ブリキのきこり、おくびょうライオンは、自分が不十分だという感情に苦しんでおり、それぞれが、自分を完璧にしてくれる特別な物を見つけなければならない。しかしお守りはシンボルでしかなく、それ自体に価値はない。重要なのは、それが自己の内面にもたらすものだ。今、三人の旅人たちは、自分が望んできたものが実はずっと自分の内にあることを理解しているのだ。

19【ブツブツ言わずに（without a murmur）】murmurには「心雑音」の意味があり、これも心臓病に関するだじゃれ。

20【なにも言わないと約束して】この約束を守っていない者がいることは確かだ。オズ・シリーズの第二巻『オズのふしぎな国』（一九〇四年）では、みんながオズはペテン師だということを知っている。チップはカボチャ頭のジャックに、オズは「じつは、そんなにたいした魔法使いじゃなかったんだ」（宮坂宏美訳）と教えている。

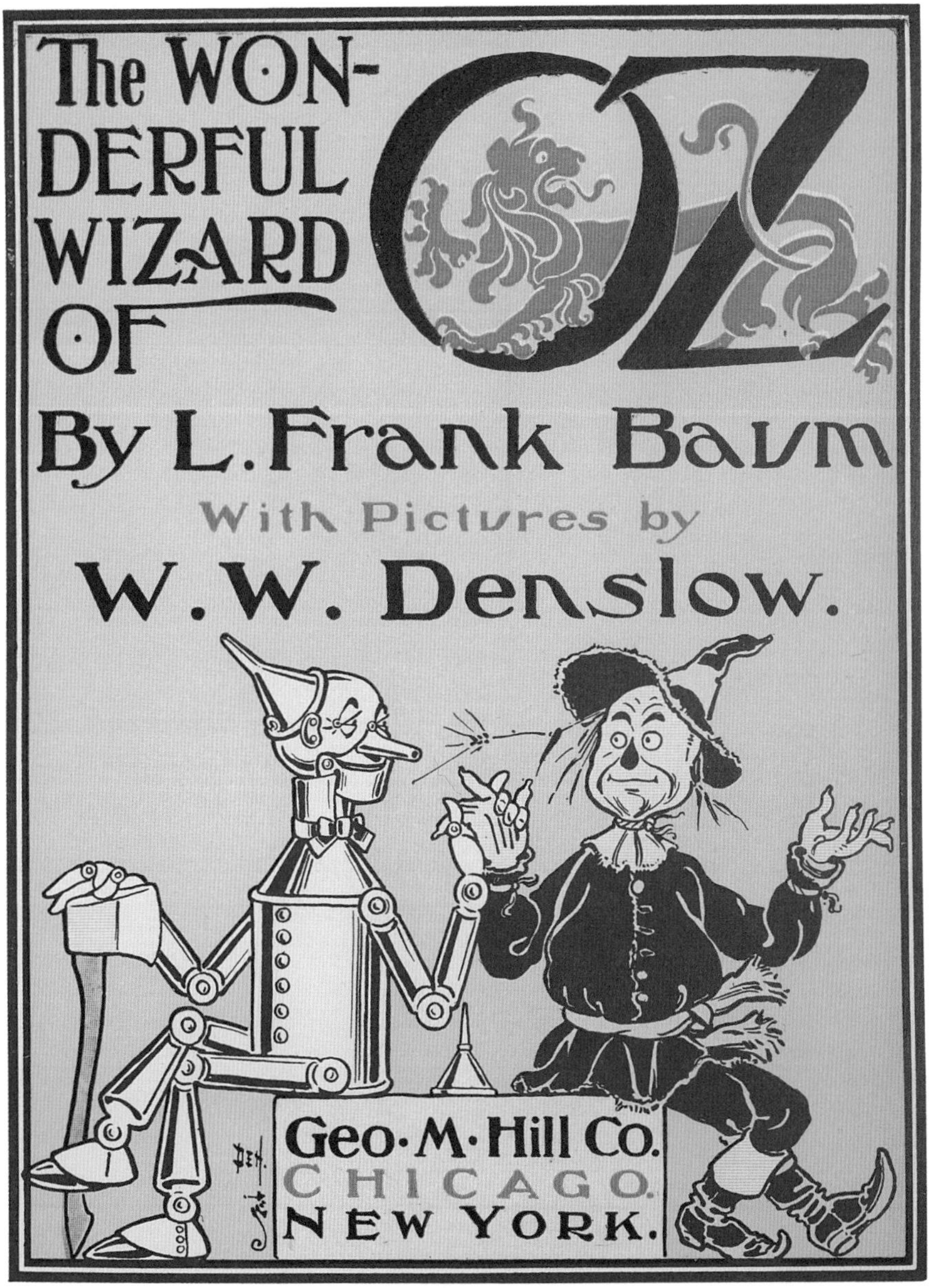

デンスロウによる初版の表紙

「トトの耳をつかんで
部屋にひっぱり上げました」

" She caught Toto by the ear."

" I am the Witch of the North."

「わたしは北の魔女なのです」

「あなたは立派な魔法使いにちがいありません」

「ドロシーは手にあごをのせてかかしをじっと観察しました」

" Dorothy gazed thoughtfully at the Scarecrow."

"'I was only made yesterday,' said the Scarecrow."

「『おととい作られたばかりなんだから』とかかしは言いました」

「『なんていい気分だ』と
ブリキのきこりは言いました」

"'This is a great comfort,' said the Tin Woodman."

「恥ずかしくないの?」

「木は谷底へと落ちていきました」

"The tree fell with a crash into the gulf."

"The Stork carried him up into the air."

「コウノトリはかかしをもちあげました」

「女王陛下、ご紹介いたします」

ntroduce to you her Majesty, the Queen."

" The Lion ate some of the porridge."

「ライオンもおかゆを
いくらか食べました」

「目はしばらくドロシーのことを
じっと見ました」

"The Eyes looked at her thoughtfully."

"The Soldier with the green whiskers led them through the streets."

「緑のひげの兵士がみんなを連れて
エメラルドの都の通りを歩きました」

" The Monkeys wound many coils about his body."

「サルたちはがんじょうなロープをライオンに投げかけて、
体と頭と脚をぐるぐる巻きにしてしまいました」

「ブリキ職人たちは三日と四晩かけて、きこりをなおしました」

s worked for three days and four nights."

"The Monkeys caught Dorothy in their arms and flew away with her."

「二匹のサルがドロシーを腕に乗せて飛びたちました」

「そのとおりじゃよ!　わしはペテン師だ」

"'I feel wise, indeed,' said the Scarecrow."

「『ほんとに賢くなった気がする』とかかしはまじめに答えました」

「かかしは大きな玉座に座りました」

"The branches bent down and twined around him."

「枝が曲がって
かかしにからみつきました」

「なによりおどろいたのが、この人たちがみんな
陶器でできていることでした」

" The Head shot forward and struck the Scarecrow."

「頭が飛び出し、首がびょーんと伸びて、かかしのお腹にぶつかりました」

「あなたから黄金の帽子をもらわなければならないわ」

第16章
大ペテン師の魔術

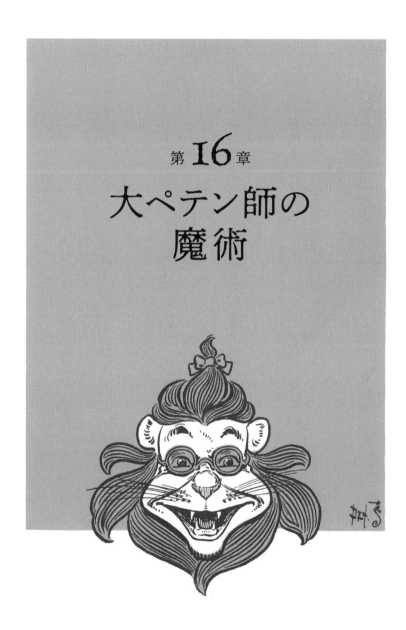

翌朝、かかしはみんなに言いました。

「おいらにお祝いを言っておくれよ。ようやくオズに脳みそをもらいに行くんだから。戻ってきたときにはもうみんなとおんなじだ」

「わたしはこれまでもずっとあなたのことが好きだったわ」ドロシーは言いました。

「かかしを好きになってくれるなんてやさしいな」とかかし。「でもおいらの新しい脳みそから出てくるすばらしい知恵を聞いたら、おいらのことをもっといいやつだと思うようになるさ」それからかかしはみんなに陽気な声でいってきますと言うと、謁見の間に向かい、ドアをノックしました。

「お入り」オズが言いました。

かかしがなかに入ると、オズが窓のそばで、じっと考え込んで座っていました。

「脳みそをもらいにきたぜ」と、かかしは少々不安になって言いました。

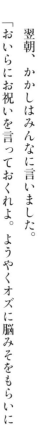

「ああ、そうだな。その椅子に座っておくれ。すまんが頭をはずさせてくれないか。頭のなかの正しい場所に脳みそを入れなきゃならんからな」

「いいとも。どうぞ頭を取ってくれ。またつけたときにはもっといい頭になってるんならオーケーだ」

そこで魔法使いはかかしの頭をはずして、なかのワラを全部取り出しました。それから奥の部屋に行って小麦の皮のブランをひとすくいとってきて、それにたくさんのピンや針を入れました。[1] それをよく混ぜ合わせるとかかしの頭の上のほうに入れて、すきまにワラをつめて、脳みそが動かないようにしました。それから頭を体にしっかりと縫いつけると、オズはかかしに言いました。

「これであんたも一人前の人間だ。新しい脳みそをたっぷりつめ込んだからな」

かかしはいちばんの願いがかなって大喜びです。それに新しい脳みそを自慢に思い、オズに心からお礼を言うとみんなのところに戻りました。

ドロシーはかかしを不思議そうに見ました。脳みそが入ったかかしの頭のてっぺんが大きくふくらんでいたのです。

「どんな気分?」ドロシーは聞きました。

「ほんとに賢くなった気がする」かかしはまじめに答えました。「この脳みそに慣れたら、なんでもわかるようになるさ」

「どうして針やピンが頭からつき出てるんです?」ブリキのきこりが聞きました。

「そいつはかかしの頭が鋭いってことなんだ」ライオンが言いました。

「そうか、ではわたしはオズに心臓をもらいに行かなければ」ときこりは言うと、謁見の間へと行ってドアをノックしました。

「お入り」という声がしたので、きこりは謁見の間に入り、言いました。

「心臓をもらいにきました」

「わかっとるよ。だがあんたの胸に穴を開けなきゃならん。心臓を正しい場所に入れないといかんからな。痛くないといいが」

「ああ、大丈夫ですよ。痛みなど感じませんからね」

　それでオズはブリキ職人の大ばさみをもってきて、ブリキのきこりの左胸を小さく四角に切り取りました。それから戸棚へ行って、シルク製でおがくずを詰めたかわいい心臓を取り出しました。

「きれいじゃろ」オズは言いました。

「ほんとに、すてきだ！」ときこりは答え、大喜びでした。「でもこれはやさしい心臓なんでしょうか？」

「ああ、やさしいとも！」と言ってオズは心臓をきこりの胸に入れ、[2]小さな四角のブリキを、切り取ったところに戻してしっかりとハンダづけしました。

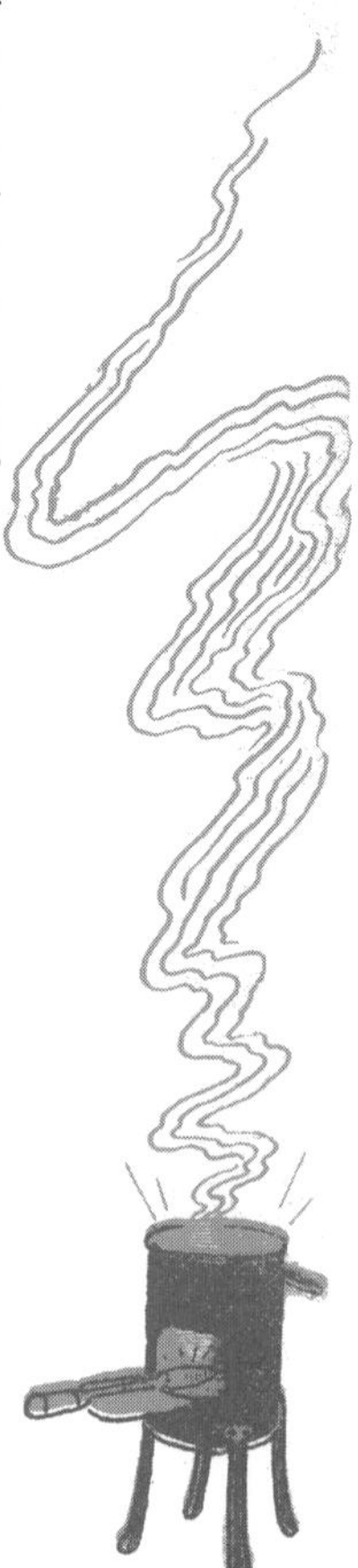

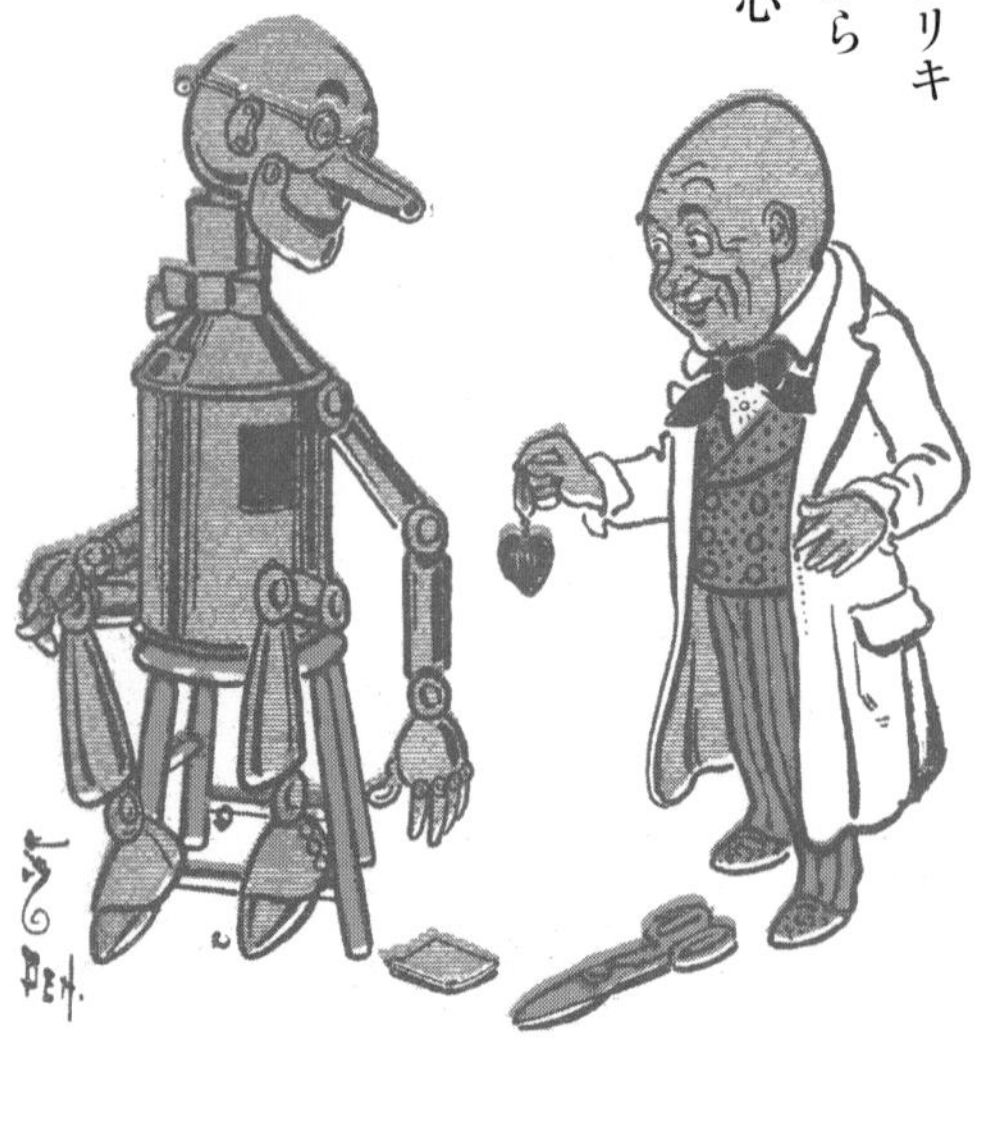

「さあ、これであんたもふつうの人とおんなじように立派な心臓ができた。胸につぎはぎができたのはすまんが、開けないことには心臓を入れられなかったんじゃ」

「つぎはぎなどお気になさらず。ほんとに感謝しています。ご親切は絶対に忘れません」幸せいっぱいのきこりは言いました。

「お礼なんぞいいよ」オズは答えました。

それからブリキのきこりは仲間のところに戻り、みんなは幸せいっぱいのきこりを喜んでくれました。

次はライオンが謁見の間へと行ってドアをノックしました。

「おはいり」

「勇気をもらいにきた」ライオンは部屋に入りながら言いました。

「よろしい。あんたに勇気をあげよう」オズは戸棚まで行き、上の棚から緑色の四角いビンを取りました。

そしてビンのなかみを美しく彫刻された緑色の金の皿に注ぎました。それをおくびょうライオンの前におくと、ライオンはなんだこれはとでも言うようにクンクンとにおいを

嗅《か》ぎました。

「飲むんだよ」魔法使いは言いました。

「これはなんだい？」ライオンは聞きました。

「それはな、あんたの体のなかに入れば勇気になる。もちろん、勇気はいつも体のなかにあるもんだろう。だから、あんたがそれを飲まないと、勇気と呼べるものにはならんのじゃ。だからすぐに飲んだほうがいいぞ」

　ライオンはもうためらわずに、皿のなかみを飲み干しました。

「どんな気分だい？」オズが聞きました。

「勇気いっぱいって感じだ」とライオンは答え、[3] みんなのところへ戻ると、うまく勇気をもらえたことを報告しました。

　謁見の間にひとりになったオズは、にっこりと笑みを浮かべました。かかしとブリキのきこりとライオンが欲しがっていたものをうまくわたしてやれたと思ったからです。「ペテン師になるしかないじゃろう。みんな、できっこないとわかっていることをわしにやらせようとするんだから。[4] かかしとライオンときこりを喜ばせるのは簡単だった。[5] 三人はわしがなんでもできると思っとる。じゃがドロシーをカンザスに帰すには、それだけじゃ足りん。今のところ、どうしたら帰してやれるかわからんのだ」

第16章　注解説

1【小麦の皮のブランをひとすくいとってきて、それにたくさんのピンや針を入れました】一九八五年のペニーロイヤル版の挿絵では、バリー・モーザーが「bran（ブラン）＋pins（ピン）＝brains（ブレイン［脳みそ］）」というおもしろい組み合わせを思いついた。モーザーは『オズへの四七日』の五月二日のページに、「ボームがこうした言葉遊び（たとえばNY＝OZ）をしているのは事実なので――「bran-new brains［新しい脳みそ］」ではなく――この組み合わせを考えついたのかもしれないと思うのは妥当だろう！」と述べている。『オズのブリキのきこり』（一九一八年）では、「わらと麦かすがつまってる」（ないとうふみこ訳）と書かれている。

2【心臓をきこりの胸に入れ】この本が刊行された一九〇〇年当時、魔法使いがブリキのきこりに心臓を与えるなどありえないことで、おとぎ話でしかできないことだった。しかし一九六七年には南アフリカで、心臓外科医クリスチャン・バーナードとその外科医チームが世界初の心臓移植を成功させた。アメリカで、ノーマン・シャムウェイ博士とそのスタッフが心臓移植を成功させたのは一九六八年のことだ。一九八二年一二月二日には全置換型の人工心臓が初めて人体に埋め込まれた。これはアメリカ人科学者ロバート・K・ジャーヴィックが創り出した心臓だった。魔法使いがシルクとおがくずで作ったものとは違い、プラスチックとアルミニウム製の心臓だ。しかし魔法使いがかかしにやってのけたように、脳を移植した例はまだない。

3【勇気いっぱい】「Courage（勇気）」とはアルコール飲料のくだけた言い方だ。レイリン・ムーアは『すばらしい魔法使い、ふしぎの国』（一九七四年）で、魔法使いが勇気が入っていると言う小さな緑色のビンは、オランダでジンが入っている容器と同じだと述べている。オズ・クラブ会員のC・ワレン・ホリスターは『ボーム・ビューグル』誌（一九六六年春号）で、イングランドのある地域で「Courage」という名のビールに出くわしたことを報告している。ホリスターは、ウェールズのカーディフでは「Brains（脳みそ）」というビールも見つけた。酒を飲んでいるあいだは強気になるのと同じで、魔法使いがあげた勇気の力は最終的には弱まることになる。ドロシーが『オズのオズマ姫』（一九〇七年）でおくびょうライオンに調子はどうかと聞くと、ライオンはこう答えるのだ。「あいかわらずおくびょ

うだよ……。小さなものにもびっくりして、胸がどきどきするからな。……外から見ればときには勇敢に思えるかもしれないが、おれは危険にめぐりあうと、いつもこわくてたまらないんだ」（ないとうふみこ訳）。兵士やプロボクサーが証明しているように、勇気とは、こわくない状況においてもっているかどうかがわかるものではなく、恐怖にどう対処するかということなのだ。

4【みんな、できっこないとわかっていることをわしにやらせようとする】万能薬のセールスマンは、それ以上のものではないのだ！　この魔法使いはあらゆる奇跡を行えるが、それは、だまされやすい人々がそれを奇跡だと信じるからこそなのだ。魔法使いが『オズとドロシー』（一九〇八年）でエメラルドの都に戻ると、すべては許される。結局、彼は、魔法使いとしてはとてもできが悪いとしても、とてもいい人なのだ。以前は、恐怖と自分がおかれた環境のせいで、彼はうそをつかざるをえなかった。最終的には、よい魔女のグリンダの的確な指導のもと長いあいだ熱心に学んで、彼はとてもいい魔法使いになる。シェルドン・コップ博士は「カウチのうしろの魔法使い」（『サイコロジー・トゥデイ』誌、一九七〇年三月号）で、博士の患者も同様に、博士が心理分析を通じて、できないとわかりきっている奇跡を起こしてくれると思っているのだと述べている。魔法使いはドロシーとその仲間を、まるで自分がセラピストで、彼らがその患者であるかのように扱っている。だれも他人の問題を解決することなどできない。指針を与えはするかもしれないが、変化を起こすのは患者自身なのだ。人は、治療してもらう以前に、自分で治ると信じなければならない。そうしてはじめて、奇跡は起こるのだ。

5【簡単だった】なんと簡単なのだろう！　かかしは頭にピンや針がつまっているので、頭が鋭いと思っている。心臓はシルク製でおがくずがつまっているので、ブリキのきこりは温かい心臓（心）の持ち主だと思っている。中身は不明だがなんらかのアルコール飲料を飲んだので、ライオンは勇気がいっぱいだと自慢している。魔法使いが三人それぞれに与えたのは、実際には体に関するしゃれを表すものなのだ。今やかかしとブリキのきこり、おくびょうライオンは、実は自分のなかにもっていたものの具体的なシンボルであり、明白な証拠を手にしているのだ。

第17章
気球が飛びたつ

三日のあいだ、ドロシーにはオズからなんの連絡もありませんでした。この間ドロシーは悲しい気分で過ごしましたが、ほかの三人の仲間はとても幸せで満足していました。かかしはみんなに、頭にはすばらしい考えがいっぱいつまっていると言いました。けれどもそれがなんなのかは言おうとしません。自分以外にはだれもそれを理解できないというのです。[1]ブリキのきこりは歩きまわっていると、心臓が胸のなかでカタカタというのを感じました。それにきっとこれは、生身の人間だった頃にもっていた心臓よりもずっとやさしく温かいものだとドロシーに言いました。ライオンは、この世にこわいものはないと宣言し、軍隊だろうと、おそろしいカリダーが一ダースかかってこようと、喜んで戦ってやると言いました。

こんなふうに、三人の仲間はみんな満足していました。けれどもドロシーはそうではなく、前よりもっと、カンザスに帰りたいという気持ちをつのらせていました。

四日目になって、オズからくるようにという連絡があり、ドロシーは大喜びしました。ドロシーが謁見の間に入ると、オズはやさしい声で言いました。

「お座り、おじょうさん。たぶんこれで、この国を出ていけるよ」

「カンザスに帰れるの?」ドロシーはいきおい込んで聞きました。

「そうじゃな、カンザスに行けるとはかぎらん。カンザスの正確な位置を知らんからな。じゃがまずは砂漠を越えることだ。そうしたら、あんたが家に帰る方法を見つけるのも簡単じゃよ」

「どうすれば砂漠を越えられるの?」ドロシーはたずねました。

「そうじゃな。わしの考えはこうだ。前にも言ったが、わしはこの国に気球に乗ってやっ

てきた。[2]あんたも竜巻に運ばれて空からやってきた。だからわしが思うに、大きな砂漠を越えるためには、空を飛ぶのがいちばんなんじゃないかな。もちろん、竜巻を起こすなんぞわしにはできん。だから、どうしたら空を飛べるかよく考えてたんだが、気球なら作れると思うんじゃ」

「どうやって？」とドロシー。

「気球はシルクでできておる。[3]そして、ガスが抜けないようにシルクにのりを塗るんじゃ。宮殿にはシルクがたっぷりあるから、気球を作るのは問題ないじゃろう。だがこの国には、気球にこめて浮かび上がらせるためのガスがない」

「空に浮かばない気球なんて、なんの役にも立たないわ」ドロシーは言いました。

「そのとおり。じゃが気球を飛ばすためにはまだ方法はある。熱い空気をいっぱい入ればいいんじゃ。熱い空気はガスほどうまくはいかん。[4]冷えると気球は砂漠に降りてしまうからな。そうなるとわしらは迷子になってしまう」

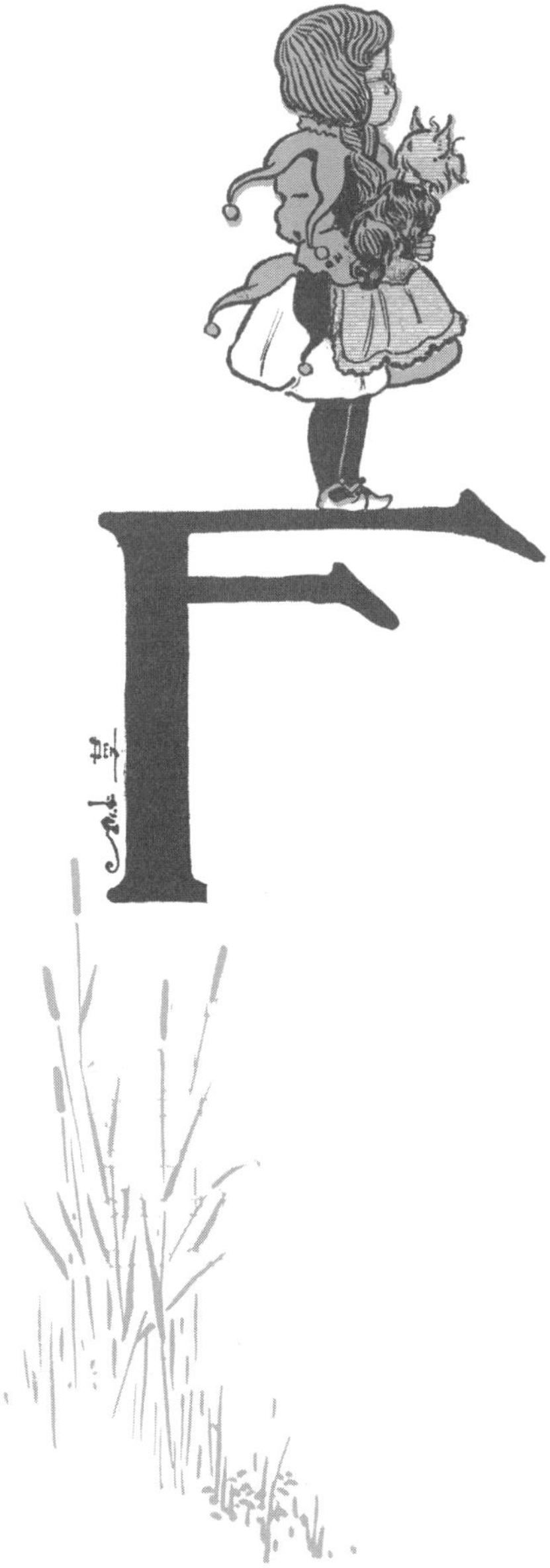

「わしらですって！　あなたも一緒ってこと?」

「ああ、もちろん。もうペテン師なんかいやじゃ。この宮殿から出て行けば、すぐに魔法使いなんかじゃないことは知られてしまう。そうなったら、この国のみんなは、だましたと言ってわしを罰するじゃろう。だからわしはこの部屋に一日じゅう閉じこもっていなきゃならん。もういやなんだ。あんたとカンザスに戻って、またサーカスに入ったほうがずっといい」

「一緒に行けるなんてうれしいわ」ドロシーは言いました。

「そりゃありがとう。さあ、シルクを縫い合わせるのを手伝ってくれるなら、すぐにでも気球作りをはじめるよ」

そこでオズがシルクを適当な大きさに切っていくと、ドロシーが針と糸をもって、それをしっかりと縫い合わせていきました。最初は明るい緑色のシルク、それに濃い緑色のシルクを合わせ、その次にはエメラルド・グリーンのシルクを縫い合わせていきます。オズはいろんな緑の布で気球を作りたかったからです。シルクを全部縫い合わせるのに三日かかりましたが、それも終わり、長さが二〇フィート（約六メートル）を超すような、大きな緑の袋ができあがりました。

それからオズは袋の内側に、空気が抜けないようにのりをうすく塗りました。そして、これで気球は完成、とオズは言いました。

「じゃが、わしらが乗るカゴを用意せねばならん」そこで緑のひげの兵士に大きなせんたくカゴをもってきてもらい、オズは何本ものロープでそれを気球にしばりつけました。

それがすべて終わると、オズは都の住民に、オズの兄である、雲のなかに住む偉大な魔法使いに会いにいくと告げました。この知らせはすぐに都じゅうに広まって、その不思議な光景を見ようと、住民みんなが集まって来ました。

オズは気球を宮殿の前に運ばせ、住民はそれをものめずらしげにみつめました。ブリキのきこりは自分が作った薪の山に火をつけ、オズは気球の口の部分を火の上に向けて、火から上がる熱い空気をシルクの袋のなかにためました。しだいに気球はふくらんできて空中に浮かび、ついにはカゴが浮き上がりそうになりました。

オズはカゴに乗り込み、みんなに大声で告げました。

「わしはこれから出かける。わしが留守のあいだはかかしがこの都を治める。わしのときと同様、かかしの言うことに従うように」

この頃には、気球は地面につないだロープで留めておくのがむずかしいくらいになっていました。気球

にたまった空気は熱くてまわりの空気よりもずっと軽いので、空に上がっていこうとするのです。

「ドロシー、おいで！　急げ。気球が飛んでいってしまうぞ」

「トトがいないの」ドロシーが答えました。かわいい犬をおいていきたくはありません。トトは人混みのなかにかけていって、見つけた子猫に吠えていたのです。やっとトトを見つけたドロシーは、トトを抱き上げて気球のほうへと走り出しました。

気球まであと二、三歩というところまできて、オズがドロシーをカゴにひっぱり上げようと手を伸ばしたそのとき、ロープがバシッと言って切れました。そして気球はドロシーを残したまま、空へと上っていってしまいました。

「戻ってきて！」ドロシーは叫びました。「わたしも行く！」

「おじょうさん、もう戻れないよ。[5]さよなら！」オズがカゴから叫び返しました。

「さようなら！」とオズの国のみんなも言って、カゴに乗って上っていく魔法使いを見送りました。

そして気球はどんどんと、空高く上がっていくのでした。

それっきり、みんなは偉大な魔法使いオズの姿を見ていません。[6]彼はぶじにオマハに着いて、[7]今もそこにいるのかもしれません。みんなはオズのことを懐かしく思い出し、[8]こう言いあいました。

「オズさまはいつもわたしたちによくしてくださった。ここにいるあいだにこの美しいエメラルドの都をわたしたちに作ってくださり、いなくなるときには、賢いかかしを王さまにしていかれた」

それでも何日ものあいだ、みんなはすばらしい魔法使いがいなくなったことを悲しみ、なかなか気分は晴れないのでした。

第17章　注解説

1【自分以外にはだれもそれを理解できない】かかしは相変わらずだ！　前の章の冒頭部でも、「おいらの新しい脳みそから出てくるすばらしい知恵」とかかしは仲間に大口をたたいている。かかしはまた、意味のない外面的シンボルと、それが表す価値とを混同している。脳みそをもっているから、知的に考えることができるというわけではない。かかしは脳みそをもたないおろか者という点では、今も、導いてくれる脳みそがなく、穴につまずいて転んだときと変わってはいないのだ。ボームは気取ったり尊大であったりすることにはまったく我慢ならなかった。オズ・シリーズでいちばん笑えるのは、『オズのふしぎな国』(一九〇四年)のかかしとカボチャ頭のジャックとの会話だ。ジャックが、自分は王様のことが理解できない、それは王様がマンチキンでジャックがギリキンだからだと言うと、かかしが、自分は「カボチャ頭の話す言葉」を理解できないと言い張って通訳を呼ぶのだ。もちろん、オズの住民はみな、同じ言葉を話す。

同じく『オズのふしぎな国』では、ボームはコミカルな点では最高傑作と言えるカクダイ・クルクルムシ・ハカセを登場させている。ハカセはかかしよりもずっと学者ぶった人物だ。クルクルムシは、ある教授の教室に紛れ込んでその授業を聞きはじめたときは、ごくふつうの小さな虫にすぎなかった。やがて彼は「教育を受けてすっかり変わった」のだ。そして教授がクルクルムシをつかまえて、生徒たちのために拡大鏡でスクリーンに大きくうつしだして見せると、虫は「カクダイされた」のだ。欠点をもつにもかかわらず、クルクルムシ・ハカセはボームの好きな登場人物のひとつだった。ボームは第二巻の『オズのふしぎな国』を原作としたミュージカル狂騒劇に『クルクルムシ』というタイトルをつけ、クルクルムシを主人公とした特別な絵本『クルクルムシのはなし』(一九〇五年)を書いた。クルクルムシは、この絵本の宣伝用に開催された「クルクルムシはなんと言った?」コンテストで有名になった。クルクルムシはまた、だじゃれ好きという弱点もボームと同じだ。クルクルムシはオズの国の王立芸術体育大学校を創設しており、ここでは学生が勉強ではなくスポーツに精を出せるように、「教育錠」を飲む(クルクルムシ・ハカセは「ちゃんと食事錠」も開発し、それは三つの講座で飲むことができる)。しかし教授であるクルクルムシ・ハカセをおもしろいと思う教育者ばかりではなく、クルクルムシ・ハカセがボームの反知性主義の象徴だと見る教育者もいる。

2【気球】「魔法使いは、ドロシーを熱気球でカンザスに帰そうと提案する。それは同時に、『熱気』を利用して魔法を見せるためでもある」。ジャスティン・G・シラーは一九八五年のペニーロイヤル・プレス版のあとがきでこう記している。

ボームが、気球を使って立ち往生した訪問者を遠く離れた故郷へと帰したのは、これが最初ではなかった。『散文マザー・グース』(一八九七年)の「月の男[The Man in the Moon]」では、天文学者がこう言う。「町には、去年の夏にやってきたサーカスが宣伝に使う大きな気球がある。この気球を膨らませて、月にいた男をこれに乗せて送り返せばいい」。とはいえノリッジの人々は、ペテン師の魔法使いオズ以上のことをやってのけた。「そこで気球をもってきて膨らませ、男をカゴに乗せて、行けと合図を送った。そうしたら気球は月に向かって上って行って……ついには男が手を伸ばして月の端っこをつかみ、ほら、もう、彼はまた月の男だ！」

3 **【シルクできて】**ボームは当時の空飛ぶ気球を正確に描写している。気球の製作にはシルクが一般的な材料であり、また一般に、テレピン油に溶かした天然ゴムがのりとして使われていた。近年になってようやく、より耐久性があり安価な材料が使われるようになった。

4 **【熱い空気はガスほどうまくはいかん】**ひと口にガスと言われることが多いが、気球にためるガスは実際には一種類だけではない。フランス人のジョセフとジャックのモンゴルフィエール兄弟が初めて気球での飛翔に成功したのが一七八三年六月のことで、この気球は熱気を使用したものだった。初めて気球に使用された純粋なガスは、イギリス人化学者のヘンリー・キャベンディッシュが一七六三年に生成に成功した水素だった。一七八三年には、フランス人のJ・A・C・シャルルが初めて水素を用いて気球の飛翔に成功し、一九世紀になると、気球には一般に水素が使用されるようになった。魔法使いはおそらく水素のことを言っているのだろう。ヘリウムがさかんに使われるようになったのは第一次世界大戦後のことだ。水素は気球を膨らませる力が強い。熱気をためた気球はなかの空気が冷えると降下していき、この点は水素を使用した場合とは違う。

5 **【もう戻れないよ】**これにはそれなりのわけがある。魔法使いは気球を作るさいに、高度を調節するための装置をつけていないのだ。本文にも挿絵にも、バルブやガイドロープがあることを示すものはない。こうした装置があれば、操縦士は数秒間コードを引っぱって空気をゆっくりと逃がし、気球を降下させることができる。高度調節の装置がない場合、気球を降下させるには、ためた熱気が冷えるのを待つしかない。デンスロウはこの章のタイトルページ向けの絵に鉛筆でガイドロープを描いているのだが、おそらくボームがそれを消すように言ったのだろう。

6 **【偉大な魔法使い】**オズは『オズとドロシー』（一九〇八年）でエメラルドの都に戻ってくる。彼は王国公認のオズの魔法使いとしてふたたび招かれ、謁見の間の奥の、昔使っていた部屋に住むことになる。もう国を治める王ではないが、しかしまもなく、ペテン師でもなくなるのだ。

7 **【ぶじにオマハに着いて】**オズ・クラブ会員のルース・バーマンは『ボーム・ビューグル』誌の一九六一年八月号で、オズがアメリカに戻ったことをうかがわせる場面が最初に出てくるのは『クルクルムシのはなし』だと述べている。「血に飢えた」洗濯屋から逃れるために、クルクルムシはサーカスの気球のカゴに飛び乗り、空高く上がって、怒り狂った敵と気球乗りをはるか下におきざりにするのだ。ボームはこのサーカスの気球乗りを「教授」としか書いていないが、アイク・モーガンが挿絵に描いたのは、タイツをはきシルクハットをかぶったはげ頭の年よりの男だ。この挿絵と中西部という場所は、「教授」が魔法使いのオズその人だと示唆するものだ。オズは『オズとドロシー』（一九〇八年）で、アメリカに戻ると客よせ気球乗りとして「ベイラム&バーニー大サーカス」に入り、中西部を巡業したのだと語っている。

8 **【みんなはオズのことを懐かしく思い出し】**だが『オズのふしぎな国』（一九〇四年）でオズがペテン師だとわかってしまうと、オズのことを愛情こめて話すというわけにはいかない。

第18章

南へ向かって

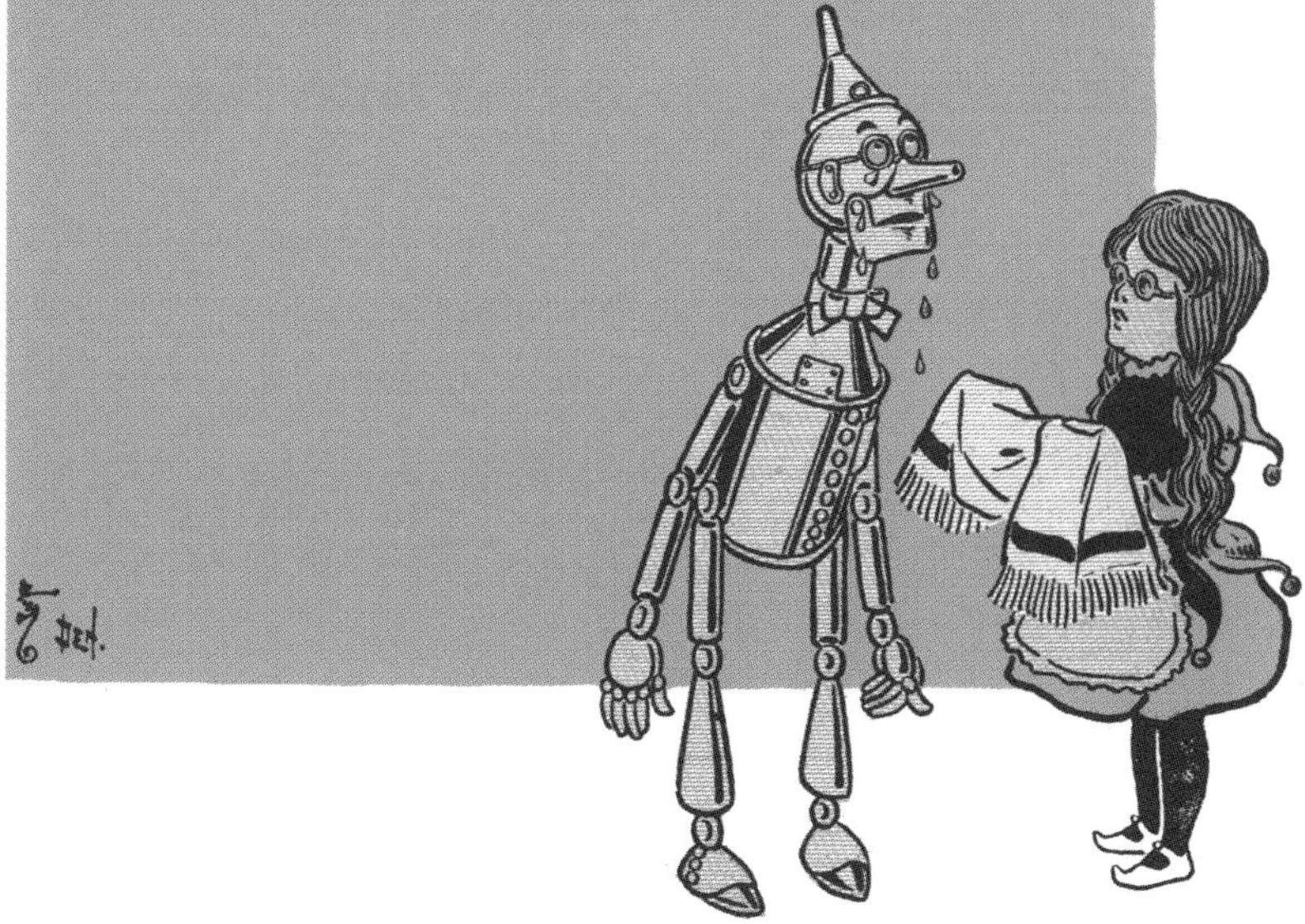

ドロシーはカンザスに戻れる望みがなくなってさめざめと泣きました。けれどよく考えてみると、気球に乗って行ってしまわずによかったとも思いました。とはいえオズがいなくなったことは悲しく、それは仲間もみんな同じ思いでした。

ブリキのきこりはドロシーのところにやってきて、こう言いました。

「わたしに心臓をくれた人がいなくなったことを悲しまなかったら、ほんとうに恩知らずになってしまいますので、オズが行ってしまったことを少しだけ泣きたいと思います。さびないように涙をふいてもらえますか」

「ええ、いいわよ」と言うと、ドロシーはすぐにタオルをもってきました。それから数分のあいだブリキのきこりは泣き、ドロシーはどこに涙が流れるかよく見て、タオルでぬぐってあげました。きこりは泣きおえるとドロシーに丁寧にお礼を言って、宝石が埋め込まれた油さしで、つぎめがくっつかないようにしっかりと油をさしました。

かかしは今やエメラルドの都を治める王です。[1]魔法使いではなかったけれど、都の人々はかかしを誇りに思いました。「だって、世界のどこを見たって、ワラをつめた人が治める都なんてないからね」と都の人たちは言うのです。その点については、都の人々が知るかぎりは正しかったのでした。[2]

気球がオズを乗せて飛んで行ってしまった翌朝、四人の仲間は謁見の間に集まってこれからのことを話しあいました。大きな玉座に座ったかかしの前に、ほかのみんなはうやうやしく立ちました。

「おいらたちはそう運が悪いわけじゃあない」と新しい王は言いました。「だって

この宮殿とエメラルドの都はおいらたちのもんだ。それに自分の好きなようにできるんだ。ちょっと前まで、おいらは農家のトウモロコシ畑の棒にひっかかってた。だが今じゃこの美しい都の王だ。おいらは自分の運命にじゅうぶん満足してる」

「わたしもですよ」ブリキのきこりが言いました。「新しい心臓をもらってとてもうれしいですし、それが、この世でいちばん欲しかったものなんですからね」

「おれは、この世のどんな獣にも負けないくらい勇気があるってわかってるからな」ライオンもおだやかに言いました。

「ドロシーがこのエメラルドの都に住むことに満足してくれさえすれば、おいらたちはみんな幸せになるんだがな」とかかし。

「でもわたしはここに住みたくないわ」ドロシーは叫びました。「わたしはカンザスに帰って、エムおばさんとヘンリーおじさんと一緒に暮らしたい」

「じゃあ、どうすればいいでしょう?」きこりが聞きました。

かかしは考えることにしましたが、あまりにもいっしょうけんめい考えたので、ピンや針が脳みそからつき出てきました。

「翼のあるサルを呼んで、砂漠の向こうまで連れてってくれと頼んだらどうだ?」

「考えてもみなかったわ」ドロシーがうれしそうに言いました。「それよ。すぐに黄金の帽子を取ってくるわ」

ドロシーは謁見の間に帽子をもってきて、魔法の呪文を口にしました。するとまもなくサルの一群が飛んできて、開いていた窓から謁見の間に入り、ドロシーのそばに降りました。

サルの親分が小さな女の子のドロシーにおじぎをして言いました。「これで二回めのお呼びだが、どんなご用で?」

「カンザスまで連れて行ってほしいの」

けれどもサルの親分は首をふって言いました。

「それは無理だ。[3]おれたちがなにかできるのはこの国のなかだけだ。この国からは出られないんだ。翼のあるサルでカンザスに行ったことのあるやつはいないし、これからもいないだろう。カンザスに住んでるわけじゃないからな。できることはな

んでもやるが、砂漠は越えられないんだ。じゃあな」

サルの親分はもう一度おじぎをすると翼を広げ、手下を連れて窓から飛びたちました。

ドロシーはがっかりして泣きそうでした。

「黄金の帽子の魔法をむだにしちゃったわ。翼のあるサルはわたしをたすけてくれなかった」

「なんとまあ、残念です！」やさしい心の持ち主のきこりが言いました。

かかしはまた考えはじめましたが、頭があまりにも膨らんだので、ドロシーは破裂するのではないかとこわくなるほどでした。

「緑のひげの兵士を呼ぼう。どうすればいいか聞くんだ」

呼ばれた兵士はびくびくしながら謁見の間に入ってきました。オズが生きている頃[4]は、兵士はドアからこっちに入ることは絶対に許されなかったからです。

「このおじょうさんが砂漠を越えたいんだ。どうすればいい？」かかしが言いました。

「わたしにはわかりません。だれも砂漠を越えたことなどないからです。越えたのはオズさまだけです」

「だれかたすけてくれる人はいないの?」ドロシーが必死に聞きました。

「グリンダならたすけてくれるかもしれません」兵士が答えました。

「グリンダってだれだ?」かかしが聞きます。

「南の魔女です。[5] グリンダは魔女たちのなかでいちばん力があって、クワドリングたちを治めています。それに、グリンダの城は砂漠に接しているので、砂漠を越える方法を知っているかもしれません」

「グリンダはいい魔女なんでしょう?」ドロシーは聞きました。

「クワドリングたちはそう思っています。それにグリンダはだれにでも親切なのです。グリンダは美しい女の人だと聞いています。[6] 長いこと生きているのに、ずっと美しいままでいられる方法を知っているのです[7]」

「どうすればグリンダの城に行けるの?」ドロシーが聞きました。

「ずっと南へ行くのです。けれどもそこに着くまでには危険がたくさんあると言われています。森には野の獣がいますし、自分たちの国によそ者が入り込むのが嫌いな部族もいます。だから、クワドリングたちもエメラルドの都にこないのです」

兵士はそう言うと謁見の間を出ていきました。するとかかしはこう言いました。

「あぶないことはあっても、ドロシーが南の国まで行って、グリンダにたすけてくれるように頼むのがいちばんじゃないか。ドロシーがこのままここにいたら、カンザスに帰ることはないだろうしな」

「今度もしっかり考えたんですね」ブリキのきこりが言います。

「ああ」とかかし。

「おれはドロシーと一緒に行くぞ。この都はあきたし、森とおれの国が懐かしいからな。おれは野の獣だ。ドロシーには守ってやるやつも必要だしな」ライオンがきっぱりと言いました。

「そうですよね。わたしの斧だって必要になるかもしれません。だから、わたしもドロシーと一緒に南の国へ行きます」きこりも言います。

「いつ出発する？」かかしが聞きました。

「かかしも一緒？」みんなはおどろきました。

「もちろんだ。ドロシーがいなかったら、おいらは脳みそをもらえなかったはずだ。トウモロコシ畑の棒からおいらを降ろしてくれて、エメラルドの都まで連れてきてくれたのはドロシーだ。だからおいらの幸せは全部ドロシーのおかげなんだ。ドロシーがカンザスに戻るまで、なんとしてもひとりになんかできないさ」

「ありがとう。みんなほんとにやさしいのね」ドロシーは気持ちを込めてそう言いました。「でもなるべく早く出発したいの」

「明日の朝出発しよう。さあ、準備しなきゃな。長い旅になりそうだから」かかしが言いました。

第18章 注解説

1【エメラルドの都を治める王】まぬけや愚か者、おばかな人物が幸せを探しに出かけ、冒険の果てに王になるという民話は多数ある。かかしは、野暮な田舎者が「成功を夢見て」大都市に行くという、アメリカン・ドリームにはなじみのキャラクターだ（「あの場所で成功できるなら、どこでだってやっていけるだろう」とフランク・シナトラは『ニューヨーク、ニューヨーク』で歌っている）。『オズの魔法使い』と同じ年に刊行されたセオドア・ドライザーの『シスター・キャリー』を読みさえすればわかる。この時代の、野望を抱く田舎の女性が可能なかぎりの手段でシカゴへ、次にはニューヨークへと出ていき、有名な女優になる話だ。かかしは都を治めているが、オズの魔法使いよりもすぐれた国王になるだろうか？ オズは民主主義国家ではないが、今やこの国を治めるのは「一般庶民」だ。脳みそをもらったとはいえ、かかしはごくふつうの人だ。ボームのおとぎ話には、ほかにも型にはまらない政治形態の国が登場する。『空の島［*Sky Island*］』（一九一二年）に登場する空に浮かぶ島にあるピンクの国では、いちばん肌の色が白い人が国を治め、この女王はその地位にそぐわぬ慎ましい暮らしをしている。女王はこう説明している。「王や女王に任命されるのは、国民を守り、国民に仕えるためなのです。ですからわたしは、法が正しく行われるようにする係にすぎません。法とは人々の意志であり、わたしは人々に仕えているだけであって、いつも国民の幸福を守ることだけを考えなければならず……いいえ、わたしたちのやり方がいちばんです。国を治める者は、王であれ女王であれ、絶対的な力をもってはいますが、お金持ちなのではありません。高い地位にいるわけでもないし、へつらうべき相手でもありません。富み、名誉をもつのは国の人々です。それが当然のことなのです」。ボームは『オズのチクタク』（一九一四年）で王や女王が大勢いるおとぎの国を取り入れているが、そのなかでも最高の統治者は「一般市民」なのだ。

2【都の人々が知るかぎり】「王室史編纂家が、オズの国の外には、ワラ人形の統治者はかなりいる可能性を示唆しているのは明らかだ」。ガードナーは『オズの魔法使いとその正体』でちゃめっけたっぷりに述べている。

3【それは無理だ】オズの国の魔法に限界があるのははっきりしている。想像上の世界であっても、決まりには従わなければならない。ジョージ・マクドナルドは『オーツ麦の皿』（一八九三年）収録の「気ま

ぐれな想像力」でこう論じている。「新しい世界を創造した場合、最優先すべきことは、新しい世界が生まれたときに作った法のあいだに矛盾があってはならないというものだ。そして創作の過程において、創った当人はその法をしっかりと守るべきだ。ひとつでも忘れた瞬間、物語は、自分で作った前提によって信頼のおけないものになってしまう。想像の世界に住もうとする場合は、その世界が従う法に気をつけなければならない。法を守らないと、その世界を乱し、そこからはみ出してしまう」。オズではあらゆることが可能なわけではない。ドロシーが『オズのグリンダ』（一九二〇年）で、オズのみんながなんでも望みどおりにできるようになればいいのに、と言うと、オズマ姫はピューリタン的労働倫理を弁護するだけではなく、人間の本質をかなり正確に理解していることを証明するのだ。

あなたの考えているとおりにしたら、楽しいどころか、つまらない世の中になってしまうわ。だって、だれでも杖をふるだけで望みがかなえられるようになったら、そもそも望むことがなくなってしまうでしょう？　手に入れるのがむずかしいものをどうしてもほしいと思うこともなくなってしまう。なんでもかんたんに手に入るんだもの。ほしくてたまらないもの――それもひっしに働いたり、しんちょうに考えたりしなくては得られないものを手にする楽しみも、すっかり失われてしまうのよ。そして、やることがひとつもなくなって、毎日の生活にも仲間にも興味が持てなくなる。（宮坂宏美訳）。

なんでもできれば人生にはドラマがなくなり、おとぎ話も必要なくなるだろう。オズの国も、その国の自然の法則に従っているのだ。黄金の帽子と銀の靴はカンザスでは力をもたない。ドナルド・ウォルハイムは、一九六五年のエアモント版『オズの魔法使い』の序文でこう述べている。「［オズでは］魔法ですべてができるわけではない。できることはかぎられており、また試みたり知恵を働かせたりすることでそれを見つけなければならない。それは科学的手法の基盤でもあり、おそらくこのために、科学的なものにおどろきを抱く年齢の子どもたちにとって、オズは信頼のおけるものなのだ。それは現代アメリカの科学を重視する考え方と大きく異なるものではない」。マティルダ・ジョスリン・ゲイジは『女性、教会、そして国家』（一八九三年）で、宗教裁判の時代には、「魔女は実際にはもっとも深遠なる思想家であり、当時においてはもっとも進んだ科学者でした。当時、魔女に対して行われた迫害は、現実には、教会による科学への攻撃だったのです」と論じている。ゲイジは「魔法」とは、「すぐれた科学」であり、また「一定の効果をもつ、一般には知られていない自然の法則で

す。自然を操る秘儀とは……目には見えない自然の力を利用した結果であり、たとえば今日の電気器具を使うようなものなのです。数世紀前なら、電気器具の類は魔法と言われたでしょう」とも書いている。薬草その他の植物がもつ癒す力を知っていた女性だけが、医学の知識をもっていた。彼らは当時、医師であり外科医だったのだ。

　ボームは魔法と科学との関係がよくわかっていた。魔法も科学も、鍛錬の先には同じ目的がある。自然を理解しコントロールすることだ。現代の医学は、今「魔法」と呼ばれているものから進化している。化学は錬金術から、天文学は占星術から発展したものだ。ボームは、オズ・シリーズのようなおとぎ話は想像力を刺激し、それが科学的発見を生むと信じていた。『オズの消えた姫』（一九一七年）のまえがきでもボームはこう書いている。

　想像力のおかげで……フランクリンは電気を見いだしました。想像力があったからこそ、わたしたちは蒸気機関や、電話や、蓄音機や、自動車を手に入れました。というのも、こういったものを実現させるには、まずそれらを夢見る必要があったからです。

　つまり夢は——そう、目を大きくひらいて、脳という機械をフル回転させているときに見るあの白昼夢は、世界をよりよい方向へみちびいていくものだと思われます。想像力のゆたかな子どもは、想像力のゆたかな大人になり、たいていなにかを生みだしたり、発明したりすることによって、文明を発展させていくものです。とある著名な教育者が教えてくれたのですが、おとぎ話というのは、子どもの想像力の発達において、はかりしれない価値があるそうです。わたしもそう思います。（宮坂宏美訳）

『オズのパッチワーク娘』（一九一三年）では、ボサ男が「オズの歌を歌うよ……この国では魔法は科学」と歌う。オズの妖精たちは自然の力をもっているが、そうでない人々は魔法を教わらなければならない。魔法使いが『オズとドロシー』（一九〇八年）でエメラルドの都に戻ると、オズマは彼を「オズ王国の公認魔法使い」に任命する。オズマ姫はこのペテン師が「いちばん安全」な魔法使いであることを知っており、最終的には、オズはよい魔女のグリンダから本物の魔法をいくらか学ぶ。オズは『オズのエメラルドの都』（一九一〇年）でこう説明している。よい魔女の「グリンダは、わしがエメラルドの都に住みつくと決めたことを知って、オズの魔法使いならペテン師ではなく、れっきとした本物の魔法使いにならなくてはと、魔法のてほどきをしてくれることになったのだ」（ないとうふみこ訳）。オズマが『オズのパッチワーク娘』（一九一三年）で言っているように、オズで魔法を使ってもいい人はグリンダとオズだけだ。オズマは「このふたりは国民に利益をあたえ、より幸せにすることにしか魔法をつかわないと信じられる人たちです」（田中亜希子訳）と言って、このふたりを信頼しているのである。『オズのリンキティンク』（一九一六年）では、魔法使いは、昔の医者が往診のさいに医療器具を入れていたような小さな黒い鞄をもっており、これに魔法の道具をつめている。オズは『オズの消えた姫』（一九一七年）で、「道具のない魔法使いなど、トンカチやノコギリのない大工と同じく無力なもんさ」（宮坂宏美訳）と説明している。だがボームは、「どんなに器用などろぼうでも、他人から知識をうばうことは不可能です。だからこそ知識は、もっとも貴重で安全な財産なのです」（宮坂宏美訳）とも言っている。『オズの魔法』（一九一九年）では、ドロシーが魔法使いの部屋を訪ねる。この部屋で魔法使いのオズは魔法の研究をしているのだ。オズでは、魔法は、科学的方

法で試行錯誤して学ばなければならない。エドワード・ワーゲンクネヒトは『ユートピア・アメリカーナ』(一九二九年)でこう解説している。「[ボームは]アメリカの子どもたちに、探しさえすれば、身の回りの生活のなかにおどろくような物があることを教えている。十分な意欲と洞察力があり、その重要性を理解し、形を変えて利用できさえすれば、煙や機械でさえもおとぎ話にできることを教えているのだ」

4【オズが生きている頃は】ボームは、気球に乗ってアメリカに戻るあいだに、オズが死んだとでも言いたいのだろうか? 『オズとドロシー』(一九〇八年)では、魔法使いはオズに生きて戻り、元気に暮らしている。

5【南の魔女】MGM映画では、北のよい魔女と南のよい魔女のグリンダとを組み合わせてひとりの魔女にし、北のよい魔女のグリンダとしたためにかなり混乱が生じた。だがボームでさえ、少なくとも一度はまちがっている。『オズのチクタク』(一九一四年)で、ボームはグリンダの城は「オズマ姫の宮殿があるエメラルドの都のはるか北」にあると書いているのだ。

6【グリンダは美しい女の人】グリム童話やアンデルセン童話を読んで育った人は、一九三九年のMGM映画の「魔女は年よりで醜い」というジュディ・ガーランドの言葉を信じがちだ。だがかならずしもそうだったわけではない。ゲイジは『女性、教会、そして国家』でこう書いている。「並外れた美しさは、莫大な富をもつのと同様、女性にとっては危険なことでした。魔女の財産を強制的に横奪しようとする教会によって、[美しさは魔法のせいだという]非難を受けることが多かったのです」。「また年よりの女性は、ただ高齢だというだけで悪魔に乗りうつられていると疑われ、超自然的な悪の力を授かった人間に違いないと思われていました」

7【長いこと生きているのに、ずっと美しいままでいられる方法】もちろん、ヨーロッパの民話に登場する魔女がみな醜いわけではない。古代の神話で言えば、ヘビの髪をもつゴルゴーンの姉妹のように非常に醜い者もいるが、キルケーやメーデイアは美しい。ボームはこのテーマを自作のすばらしいおとぎ話『イクスのジクシー女王』（一九〇五年）で深く掘り下げている。虚栄心の強い魔女の女王は自分のもつ魔力のすべてを使い、他人の目に自分が若く美しく見えるようにしている。だがこの女王が欺くことのできないものがひとつある。ごくふつうの鏡だ。鏡に映し出されるのは、年よりの醜い魔女という、女王の真の姿なのだ。本来は悪い魔女ではないのだが、ジクシー女王は自分の外見にこだわるあまり、美しく見せるために嘘をつき、欺き、盗みを働く。しかしそれはむだに終わる。なんという虚栄心。すべてはむなしい行いなのだ！

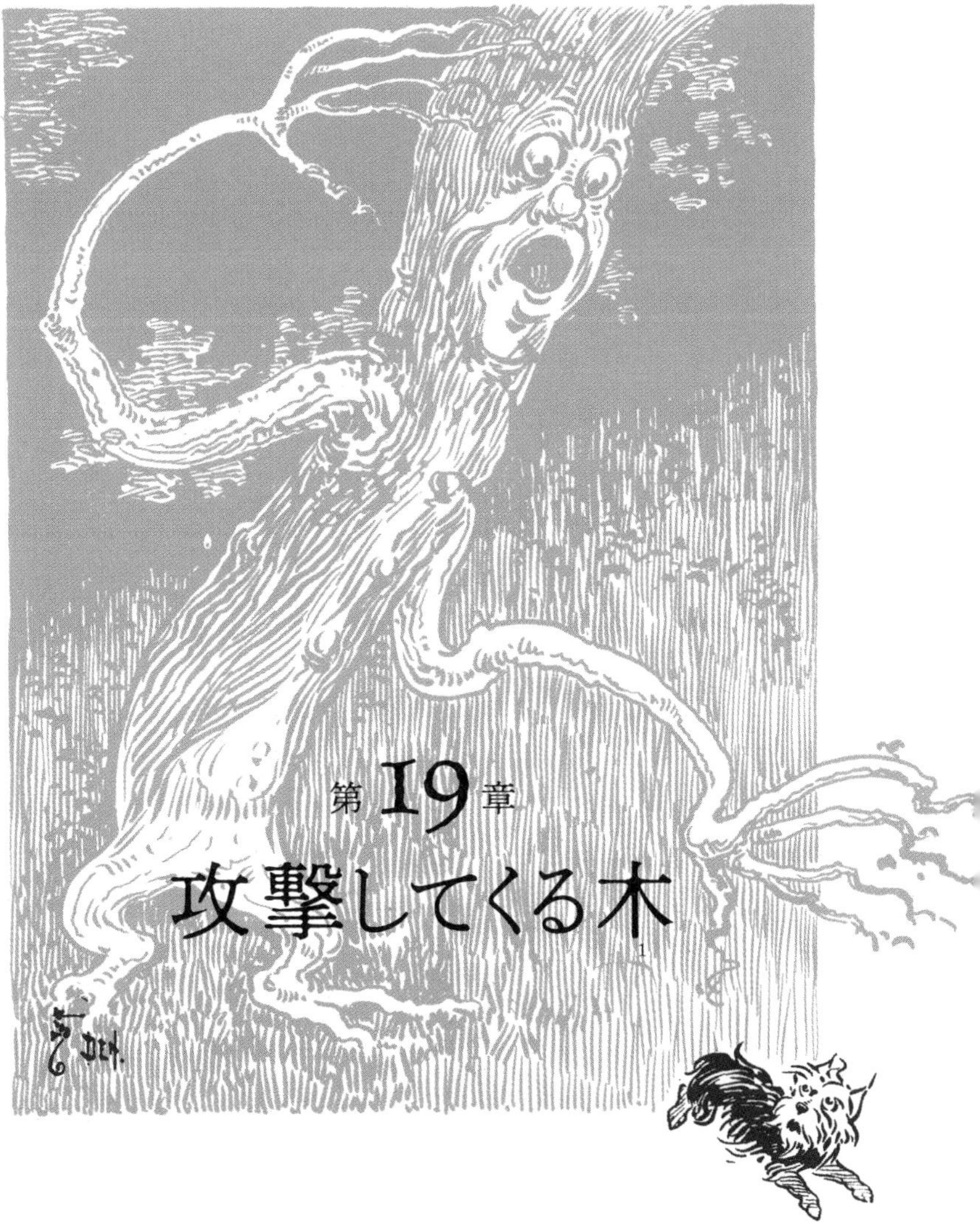

第19章
攻撃してくる木[1]

翌朝、ドロシーはかわいい緑色の少女にさようならのキスをして、そしてみんなは、門のところまで送ってくれた緑のひげの兵士と握手をしました。みんなと再会した門の番人は、みんながこの美しい都を出てまた危険な旅をはじめることに心底おどろいていました。ですが番人はみんなのメガネのカギをはずしてそれを緑色の箱にしまうと、旅のぶじをなんどもなんども祈ってくれました。

「あなたは今やわたしたちの新しい王さまなのですから、できるだけ早くお戻りになりますように」番人はかかしに言いました。

「できるかぎり早く戻るつもりではいるが、いちばんは、ドロシーを家に帰す手伝いをすることだ」かかしは番人に言いました。

ドロシーは、親切な番人に最後のさようならを言いました。

「あなたのきれいな都ではほんとうに親切にしてもらったわ。この都のみんながわたしによくしてくれた。なんとお礼を言ったらわからないくらいよ」

「礼にはおよばんよ。わしらはあんたとずっと一緒にいたいと思っとるが、あんたがカンザスに戻りたいんなら、帰れるように祈っとるよ」番人はそう言うと、外壁の門を開けてくれました。そしてみんなは都の壁の外に出て、旅をはじめたのでした。

太陽が明るく輝くなか、みんなは南の国に向かいました。みんな元気に満ちあふれ、おしゃべりしたり笑ったりしています。ドロシーは、また家に帰ることができるという希望で胸がいっぱいになり、かかしとブリキのきこりはドロシーの役に立てると思うとうれしくなりました。ライオンははればれとした顔で新鮮な空気をク

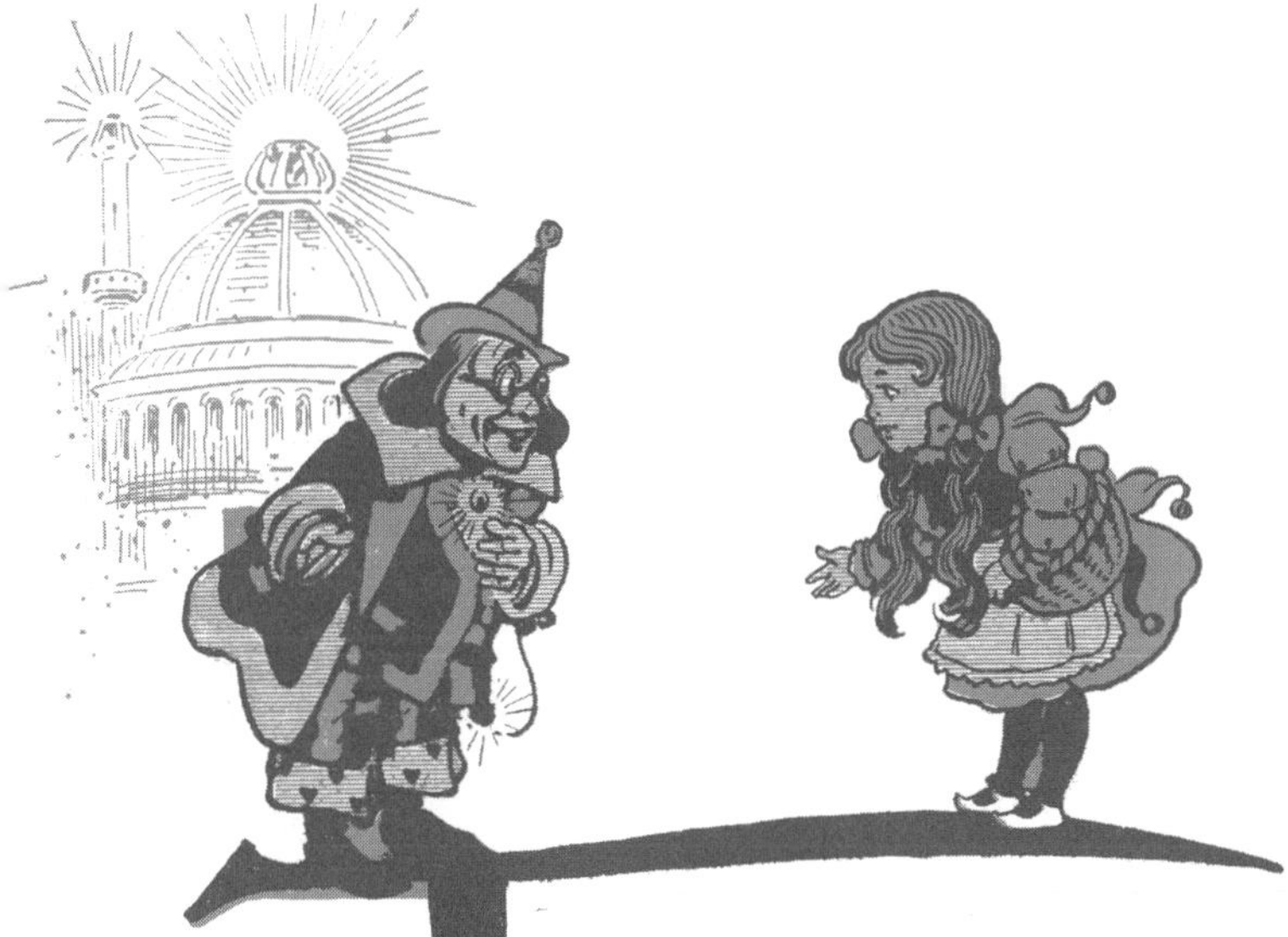

ンクンと嗅ぎ、また野原に出ることがうれしくて、しっぽを左右にふっています。トトはあたりをかけまわってガやチョウを追いかけ、ずっと楽しそうに吠えていました。

「都の生活はおれにはまったく合わないな」みんなで元気よく歩いていると、ライオンがそう言いました。「都に住んでるあいだに筋肉がだいぶ落ちてしまった。ほかの獣に、おれがどれだけ勇敢になったか教えてやれるチャンスが早くくるといいがな[2]」

みんなは振り返って、最後にもう一度エメラルドの都を見ました。緑色の壁の向こうに塔や尖塔がびっしりとそびえ、都の上に高く、オズの宮殿の尖塔や丸屋根が見えました。

「オズは結局、そんなに悪い魔法使いじゃありませんでしたね」ブリキのきこりが言いました。胸のなかではきこりの心臓がコトコトといっていました。

「あいつは脳みそをくれる方法を知ってたしな。それもすごく上出来の脳みそだ」かかしも言いました。

「おれにくれたのと同じ勇気をオズが飲んでたら、オズも勇敢な人間だったろうにな」ライオンも言いました。

ドロシーはなにも言いませんでした。オズは自分との約束は守ってくれなかったのです。けれどオズはできるだけのことをしてくれたので、ドロシーは彼のことを許していました。オズが自分で言ったように、できの悪い魔法使いだったとしても、いい人でした。

旅の一日目は、エメラルドの都の周囲に広がる、緑の野原と明るい色の花々のなかを歩きました。星が一面に輝く空の下、みんなは草の上で眠り、そしてじゅうぶんな休息をとりました。

朝になるとまたみんなは歩きはじめ、深い森までやってきました。それを避けて進む道はありません。見えるかぎり、右も左もどこまでも森です。それに、進む方向を変えればどちらが南がわからなくなるので、そのまま森に入ることにしました。だからみんなは、森にいちばん入りやすいところをさがしました。

先頭にいたかかしはようやく、枝を大きく広げている大木を見つけました。その枝の下ならみんなが通れそうです。そこでかかしはその木のほうへ歩いていきました。けれど最初の枝をくぐろうとしたとたん、枝が曲がってかかしにからみつき、かかしはあっという間に地面からもち上げられて、みんなのなかに放り投げられていました。

けがはしていませんでしたが、かかしはびっくりしてしまい、ドロシーがたす

け起こしてあげたときもかなりふらふらしているようでした。

「ここにもうひとつ隙間があるぞ」ライオンが呼びました。

「おいらが行ってみよう。ぶつかってもおいらならけがはしないしな」かかしはそう言うとそちらへと歩いていきましたが、その木の枝はすぐにかかしをつかまえて、またうしろに放り投げたのです。

「おかしいわ。どうすればいいの?」ドロシーは叫びました。

「木がおれたちを攻撃して、通せんぼしてるみたいだな」ライオンが言いました。

「わたしなら大丈夫ではないでしょうか」きこりがそう言って、斧をかつぎ、かかしを最初に放り投げた木のところへ行きました。そして大きな枝がきこりをつかまえようと向かってきたとたん、きこりはそれに斧を力いっぱいたたきつけてまっぷたつにしました。すると木は、まるで痛がっているかのように全部の枝を震わせはじめ、ブリキのきこりはその下をぶじにとおり抜けることができました。

「さあ、きて！　早く！」きこりはみんなを呼びました。

みんなも木の下をぶじにかけぬけましたが、トトだけは、小枝にひっかかって揺さぶられ、キャンキャン鳴いています。けれどきこりがすぐにその枝を切り払い、トトを自由にしてくれました。


森のほかの木はみんなの邪魔をするようなことはありませんでした。だからみんなは、枝を動かすことができるのはいちばん前に生えている木だけなのだろうと思いました。たぶん、よそ者を森に入らせないために不思議な力を与えられた、[4]森の警察官といったところなのでしょう。


四人の仲間は木々のあいだをどんどん歩いていき、森の反対側までやってきました。すると高い壁にぶつかって、みんなはびっくりしました。その壁は白い陶器でできているようです。[5]お皿の表面のようになめらかで、頭よりも高い壁でした。

「どうすればいいかしら？」ドロシーが言いました。

「わたしがはしごを作りましょう。そうすればきっと壁を越えられますよ」とブリキのきこりが言いました。

第19章　注解説

1【攻撃してくる木】 サルマン・ラシュディはMGM映画に関する論評で、「攻撃してくる木やかわいらしい陶器の国、クワドリングへの訪問といった、本筋とは別の話のすべてが……小説では魔女を倒すというクライマックスのすぐあとに入り、物語の進行を損なっている」と述べている。実際には、西の悪い魔女が溶ける事件と攻撃してくる木と遭遇するまでのあいだにはもっと多くのこと――たとえばオズの魔法使いの正体が明らかになることなど――が起こる。また南の国への旅は期待はずれだという読者の意見もあるが、これは物語のなかで意味をもつ旅だ。ドロシーの仲間はなにより欲しかったものを手に入れているが、みな、その使い方を学ぶ必要がある。それに、ドロシーをカンザスに戻すという問題も残っている。ドロシーは、古典的な英雄の旅にある「帰還」というステップを通過しなければならない。MGM映画では、これをあまりにも手っ取り早く解決する。グリンダが親切な妖精のように都合よく現れて、ドロシーの抱える問題を解決してくれるのだ。だが小説では、ドロシー自身がなんとかしようとする。ヴォルコフは一九三九年のロシア語版で、第19章と第20章を削除した。このふたつの章が「話の運びを悪くし、物語の本筋と直接関係がない」と考えたからだ。ヴォルコフは代わりに「洪水」と「友だちをさがして」という章をくわえた。

2【おれがどれだけ勇敢になったか】 厄介ごとを求めるのは、それから逃げるのと同じくらいおくびょうなことのようにもとれる。かかしはうぬぼれ、ブリキのきこりは自分の心臓にうっとりしているが、ライオンもまた、いじめっこのようになっている。三人はみな内面の徳よりも外的象徴に目が向いてしまっている。これ以降、三人は魔法使いからもらったものの正しい使い方を学ばなければならない。三人が、自分が求めていた性質を実はすでにもっていたことは判明している。それに気づいていなかっただけだ。それぞれは、どう行動できるか自身を試す必要があった。経験を増やすことでしかそれはできない。だから三人はドロシーと一緒に、よい魔女のグリンダに会う旅に出て、脳みそと心臓と勇気の使い方を学べる経験を積まなければならないのだ。

3【その下をぶじにとおり抜けることができました】 人間のように意思をもつ木が生えた魔法の森は、児童書やその他文学作品にはよく登場する。こうした好戦的な木は、『天路歴程』第二部にある「魅惑境」のあずまや近くの場

面に着想を得たのかもしれない。子どものひとりが「茂みにあっという間にからみつかれて、抜け出せそうにない」と叫ぶのだ。北大西洋にある「木が動く島」は、誤解からその名がついた。一七世紀初頭にこの島に着いた船乗りたちには、木が岸辺から別の岸辺へと跳ねているように見えたのだ。この「動く木」は実際には、この島で使われている、葉が茂った太い枝で飾ったはしけだった。ルース・プラムリー・トンプソンは『オズのカブンポー』（一九二二年）と『オズのおくびょうライオン』（一九二三年）で、独特な木を登場させている。J・R・R・トールキンの中つ国の森には、柳じじいや木の牧人エントや、その他木の精が登場する。英国人画家のアーサー・ラッカムはその有名な絵本に、節くれだった、精霊のような不思議な木々をさかんに描いた。ウォルト・ディズニーは初のテクニカラー作品である「シリー・シンフォニー」シリーズの『花と木』（一九三二年）で、ラッカムに敬意を表している。ダンテの『神曲』三部作の『地獄篇』第一三歌では、自殺者が果物の実らない森に投げ込まれ、そこで彼らは木に生まれ変わり、怪鳥アルピエに永久に葉をついばまれて苦しむ。彼らは、攻撃してくる木がブリキのきこりに枝を切られて受けるのと同じ痛みにさいなまれているのだ。

4【よそ者を森に入らせないために】 木がなにを守っているのかまったく説明されていない。この章はあっさりと終わってしまう。このあとの数行と次章はあとからの思いつきのようにも読める。クワドリングの国でのほかの冒険は、三人の仲間がオズからの贈り物の使い方を試すものだが、次章は、もっと意味のある活動のあいだに挟まれた楽しい幕間のようにも見える。行動する場面は大きく減って、哲学的な議論がなされる。緑のひげの兵士は第18章で森とトンカチ頭のことには触れているが、陶器の国についてはなにも語っていない。クワドリングの国は野性的だが、この王国は繊細で、まるで別世界のようだ。またこの国は、その当時の中国の発展に刺激を受けて書かれたものかもしれない。それに次章は『メリーランドのドットとトット』（一九〇一年）のエピソードが紛れ込んできたかのような内容だ。ボームはこの作品をおそらく同時期に書いていた。ボームが物語を組み立てていく方法はシンプルなものだ。まず物語の基本的な筋を書き、物語の本筋から少々離れた新しい話を取り入れた新しい章をくわえて、物語をふくらませるのだ。「こわれやすい陶器の国」は、第21章の冒険を少々改変する必要があり、『オズの魔法使い』を肉付けするためにあとから付けくわえたものだろう。森の警察とも言える「攻撃してくる木」に勝ったあと、四人の仲間はまだ森のなかに

いる。攻撃してくる木はなにを取り締まっているのだろうか? 陶器の国には、国を守るための高い壁がある。おそらく当初は、ドロシーと仲間が歩いていると、まず森の動物たちと会うという内容だったのだろう。陶器の国はまるでこの森の迷子のようだ。物語のほかの部分とは使われている言葉が大きく異なっている点も、この章があと付けだろうとする根拠だ。この点については、ハワード・P・イカーとノーマン・I・ハーウェイの「コンピュータ・システムのアプローチによる内容の認識と分析」(『人間性と言語行動におけるコンピュータ研究』一九六八年一〇月号)で指摘されている。ふたりが『オズの魔法使い』を使って新しいコンピュータ・システムのプログラム(WORDS)をテストするさい、「陶器の国」の章は使用しないことにしたのだ。この章は、ほかの章と違って「データ全体に占める割合がごく小さいのに、ほかとは異なるタイプの言葉が多数くわえられていた」からだ。

　ボームが次章を削除してくれていたらと思う読者もいるだろうが、ニール・アールの意見はそうではない。アールは『アメリカの大衆文化におけるオズの魔法使い』(一九九三年)でこう論じている。「陶器の国でのこのエピソードは語られる内容も雰囲気もほかと大きく異なるため、『オズの魔法使い』のなかでいちばん記憶に残る場面のひとつだ。はらはらさせる雰囲気、四人の旅人に対するやんわりとした叱責、重い説教――こうしたほかの章とは微妙に異なる様相に、異なるジャンルの作品のなかに入り込んだような気分になるのだ。これは、新約聖書にある『善きサマリア人のたとえ』を、ボームなりに表現したものなのだろうか? または、以前に中西部で陶器のセールスマンをし、そのこわれやすさを知っていた著者がやんわりと表した、博愛の歌なのだろうか?」」。アールは、オズの国を旅するドロシーのこの短いエピソードを、少々深読みしすぎているようだ。たいしたことは起こらないし、物語の筋にほとんど関係もないが、物語の前の部分で取り入れられたテーマと共鳴するエピソードではある。

5【高い壁……その壁は白い陶器でできている】『オズの魔法使いとその正体』の注でガードナーは、ボームは中国の万里の長城のことを言っているのではないかと述べている。次の章は、その当時のアジアが欧米に対して抱える敵意を反映したもののようにも思える。それが高じて、一九〇〇年夏には、悪名高い義和団の乱が勃発した。新聞は中国の排外主義を報じる記事であふれ、デンスロウがドロシーとその仲間が陶器の壁の高さを測っている挿絵を描いたように、政治風刺漫画家たちはときに、欧米列強が万里の長城を計測している風刺画を描いた。一九〇〇年二月にデンスロウは、義和団の乱に関するカラー版の風刺画『異教徒の中国人』を発表した。欧米列強を表す軍服姿の三人の少年が、ニタニタと笑う小さな中国人形をおどかしているようすを描いた絵だった。こわれやすい陶器の国への訪問は、他人への寛容が大きなテーマだ。ドロシーは、陶器の国に住む人々は、ここを離れたら悲しい運命をたどることを知るが、それは当時のアメリカの、ひどい移民政

策を反映したものなのかもしれない。ドロシーもこのこわれやすい王国でひどく混乱している。それは、オズのほかの国では、そこがどれほど楽しい、またはおそろしくとも経験しなかったような感情だ。政治的テーマを取り入れているのだとしたら、アメリカで育ちつつあった反帝国主義に影響を受けてのことだろう。ドロシーは、牛の脚が折れ、教会が粉々になってしまうのを見て、自分や仲間がそこにとどまれば大きな損害をもたらしてしまう可能性があることを知る。これはほかのヨーロッパ列強国と同様、アメリカ合衆国においても、中国その他の国々、とくに直近のスペイン戦争で獲得したフィリピン、プエルトリコその他の植民地に対処するさいに、帝国主義者が心にとめることができなかった教訓なのだ。

第20章
こわれやすい陶器の国

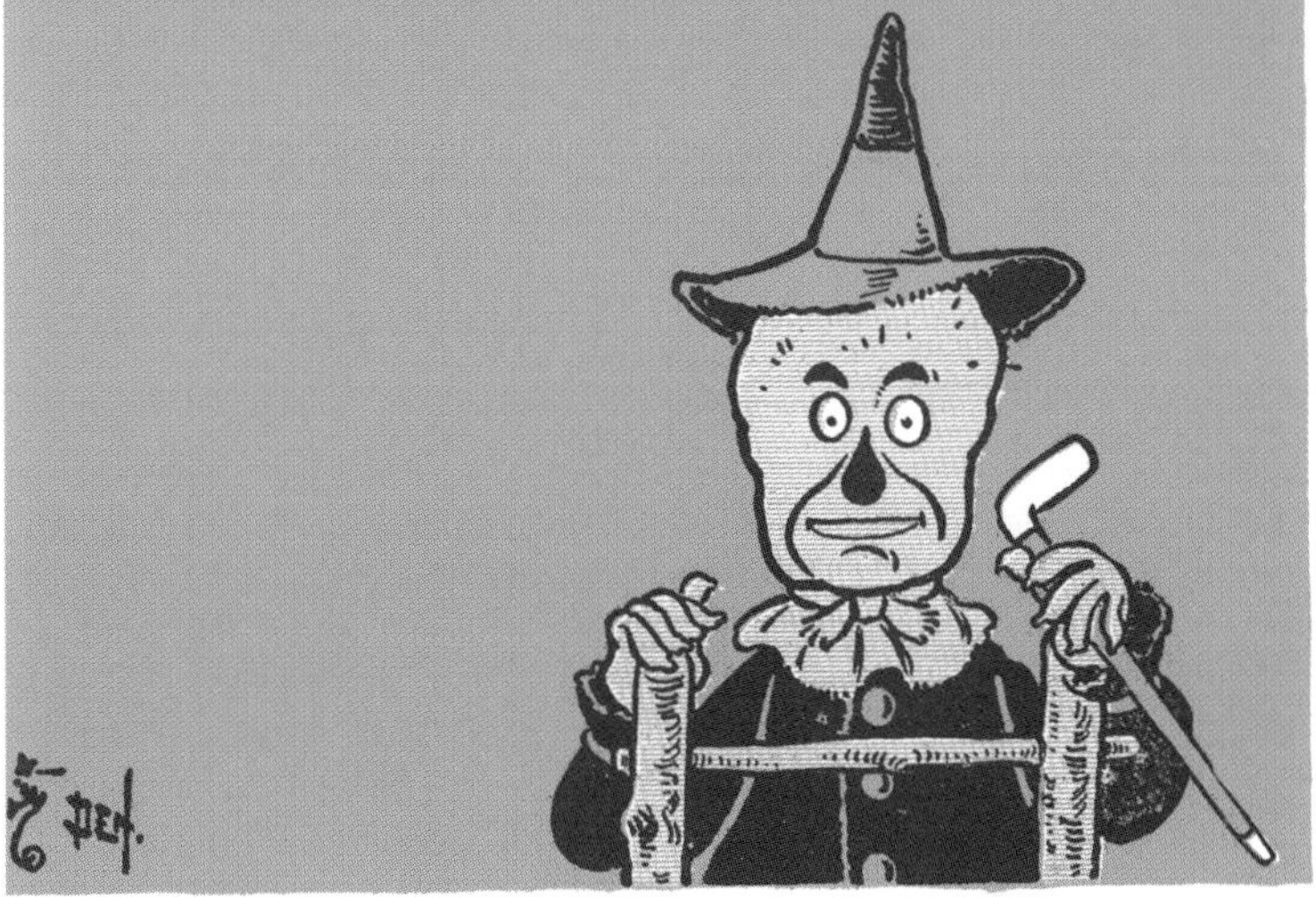

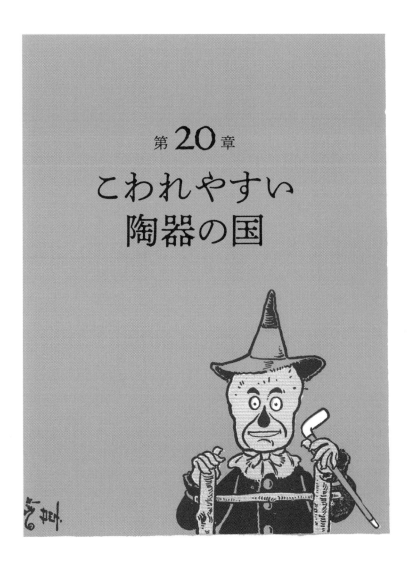

きこりが森で見つけた木ではしごを作っているあいだ、[1]ドロシーは横になって眠りました。長いこと歩いてとても疲れていたのです。ライオンも丸くなり、トトはその横にくっついて眠りました。

かかしははしごを作るきこりをながめ、こう言いました。

「なんでこの壁がここにあるのかも、なんでできているのかもわからないな」

「脳みそを休めたらいい。この壁のことは心配しなくてもいいですよ。壁を登ったら、向こう側になにがあるのわかるんだから」きこりは言いました。

しばらくするとはしごが完成しました。見た目はよくありませんが、きこりは、みんなが登っても大丈夫なくらい頑丈に作っていました。かかしはドロシーとライオンとトトを起こし、はしごができたことを知らせました。まずかかしがはしごを登っていきましたが、それがあまりにもへたくそなので、ドロシーはそのすぐあとにつづいて、かかしがころがり落ちないようにしなければなりませんでした。壁から頭を出すと、かかしは言いました。

「なんてこった！」

「止まらないで」ドロシーが叫びます。

だからかかしはもっと上まで登って壁のてっぺんに腰をおろし、ドロシーも壁から頭を出すと、かかしと同じように大声をあげました。

「まあ！」

それからトトが上がってきて、すぐに吠えはじめましたが、ドロシーが静かにさせました。

ライオンがトトの次、そしてブリキのきこりが最後です。でもどちらも、壁の向こう側が見えると「おおっ！」と声をあげました。みんなは壁のてっぺんに一列になって座り、その不思議な光景をながめました。

みんなの前には、大きな皿の底のように滑らかで、真っ白できらきらとした地面が広がっていました。その上にはあちこちに、陶器でできた、明るい色を塗った家がたくさんあります。こうした家はとても小さく、大きいものでもドロシーの腰のあたりまでしかありませんでした。小さなかわいい家畜小屋もあって、陶器の塀が囲っています。それにたくさんの牛や羊や馬、ブタやニワトリもいて、その全部が陶器でできていて、群れを作っています。

けれどもいちばん不思議なのはこの奇妙な国に住む人々でした。乳しぼりの娘や羊飼い[2]は、明

るい色のチョッキや金の水玉模様の服を着ています。そしてお姫さまたちはとても豪華な銀と金、紫のドレスをまとい、羊飼いはピンクと黄色と青のストライプの半ズボンと、金色の留め金のついた靴をはいています。王子たちは頭に宝石のついた冠をのせ、オコジョの毛皮のローブをまとい、サテンの上着を着ています。そしておどけた道化師はひだ飾りのあるガウンを着て、[3]頬には赤い丸を描き、高いとんがり帽子をかぶっていました。なによりおどろいたのが、この人たちがみんな陶器でできていることでした。服もそうです。それにとても小さく、いちばん背が高い者でもドロシーのひざくらいまでしかないのです。

　最初は、ドロシーたちのほうを見る人はいませんでした。小さいけれど、とても大きな頭をした紫の陶器の犬が壁のほうにやってきて小さい声で吠えましたが、[4]すぐに走り去っていきました。

「どうやって降りればいいの？」ドロシーが聞きました。

　はしごはとても重かったのでひっぱり上げることはできそうにありません。だからまずはかかしが壁から飛び降りて、ほかのみんなは、固い床で足をけがしないように、かかしの上に飛び降りました。もちろん、みんなはかかしの頭の上に降りてピンが足にささらないように気をつけました。みんなはぶじに降りるとかかしを立たせて、ぺちゃんこになった体をぱたぱたとたたいてもとどおりになおしてあげました。

「向こう側に行くためには、この不思議なところを横切らないといけないわ。だって南じゃないほうに行くなんて、まちがってるもの」ドロシーは言いました。

みんなは陶器の人が住む国を歩きはじめました。そしてまず出会ったのが、陶器の牛の乳しぼりをしている陶器の娘でした。みんなが近よると牛が突然脚を蹴り上げ、椅子もバケツも、乳しぼりの娘さえも蹴とばしてしまい、みんな陶器の床に倒れてガチャンと大きな音をたてました。

ドロシーはびっくりしました。牛の脚は折れて短くなり、バケツはバラバラに割れ、かわいそうな乳しぼりの娘は左のひじが欠けています。

「ちょっと！　なんなのよ！　牛の脚が折れちゃったわ。修理屋に連れて行ってくっつけてもらわなきゃ。どういうつもり？　こんなとこにきて、あたしの牛をびっくりさせるなんて」乳しぼりの娘は怒って大声を上げました。

「ほんとにごめんなさい。許して」ドロシーは言いました。

けれどかわいい乳しぼりの娘はあまりに腹を立てていて、返事をしてくれません。娘は不機嫌そうに脚を拾い上げると、牛を連れて行きました。かわいそうな牛は三本の脚で歩きづらそうでした。修理屋に向かう娘は欠けたひじを体にぴっ

たりとくっつけて歩き、肩越しになんども、とがめるような目をがさつなよそ者たちに向けました。

　ドロシーはこのできごとにすっかり悲しくなってしまいました。

「ここではとても気をつけなければなりませんね。じゃないとこのかわいい小さな人たちを傷つけてしまうかもしれません。この人たちはそうなったらもとどおりにならないみたいですから」心のやさしいきこりが言いました。

　少し歩くと、ドロシーはとてもきれいなドレスを着た若いお姫さまと会いました。お姫さまは見知らぬ人たちを見ると、立ち止まって逃げはじめました。

　ドロシーはお姫さまをもっとよく見たくて追いかけましたが、陶器のお姫さまは泣き声をあげました。

「こないで、追いかけないで！」

　お姫さまがあまりにこわがってか細い声を出すので、ドロシーは立ち止まって聞きました。

「どうして？」

　お姫さまも立ち止まり、それでもドロシーには近よらずに答えました。「だってあなたが走ってきたら、わたしは転んで、こわれてしまうかもしれないでしょう」

「でもなおせるんでしょう？」

「ええ、なおせはするけど、でも前のようにきれいな姿には戻れないわ」

「それはそうかもね」ドロシーは言いました。

「そうよ、ミスター・ジョーカーがそうだもの。この国の道化師のひとりよ。ミスター・

ジョーカーはいつも頭で逆立ちをしようとするの。だからしょっちゅう倒れては体のどこかをこわしているものだから、いくつも修理したあとがあってちっともきれいではないの。ほら、ミスター・ジョーカーがやってくるから見てみるといいわ」

　小さく陽気な道化師がみんなのほうに歩いてきます。ドロシーがそちらを見ると、道化師は赤と黄色と緑のきれいな服を着ているのに顔や体はひび割れだらけで[6]、おまけにひびはあちこちいろんな方向に走っていて、なんども修理してもらっていることがすぐにわかりました。

　道化師は両手をポケットにつっこんで、頬を膨らませるとみんなに生意気な態度でおじぎをして言いました。

「わがうるわしのお姫さま
どうしてこのおいぼれのミスター・ジョーカーを
ご覧になる？
あんたはカチカチ
それにお高くとまってて
火かき棒でも飲み込んだのかい[7]！」

「おだまりなさい！　よそからのお客さまたちよ、行儀よくおもてなししなさい」

「おやおや、うやうやしくおもてなしのつもりだが[8]」と道化師は言って、すぐに逆立ちをしました。

「ミスター・ジョーカーのことは気にしないで」お姫さまはドロシーに言いました。「この人、頭がたくさんひび割れているからおばかさんなのよ」

「まあ、気になんてしないわ」ドロシーが言いました。「でも、あなたはとってもきれいね。きっとわたし、あなたのことをとってもかわいがってあげられると思うの。あなたをカンザスに連れて帰って、エムおばさんの炉だなにおかせてくれないかしら？　バスケットに入っていけばいいわ」

「そんなことをしたら、わたしはとっても不幸になります。この国に暮らしていればわたしたちは自分の思うように生きられるし、話すことも動くこともできるわ。けれどもどこかほかのところへ行けば、つぎめはすぐに固まって、[9]まっすぐ立っていることしかできなくなるの。ただきれいなだけよ。もちろん、炉だなや戸棚や客間のテーブルの上におかれたら、じっと立っていさえすればきれいだって言ってもらえるわ。でもわたしたちはこの国のここにいるほうが、ずっと楽しいの」お姫さまは言いました。

「あなたを不幸になんてしたくないわ！　ほんとうよ！　だから、ここでお別れね、さようなら」ドロシーはきっちりと言いました。

「さようなら」とお姫さまも返しました。

みんなは注意しながら陶器の国を歩いて行きました。陶器の小さな動物や人々はみんな、よそからきたドロシーたちにこわされてはたまらないと、さっと道を開けました。そして一時間ほどして、ドロシーたちはきたのとは反対側の、陶器の壁に着きました。

そこは最初の壁ほど高くはなかったので、ライオンの背中の上から、みんなはどうにか壁のてっぺんまでよじ登りました。そしてライオンは身をかがめ、壁の上までぴょんと飛びあがりました。けれどもそのひょうしにライオンのしっぽが陶器の教会にあたって、教会は粉々にこわれてしまいました。

「ああ、大変。でも牛の脚と教会をこわしたくらいで、あの小さな人たちがもっとひどいことにならずにほんとによかったわ。みんなすぐに砕けるんだもの」

「ほんとだな。おいらはワラでできてるから、そんなに簡単にこわれないからよかったよ。この世にはかかしのほうがましってこともあるんだな」とかかしは言いました。

第20章　注解説

1【きこりが（While The Woodman）】『オズの魔法使い』の初版には「ブリキのきこりが（While Tin Woodman）」と書かれているが、第二版では「きこりが（While The Woodman）」に変更されている。ボームはおそらく「ブリキのきこりが（While the Tin Woodman）」と書いたのだろう。デンスロウが、この章冒頭にインクで描いた挿絵の上に、エンピツで印刷のまちがいを繰り返し指摘している。この挿絵は、現在はニューヨーク公共図書館、版画・絵画部門、ヘンリー・ゴールドスミス・コレクションに収蔵されている。

2【乳しぼりの娘や羊飼い】ボームはマイセンやドレスデンの磁器のことが頭にあったのだろう。この磁器の人形は色鮮やかに彩色されたいなかふうの男女で、牧歌的風景を描いたフランスのアントワーヌ・ワトーになぞらえて「ワトー風」として知られ、最初に一八世紀のドイツで作られたものだ。ボームは、一八九〇年代初めにシカゴのピットキン&ブルックス社で旅回りのセールスマンとして陶磁器やガラス器を売っているときに、マイセンやドレスデンのみごとな磁器人形を知ったのかもしれない。

3【道化師】この国の人形がほんとうにマイセンの磁器ならば、道化師は、一六世紀から一八世紀にかけてヨーロッパで流行した、即興演劇の「コンメディア・デッラルテ」のハーレクインかパンチネロだろう。だがデンスロウが描いたミスター・ジョーカーは、アメリカでなじみのサーカスの道化師だ。

4【小さいけれど、とても大きな頭をした紫の陶器の犬】デンスロウはこの犬を、陶器の小さなパグにしている。この中国原産の犬が、中国の義和団の絵画的なあてこすりだということはありうるだろうか？　アメリカ人の大半は、一八九九年末に義和団が宣教師の殺害をはじめるまでは、これがアメリカの国益に大きな脅威になるとは思っていなかった。

5【前のようにきれいな姿には戻れない】あるいは、市場で同じ値はつかない。元陶器のセールスマンだったボームにはよくわかっていたのだろう。ナイは、『オズの魔法使いとその正体』で、「一度でも欠けて修理してもらえば自分の美しさは台無しになると恐れている陶器のお姫さまは、自分の完璧な美しさを傷つけてしまう恐れのある人とは交わらない、寂しい暮らしを送っている」と述べている。この感情は、中国の西太后が抱いたものとも似ている。西太后が外国人を野蛮だとみなし、それに対してとった孤立政策が文化戦争に発展して、一九〇〇年には義和団の反乱を引き起こした。しかしボームは、陶器の国の人々のあいだに暴力行為があることは一切うかがわせていない。陶器の人や動物がこわれたのは、不注意な侵入者が引き起こしたもののみだ。このエピソードは、最初は思いつきで書かれたという印象を受けるが、実はそうでもない。作品自体の大きなテーマのひとつである、故郷や家の重要性が何度も出てくるからだ。小さな陶器のお姫さまの運命は、ドロシーの運命にも似ている。ドロシーは元の家から遠くはなれ、見知らぬ不思議な国に降り立った。この人形も、カンザスのエムおばさんとヘンリーおじさんの掘っ建て小屋の炉だなにおかれれば、陶器の国にいるドロシーと同じく場違いに見えるだろう。

6【赤と黄色と緑】ハーレクインは伝統的に、この三色を使ったひし形模様の衣装を着ている。注3を参照。

7【火かき棒（poker）でも飲み込んだのかい】無表情にじっと見ることを意味する「ポーカー・フェイス(poker face)」のだじゃれだ。「ポーカー・フェイス」という言い回しは、火を掻き起こすのに使う長い金属の棒ではなく、トランプのポーカーから生まれたものだ。しかしルイス・キャロルと同時代には、うるさい年よりのことを「火かき棒を飲み込んだような顔」と表現した作家もいる。ジャック・ザイプス教授が一九九八年のペンギン・トウェンティース・センチュリー・クラシックス版『オズの魔法使い』の注釈で考察していることをボームが読んだら、きっとおもしろがったことだろう。「『poker』とは、赤や黄色の花を穂状につける――フレーム・フラワー（シャグマユリ）と呼ばれる――ユリ科の植物のことかもしれない」。それにボームは、『［注釈版］オズの魔法使い』の主張や断定も、同じくばかげていると思ったことだろう！

8【おやおや、うやうやしくおもてなしのつもりだが（Well, that's respect, I expect）】シェイクスピアの『リア王』には韻を踏んで話す道化が出てくるが、このせりふで、ボームは陶器の国の道化師が、それと同じ類のおかしな人物だと印象づけようとしているのかもしれない。ボームは『L・フランク・ボームの少年少女のための物語』（一九一〇年）収録のために改変した「陶器の国で」の章では、このせりふを変更し、「おやおや、うやうやしくなんて、いやいやだ（Well, I suspect, they expect no respect）」としている。オズ・シリーズに登場するなかで、こうした「村のおどけ者」でいちばん有名なキャラクターが「ハギレ」だろう。いろいろな色の古い端切れのキルトから作った、おしゃべりのおどけたパッチワーク娘だ。

9【つぎめはすぐに固まって】オズの自然の法則は、国境を越えると変わってしまうのだということがわかる一例だ。この部分も、探検者や宣教師、その他外国人に、ほかの文化のことはそっとしておいて欲しいと、ボームがやんわりと願っているように思える。

10【陶器（china）の教会】あるいは中国（China）の教会なのだろうか？　ボームはこの当時の中国における、中国人と外国人宣教師とのあいだの紛争について意見を述べているのだろうか？　ガードナーが『オズの魔法使いとその正体』の注釈25で論じているように、これはボームが、オズの王室史で触れた唯一の教会だ。マーチ・ローマーは、一九六九年のオピウム・プレスの再版『イクスのジクシー女王』の序文でこう述べている。「ボームの著作すべてを見ても、宗教に触れている箇所はごくわずかだ。すぐに思い出せるのは、『オズの魔法使い』でおくびょうライオンがうっかりこわす陶器の教会くらいだ。わたしが知るかぎり、それはオズの国唯一の教会であり、それにこの『教会』は、こわされてから修復されないのだ！」。ボームのおとぎ話ではよく、精霊のような妖精が、天使に代わり人間になにかをしてくれる。彼らはギリシア神話やローマ神話の神々や女神のように気まぐれではない。オズには教会がない。それはオズには宗教がなく、またその必要性もないからだ。ボーム自身は教会には行かなかったが、ボームもモードも、息子たちがきちんとした判断力をもちあわせる年齢に達したら、本人たちが望めば信仰をもつことを許した。また息子たちを倫理文化協会日曜学校に通わせたが、ここは宗教よりも倫理を教える学校だった。ボーム家は一八九二年九月四日にシカゴのラーマーヤナ神智学協会に参加してはいるが、神智学協会は宗教組織ではなかった。ボームは『アバディーン・サタデー・パイオニア』紙（一八九〇年一月二五日付）で、神智学者は単に「真実の探求者」であり、「この世界に満足してはおらず、いかなる教義にも従わない人々であり……彼らは神――必ずしも人格神ではない――の存在を認めています。彼らにとっての神とは自然や自然神なのです」と主張している。ボームは、当時外国で起こっていたことを認めてはいなかったのだろう。マティルダ・ジョスリン・ゲイジは『女性、教会、そして国家』において、次のように断じている。「人間に対する最悪の犯罪は、宗教の名のもとに行われてきました」。ボームには、宣教活動や利己的なキリスト教に対する斟酌などなかった。『燭台の灯りで』(一八九八年)収録の詩「異教徒」では、宗教的偽善に対する皮肉たっぷりの攻撃を行っている。この詩には次のような箇所がある。

礼拝堂で
彼らは献金を集める
アジアで、あるいはどこか遠い地で
神の言葉を広めるために
彼らはあたりに倒れている者を
気にかけはしなかった
街にいる異教徒たちは
アジアの人々より価値がないのか――
そう、これはキリスト教と言えるものではない

保守的な信仰心をもつ母がボームのこうした姿勢に立腹しないように、ボームは母シンシア・スタントン・ボームに献呈した本に断りの言葉を書いている。「『異教徒』の詩は、これを語っているのは異教徒自身です。また彼がまちがいだと言っているのは、キリスト教のなかでも『利己的な』人々についてのみです。お母さんも、そうしたキリスト教徒のことは認めはしないはずです」

　まれではあるが、ボームがおとぎ話で死後のことに言及している例もある。『海の妖精』(一九一一年)の「聖なる」サバの群れは捕まって「天国」へと連れて行かれることを願っている。『空の島』(一九一二年)の青の民は定められた寿命がつきると、「フィニスの門(the Arch of Phinis)」を通ってあの世へと行く。『サンタクロースの冒険』(一九〇二年)では、不死の者であるアークが邪悪な種族オーグワに説教する。「おまえたちは、やがては消滅していくはかない種族だ。われら永遠に生きる者にしてみれば、気の毒だが、おまえたちには嫌悪しか感じない。地球上であらゆるものから軽蔑され、天国では居場所もない！　人間でさえ、地上での生命が終わればいつでもべつの存在となるのだ。よって、おまえたちよりすぐれている」(田村隆一訳)。おそらく宗派の問題が原因で子どもの読者を失うことを恐れて、ボームは賢明にもおとぎ話に宗教の題材を用いなかった。自身では保守的な信仰をもたず、また著書を伝道に用いないという点をわきまえていたのだ。『L・フランク・ボームの少年少女のための物語』(一九一〇年)でこの章を「陶器の国」として改変したさい、中国(China)への配慮で、ボームは陶器(china)の教会をこわすできごとを削除した。

第21章

ライオン、百獣の王になる

陶器の壁を降りたところは沼地や湿地が広がり、背の高い草がぼうぼうと生えたいやなところでした。ぬかるみの穴に足をとられて、なかなか遠くまで歩けません。草があまりにもびっしりと生えているので、足元がよく見えないのです。けれど、注意深く足を運びながらなんとかころばずに歩いていると、固い地面のところまで行けました。とは言ってもそこはこれまでにないような、自然のままの荒れた土地でした。草地をへとへとになるまで歩くと、みんなは別の森に入りました。そこには今まで見たことがないほど、大きく古い木々が生えていました。

「なんていい森だ、すばらしい！」ライオンが叫び、あたりをうれしそうに見まわしました。「こんなに立派な森は見たことないぞ」

「なんだか暗くて陰気なんだけど」とかかし。

「そんなことないぞ。おれなら一生この森で暮らす。乾いた落ち葉はすごくやわらかいし、年よりの木にびっしりと生えているコケの緑もすばらしいじゃないか。野の獣にとって、こんなに住みやすいところはほかにないぞ」[1]ライオンが言いました。

「この森には獣がいるんじゃないの？」ドロシーが聞きました。

「いるだろうな。今のところ、全然見あたらないが」

森のなかを歩いて行くうちに、暗くなって先に進めなくなりました。ドロシーとトトとライオンは横になって眠り、そのあいだ、きこりとかかしはいつものように見張りをしました。

朝になると、みんなはまた出発しました。それほど歩かないうちに、たくさんの野の獣がうなっているような、低い音が鳴り響くのが聞こえてきました。トトは

ちょっとだけクンクンと鳴きましたが、ほかのみんなはこわがらずに歩きつづけました。そしてしっかりと踏み固められた小道を行くと、森のなかの空き地に出ました。そこには何百匹ものいろんな獣たちが集まっています。トラ、ゾウ、クマ、オオカミ、キツネなどなど、自然にいるあらゆる動物たちがいるのです。ドロシーはそれを見るとこわくなりました。けれどもライオンが、動物たちは集会をしているのだと説明してくれました。[2] うなったり吠えたりしている声からすると、動物たちはとても困っているようだというのです。

　ライオンがドロシーに説明しているうちに、近くにいた何匹かの獣がライオンに気づくと、たちまち、がやがやとした集会が魔法をかけたようにしんと静まり返りました。いちばん大きいトラがライオンのところにやってきて、[3]おじぎをすると言いました。

「ようこそ、百獣の王さま！　ちょうどいいときにきてくださいました。わたしたちの敵と戦って、この森に平和を取り戻してください」

「どうしたというんだ」ライオンは静かに聞きました。

「みんな、命をおびやかされているんです。最近この森にやってきた獰猛な敵に。とてもおそろしい化け物なんです。大きなクモのようですが、[4]体はゾウみたいに大きくて、脚は木の幹みたいに長いんです。長い脚が八本生えていて、森をうろついては、脚で動物をつかまえて口にほうり込み、クモがハエを食べるみたいにして食ってしまいます。この危険な生き物が生きているうちは、みんなここで安心して暮らせません。だからみんなで集まって、どうやって自分たちの身を守ろうかと話しあっていたのです。ちょうどそこへ、あなたがいらしたというわけです」トラが説明しました。

　ライオンはしばらく考えていました。

「この森にほかにライオンはいるのか？」

「いいえ、以前は何頭かいましたが、化け物がみんな食ってしまいました。それに、森にいたライオンたちは、あなたほど大きくも勇敢でもありませんでした」

「お前たちの敵を倒したら、おれの言うことを聞いて、森の王にするか？」とライオンは聞きました。

「喜んでそうします」トラが答えました。それにほかの獣たちも、それに賛成と大声をあげました。「喜んで！」「その大きなクモは今どこにいるんだ？」「あちらの、樫の木のあいだです」トラが前足でそちらを指して言いました。「おれの仲間のことをしっかり見ておいてくれ。これからすぐに化け物と戦ってくる」ライオンが言いました。

ライオンは仲間にお別れを言うと、堂々とした歩みで敵と戦いに向かいました。

ライオンが見つけたとき、大きなクモは横になって眠っていました。あまりに醜い姿だったので、ライオンが思わず顔をそむけたほどでした。化け物の脚はトラが言ったように長く、体はごわごわの真っ黒な毛でおおわれています。大きな口には一フィート（約三〇センチ）ほどもある鋭い歯が並んでいます。けれども丸々とした胴体に頭をつないでいる首は、スズメバチの腰のような細さしか

ありません。これを見たライオンは、ここを攻撃するのがいちばんよさそうだと思いました。それに相手が目を覚ましてからよりも、寝ているときのほうがうまくいくに決まっています。ライオンは大きく飛び跳ねて化け物の背中に乗りました。そして鋭いツメが生えたがっしりとした前足でガツンとやり、クモの頭を胴体からたたき落としました。クモの背から飛び降りたライオンは、ビクビクと震えていたクモの長い脚が動かなくなるまでじっと見張りました。クモが完全に死んだことをたしかめたのです。

ライオンは森の動物たちが待っている広場に戻り、誇らしげに言いました。

「もうおそろしい敵はいなくなった」

すると動物たちは深々とおじぎをして、ライオンはこの森の王さまになりました。そしてライオンは、ドロシーがぶじにカンザスに帰ったらすぐにこの森に戻り、ここを治めると約束したのでした。

第21章　注解説

1【住みやすいところ】文学作品ではライオンは森にすむ獣だということになっており、一般の人々にしてもそう思っているが、これはまちがいだ（一九三九年のMGM映画でバート・ラーが歌う『わたしが森の王者だったなら』もそうだ）。ライオンは草原に住む動物だ。おくびょうライオンもドロシーと同じように、家とは、他人にはどれほどひどいところに見えようが、自分がほっとできる場所だと思っている。

2【動物たちは集会をしている】文学作品では、人間社会と同じように、異なる種の動物たちが集会を行う場面がたびたび出てくる。ライオンは、身体的に強く、この世で力をもつ者の象徴であり、イソップ童話や狐物語群その他の物語では、審判の役割を担う者としてよく登場する。『オズの魔法』（一九一九年）のギリキンの国では、大きなキヒョウのググ王が動物たちの軍団を率いている。

3【いちばん大きいトラ】デンスロウはこの場面の挿絵にクマを描いているが、本文ではクマについてなにも書かれていない。デンスロウはまた、クモを殺す前にすでにライオンに王冠をかぶせている。王冠についても、ボームは物語のなかで触れていない。ボームの「動物のおとぎ話」（『デリニーター』誌、一九〇五年一月号）の最初に登場する「ジャグロンの物語［*The Story of Jaglon*］」で書かれている会話も、ライオンとトラの会話の変形と言えるかもしれない。この物語では、百獣の王はトラであり、ライオンがこの称号を手に入れようとトラに挑む。オズ・シリーズののちの作品

で、いちばん愛されている登場人物のひとりが腹ぺこタイガーだろう。丸々とした赤ん坊を食べたいのだが、良心がそれを許さないため腹ぺこなのだ。『オズのオズマ姫』（一九〇七年）で再登場するおくびょうライオンとタイガーは親友となっているが、タイガーはオズ王室史にもっと早く登場していた可能性もある。ジャック・スノウは『オズの人物事典』（一九五四年）で、ここに出てくる「いちばん大きいトラ」が腹ぺこタイガーなのかもしれないと述べている。

4【大きなクモ】その巨大さ以外は、この生き物はふつうのクモと違わない。誇張と慎重に選んだ直喩表現のせいで、このクモはひどくおそろしく思えるのだ。神話の怪物にも、同じような誇張が用いられている場合が多い。ボームはたぶんクモが嫌いだったのだろう。『サンタクロースの冒険』（一九〇二年）と『オズのグリンダ』（一九二〇年）でも、クモを化け物として登場させている。文学作品に出てくるクモの化け物はこれだけではない。エドガー・アラン・ポーの「スフィンクス」やJ・R・R・トールキンの『指輪物語』（一九五四〜一九五五年）のシェロブなどがそうだ。

第22章
クワドリングの国

四人の仲間はその後なにごともなく森を進んでいき、暗い森から出ました。するとその先に、てっぺんから下まで大きな岩におおわれた、急な小山がそびえていました。

「登るのはむずかしそうだな」かかしが言いました。「だがどうしても、ここを登らなきゃ」

そこでかかしが先頭に立って、みんながそのあとに続きました。みんなが最初の岩にあと少しで着くというときに、荒々しい叫び声が聞こえました。

「くるんじゃない！」

「あんたはだれだい？」とかかしが聞きます。すると岩の上から頭がのぞき、前と同じ声が言いました。

「この山はおれたちのもんだ。勝手に越えさせはせん」

「だがおいらたちは越えなきゃならないんだ。クワドリングの国に行くんだからな」かかしが言います。

「行かせはしないぞ！」と声が答えると、岩のうしろからとても奇妙な男が現れました。

男はとても背が低くずんぐりとして、大きな頭のてっぺんはたいらで、太い首にはしわがいっぱいよっています。それに両腕がないのです。これを見るとかかしは、この男はたいしたことはなさそうだ、これならこいつに邪魔されずに小山を登れるだろうと思い、こう言いました。

「悪いが、あんたがどう思おうと、おいらたちは越えなきゃならん」そしてずんず

んと前に歩いて行きました。

すると、目にもとまらぬ速さでその男の頭が飛び出しました。首がびょーんと伸びて、頭のてっぺんのたいらな部分がかかしのお腹にぶつかると、かかしはごろごろと小山を落ちていきました。首は出てきたときと同じようにあっという間にもとに戻り、男はガハガハと笑いながら言いました。

「お前が思うほど簡単じゃないぞ！」

ほかの岩のうしろからも騒々しい笑い声が聞こえてきて、小山にごろごろとある岩からひとりずつ、腕のないトンカチ頭が大勢姿を現しました。[1]

ライオンはかかしの不幸なできごとを笑われたことにとても腹を立て、ガオーっと雷のように吠えると、山の斜面をかけ上りました。

けれどもまた頭がびゅっと伸びてきて、勇敢なライオンはまるで大砲の球が当たったかのようにころがり落ちていきました。

ドロシーは走って行ってかかしをたすけ起こしてやり、ライオンもドロシーのところに戻りました。ライオンはあちこちぶつけて痛そうです。

「頭を飛ばすやつらとなんか戦えないぞ。あいつらにはかなわない」

「どうしたらいいかしら？」ドロシーが言いました。

「翼のあるサルを呼んだらどうでしょう」ブリキのきこりが提案しました。「まだもう一回、サルに命令できるはずです」

「それがいいわ」とドロシーは答え、黄金の帽子をかぶって魔法の言葉をつぶやきました。サルたちはすぐにやってきて、あっという間に群れが全員ドロシーの前にそろいました。

「どんな用だい？」サルの親分がおじぎをしながら聞きました。

「この小山を越えて、わたしたちをクワドリングの国に連れて行って欲しいの」ドロシーは答えます。

「おおせのとおりに」と親分は言うと、すぐに翼のあるサルたちは四人の仲間をつかみ、トトを腕に抱えて飛びたちました。小山の上を越えるときに、トンカチ頭たちは悔しさのあまり大声でわめきながら頭を空に高く打ち上げました。けれどもそれは翼のあるサルたちには届かず、サルたちはドロシーと仲間をぶじに小山の向こうに運び、美しいクワドリングの国に降ろしてくれたのでした。[2]

「これであんたの命令はおしまいだ」サルの親分はドロシーに言いました。「じゃあ、あばよ、幸運を祈る」

「さようなら、それにどうもありがとう」ドロシーがそう言うと、サルたちは空に飛びあがり、あっという間に見えなくなってしまいました。

クワドリングの国はとても豊かで幸せそうでした。見渡すかぎり穀物が実る畑が広がり、そのあいだを走る道はきちんと舗装されていて、きれいなさざ波を立てる小川にはしっかりとした橋がかかっています。ここでは塀も家々も橋も、みな鮮やかな赤で塗られています。ウィンキーの国では黄色、マンチキンの国では青に塗られていたのと同じです。クワドリングたちは背が低く太っていて、人がよさそうなぽっちゃりさんでした。そしてみんな赤い服を着ていて、それが緑の草と黄色に実った穀物に明るく映えていました。[3]

　サルたちが降ろしてくれたところの近くに一軒の農家があり、四人の仲間はそこへ歩いて行ってドアをノックしました。農家の奥さんがドアを開けたので、ドロシーがなにか食べるものをいただけませんかと言うと、奥さんはみんなにとてもおいしい夕飯をごちそうしてくれました。それに三種類のケーキと四種類のクッキーも出してくれて、[4]トトは牛乳を一杯もらいました。

「グリンダの城まではどれくらいですか？」ドロシーは聞きました。

「そんなに遠くはないよ」と奥さんは答えました。「南へ歩いて行けばそのうち着くよ」

　親切な奥さんにお礼を言うと、みんなは元気を取り戻してまた歩きはじめ、畑のそばを歩き、かわいい橋をわたって、とても美しいお城の前までやってきました。門の前には三人の少女が立っていて、[5]みんな、金色のふち飾りがついたきれいな赤い制服を着ています。ドロシーが近づくと、そのひとりが言いました。[6]

「南の国にどういうご用でしょうか？」

「ここを治めているよい魔女に会いにきました。よい魔女のところに連れて行ってくれませんか?」

「お名前を聞いたら、グリンダさまがお会いになるかどうかうかがってきます」みんなが名前を教えると、その少女の兵士は城に入っていきました。しばらくすると少女は戻ってきて、グリンダさまがみなさんにすぐにお会いになりますと言いました。

このドロシーの絵はトレードカードに描かれたもの、1910年頃。個人蔵

第22章　注解説

1【トンカチ頭（Hammer-Heads）】「hammerhead」は「blockhead」と同じく、のろまやとんまといった意味をもつ俗語だ。だがボームは、子どもが言葉を「物や生き物」として理解すると考えている。彼はごくふつうの言葉や名前、あるいはフレーズを用いて描写していることが多く、また、初めてそれを目にする子どもになりきって、ごくふつうの言葉を思いもよらないような生き物にしている。そうすることで、ボームは子どもたちの語彙を増やし、またそれだけでなく、子どもの読者に、この世界にはさまざまなことがあるのだと気づかせてもいる。子どもたちは知らない言葉にぶつかると、よく、それを、ごくありきたりな言葉であってもとてもおどろくようなことや空想的なものに変えてしまうのだ。それは想像力を働かせているということだ。これにくらべ、大人はつまらないことしか考えられない場合がある。「トンカチ頭（Hammerheads　原文ママ）は外国人嫌いで、軍国主義で、そして岩のうしろに隠れている」とバリー・モーザーは『オズへの四七日』の五月二日の章に書き、モーザーがなぜトンカチ頭のリーダーを当時のFBI長官ウィリアム・ケイシーに似せて描いたのかを説明している。そしてこう続ける。「彼らの伸びる頭はわたしにとって男根のモチーフを思わせるものであり、それをわたしは［挿絵で］ほのめかすにとどめている」

　ボームはいくつか奇妙な部族を書いているが、そのなかで初めて登場したのがトンカチ頭だ。彼はトンカチ頭を『オズのエメラルドの都』（一九一〇年）では「野人」と呼んでいる。こうした部族にはほかに、『イクスのジクシー女王』（一九〇五年）のロリー・ローグ、『オズのオズマ姫』（一九〇七年）のクルマー、『オズへの道』（一九〇九年）のスクードラー、『オズのパッチワーク娘』（一九一三年）のピョコピョン族とツノモチ族、『オズのブリキのきこり』（一九一八年）のルーン、『オズのグリンダ』（一九二〇年）のフラットヘッドがいる。この野生の生き物のすべてが、最初は敵意をもち人々をおびやかす存在ではあるが、どれもそれぞれにちょっとした欠点があって、簡単に打ち勝つことのできる相手だ。トンカチ頭は、頭がぽんと飛び出す道化師のおもちゃやびっくり箱に似ている。バネを放すと頭が飛び出す仕組みになっているものだ。こうしたおもちゃは最初は子どもをこわがらせるかもしれないが、すぐに子どもはそれが悪いことをしないと理解し、その仕組みをおもしろがるようになる。ヴォルコフはロシア語版『オズの魔法使い』で、トンカチ頭をジャンパーと呼ばれる山の民に変更した。大きな頭と短い首、それに大きなこぶしをもち、高く飛び上がることのできるキャラクターだ。

2【クワドリングの国】オズの国の地図はどれも、最後の4章でドロシーと仲間が旅する地域をクワドリングの国としているが、ボームは、みんながトンカチ頭の小山を越えるまでは、グリンダの領地に到着したと明確に書いているわけではない。本文でも挿絵でもわかるように、攻撃してくる木がある森からクワドリングの農地へといたる田舎は茶色で、この地域はおそらく、グリンダが治める地域ではないと思われる。

3【緑の草と黄色に実った穀物】ガードナーが『オズの魔法使いとその正体』の注で指摘しているように、これはボームがまだこの地域の動植物をどの色にするか決めていなかったときに書いた部分のひとつだ。『オズのふしぎな国』

（一九〇四年）で、「草もむらさきだし、木もむらさき、家も柵もむらさきだよ」と、この不思議な現象を説明しているのはチップだ。「道のどろまでむらさきさ。けど、ここではむらさきのものが、エメラルドの都ではなにもかも緑なんだ。ずっと東にあるマンチキンの国ではみんな青だし、南のクワドリングの国ではぜんぶ赤、ブリキのきこりが治めているウィンキーの国ではどれも黄色なんだよ」（宮坂宏美訳）。ニールはこの法則を、自身が描いたオズ作品の挿絵にこれでもかというほど取り入れ、空気や住民の肌の色さえも、住む国の風景と同じ色にしている。オズ・クラブ会員のダニエル・P・マニックスは、ボームがオズの国のいくつかで複数の色を使っているのは、デンスロウが『オズの魔法使い』で二色を用いて挿絵を描いているせいかもしれないと推察している。ボームの文では、ある特定の地域で、塀や家々など人が作った物が、その地域の好きな色に塗られていることしか書かれていない。おそらくボームは、オズ・シリーズの第一作の配色が第二作へと引き継がれると思っていたのだろう。残念ながら、『オズのふしぎな国』の本文挿絵は白黒のみだった。

4 **【三種類のケーキと四種類のクッキー】** ここは、クワドリングの住民たちが豊かであるということにくわえ、なぜとてもぽっちゃりとしていて人がよいのかもわかる箇所だ。ケーキやクッキーはとても高カロリーの食べ物であり、第10章で、エメラルドの都郊外の農家でドロシーがもてなされた、もっと質素でバランスのとれた食事とはとても対照的だ。

5 **【三人の少女】** ボームの物語に出てくる女性兵士の軍隊はみな、アバディーン親衛隊を参考にしたもののようだ。この親衛隊はサウスダコタの女性たちからなる一団で、一八九〇年にとてもすばらしい演習を行った。みな、青い上着と赤いスカートをまとい、金色のふち飾りのついた赤い帽子をかぶっていた。ボームの創作による架空の女地主、ビルキンス夫人は『サタデー・パイオニア』紙（一八九〇年五月三日付）でこう報告している。「おお、怒りに満ちた獰猛な女戦士たちが槍を光らせ、ガムを舌のうしろに貼りつけてやってきました。戦士のだれひとりとして襟髪の乱れなど気にせず、前の兵士の上着のすそに注意を向ける者もいません！　みな、母国の敵のこと、敵をいかにして消し去るかということで頭はいっぱいなのです」。女性兵士を登場させておもしろくするボームのやり方は、『オズのふしぎな国』（一九〇四年）のジンジャー将軍と彼女が率いる女の子軍団で最高潮に達する。これは、過激な婦人参政権論者に対するやんわりとした風刺だ。

6 **【そのひとり】** ボームがフレッド・ハムリンに提出した『オズの魔法使い』の劇の脚本第一稿では、グリンダの親衛隊の指揮官が、ブリキのきこりが失った恋人だということが判明する。彼女はこう告げる。「［東の］悪い魔女が死んだとき、わたしはマンチキンの女王になったので、わたしたちが結婚したら、マンチキンの国に戻ってふたりで国を治めることになるわ」。ブリキのきこりはこの脚本ではウィンキーの国の皇帝になっていないので、ボームは、児童書版で未解決のままになっていた件と都合よく結びつけることができたのだ。しかし『オズのブリキのきこり』（一九一八年）では、マンチキンの少女のまったく異なる過去が語られる。第5章注9を参照。

第23章

よい魔女、ドロシーの願いをかなえる

けれどグリンダに会いに行く前にみんなは城の部屋のひとつに連れて行かれ、そこでドロシーは顔を洗って髪をとかし[1]、ライオンはたてがみのほこりを払い、かかしは体をあちこちたたいてきれいな形にして、きこりはブリキを磨いてつぎめに油をさしました。

　すっかり身なりを整えると、みんなは少女の番兵のあとについて大きな部屋に入りました。するとそこでは魔女のグリンダがルビーの玉座に座っていました。[2]

　グリンダは、若くて美しく見えました。[3]真っ赤で豊かな髪が、肩にくるくると流れるようにかかっています。ドレスは真っ白で、[4]目は青く、そのやさしそうな目がドロシーを見ていました。

「おじょうさん、どんなご用かしら？」グリンダが聞きました。

　ドロシーはこれまでのことをグリンダにすっかり話しました。竜巻に飛ばされてオズの国にやってきたこと、仲間との出会い、そしてみんなとおどろくような冒険をくぐり抜けてきたこと。そのすべてを話したのです。

「今いちばんお願いしたいのは、カンザスに帰ることです。エムおばさんはわたしにきっとひどいことが起きたんだと思うでしょうし、そうすればおばさんは喪服を着るでしょう。でも今年の収穫が去年よりもよくなかったら、ヘンリーおじさんは喪服を買ってあげられないと思うんです」[5]

　グリンダはドロシーのほうに体をよせると、グリンダを見上げている小さなかわいいドロシーの顔にやさしくキスしました。

「まあ、やさしいおじょうさんね。わたしなら、カンザスに帰る方法を教えてあげ

られるわ」グリンダは言いました。

「でも、そうするためには、あなたから黄金の帽子をもらわなければならないわ」

「喜んで！」とドロシーは叫びました。「だって、もうわたしは使えないんですもの。あなたが帽子の持ち主になれば、翼のあるサルを三回呼べるわ」

「そうね、わたしはちょうど三回、サルに命令する必要があるわ」グリンダは微笑みながら言いました。

そこでドロシーが黄金の帽子をわたすと、グリンダはかかしに言いました。

「ドロシーが帰ってしまったら、あなたはどうするおつもり？」

「エメラルドの都に戻るよ。オズがおいらを都の王にしたし、都のみんなもおいらのことを好いてくれてるから。ただ、問題は、どうやってトンカチ頭のいる山を越えるかなんだ」

「では黄金の帽子で翼のあるサルを呼んで、あなたをエメラルドの都の門まで運ぶようお願いしましょう。こんなにすばらしい王さまを都に戻せないことになったら残念ですからね」

「おいらはほんとにすばらしい王さまでしょうか？」とかかし。

「ありきたりの王さまではないですね」とグリンダが答えました。

それからブリキのきこりのほうを向いて、グリンダは聞きました。

「ドロシーがこの国を出たら、あなたはどうするおつもり？」

きこりは斧によりかかり、しばらく考えてからこう言いました。

「ウィンキーたちはわたしにとても親切でしたし、悪い魔女が死んだあと、わたしに王さまになって欲しいと言いました。わたしはウィンキーのことを好きですし、また西の国に戻れるとしたら、ずっとウィンキーたちの王さまでいられたらいいと思います」

「では、翼のあるサルへのふたつめの命令は、あなたをぶじにウィンキーの国に運ぶことね。あなたの脳みそは、見た目はかかしの脳みそほど大きくないかもしれないけれど、実はかかしよりも道理に明るいわ——よく磨いてさえいれば[6]ね。それにきっとあなたは、ウィンキーたちの賢くて立派な王さまになるでしょうね」

それから魔女は大きく毛むくじゃらのライオンを見てたずねました。

「ドロシーが家に帰ったら、あなたはどうするおつもり？」

「トンカチ頭の山の向こうに古くて大きな森があって、そこに住む動物たちみんながおれを森の王にしたんです。この森に戻れるなら、おれはそこでずっと幸せに暮らせると思うんです」

「では、翼のあるサルへの三つめの命令は、あなたを森に運んでもらうことね。そして黄金の帽子の力を使ってしまったら、わたしは帽子をサルの親分に返しましょう。そうすれば、親分とその手下のサルたちはもうこの先ずっと自由になりますからね」

かかしとブリキのきこりとライオンは、親切なグリンダに心からお礼を言いました。ドロシーも感激して大きな声で言いました。

「あなたはきれいなだけじゃなくて、ほんとにとってもやさしいわ！　けれどまだわたしがカンザスに帰る方法を教えてくれてないわ」

「あなたがはいている銀の靴なら砂漠を越えられるのですよ」グリンダが答えました。「その魔法の力を知ってさえいたら、オズの国にきたその日に[7]、エムおばさんのところへ帰れたのよ」

「でもそうしたら、おいらは立派な脳みそをもらえなかった！」かかしが叫びました。「おいらは一生、お百姓のトウモロコシ畑にいたかもしれない」

「それにわたしはきれいな心臓をもらえなかったでしょう」ブリキのきこりが言いました。「さびついたまま、この世が

終わるまで森のなかに立ちっぱなしだったでしょう」

「そしておれはずっとおくびょうなままだったはずだ」ライオンが言いました。「森の動物たちのだれも、おれをほめてはくれなかっただろう」

「ほんとにそうよね。それにわたしは、三人のいいお友だちの役に立ってよかったわ。でも、みんなはいちばん欲しいものをもらえたし、みんな王さまになって幸せになるから、[8]わたしもカンザスに帰りたいわ」

よい魔女は言いました。「銀の靴にはすばらしい力があるわ。その力のなかでいちばんすばらしいのが、たったの三歩で、どんなところでも、あなたが望む場所へと行けることよ。[9]一歩一歩はあっという間。かかとを三回打ち合わせ、自分の行きたいところを言うだけでいいのですよ」

「ほんとにそうなら、すぐにカンザスに連れて帰ってちょうだいとお願いするわ」ドロシーはうれしそうに言いました。

ドロシーはライオンの首に腕をまわしてキスをし、大きな頭をやさしくなでました。それからブリキのきこりにもキスをしましたが、きこりはぼろぼろと涙を流していて、今にもつぎめがさびつきそうです。ドロシーはかかしの絵の具で描いた顔にキスするかわりに、やわらかくてワラがつまった体を抱きしめました。そして気づくと、大好きな仲間たちと別れるのがつらくて、ドロシーも泣いているのでした。

よい魔女のグリンダはルビーの玉座から降りてきて、ドロシーにさようならのキスをし、ドロシーは仲間や自分に親切にしてくれたグリンダにお礼を言いました。

ドロシーはトトをまじめな顔で抱き上げ、もう一度さようならを言うと、靴のかかとを三回打ち鳴らして言いました。

「わたしをエムおばさんの家に連れて行って！」[10]

あっという間にドロシーは空中をぐるぐるとまわりはじめ、それがあまりにも速くて、ドロシーに聞こえたのは風が鳴る音だけでした。

銀の靴が三歩進んだかと思うと突然止まり、ドロシーは草の上にごろごろころがってしまいました。ドロシーには、まだそこがどこだかわかりません。

ようやく起き上がったドロシーは、あたりを見まわしました。

「ああ、やったわ！」とドロシーは叫びます。

そこはカンザスの大平原です。ドロシーの前には、竜巻が古い家を運び去ってしまったあとにヘンリーおじさんが建てた、新しい家がありました。[11] ヘンリーおじさんは家畜小屋の前で乳しぼりをしています。トトはドロシーの腕から飛び降りて、ワンワンとうれしそうに吠えながら小屋のほうに走っていきました。

ドロシーは立ち上がり、靴下しかはいていないことに気づきました。空中を飛んでいるあいだに銀の靴は脱げて、[12] 砂漠のどこか、だれにもみつからないところに落ちたのでした。

第23章　注解説

1【ドロシー】この章でデンスロウは、ドロシーにオズに着いたときと同じ質素なワンピースを着せており、エメラルドの都を訪ねて以降に着ていたドレスではない。ボームは衣服が変わったことについてはなにも書いてはいない。おそらく、グリンダが魔法でカンザスの服に戻したのだ。カンザスに戻るときに服が銀の靴と同じような消え方をしたら、ドロシーが困るからだろう。

2【ルビーの玉座】これはよい魔女のグリンダと、第14章に登場する、北の国のルビーの宮殿に住む魔女ゲイエレッテとの類似をうかがわせるものだ。

3【若くて美しく】よい魔女のグリンダの原型は『新しい不思議の国』（一九〇〇年、のちに『魔法がいっぱい！』［一九〇三年］と改題）の魔女（Sorceress）メッタだ。ふたりとも白い服を着て南の国に住んでいる。またボームはメッタはこの世でいちばん美しいと書いているが、のちのオズ作品ではこの称号をグリンダに与えている。また第一作では「よい魔女のグリンダ」の「魔女」は「Witch」だったが、その他の作品では「Sorceress」となっている。ボームが『オズのふしぎな国』（一九〇四年）を『クルクルムシ』（一九〇五年）として脚本化したとき、グリンダはメッタとなり、オズ・シリーズの第二作でジョン・R・ニールが描いた挿絵のグリンダとそっくりだった。

4【真っ白】これも魔女の色だ。北のよい魔女と同じ服だ。グレッチェン・リッターは「銀の靴と黄金の帽子」（『ジャーナル・オブ・アメリカン・スタディーズ』一九七七年）で、ボームはグリンダを、アメリカを表すナショナルカラーで描写していると述べている。つまり赤（髪）、白（ドレス）、青（目）だ。だがデンスロウの挿絵は、この配色どおりに描いてはいない。

5【喪服を買ってあげられない】グレッチェン・リッターは「銀の靴と黄金の帽子」（『ジャーナル・オブ・アメリカン・スタディーズ』誌、一九七七年）で、「カンザスでは葬儀でさえも贅沢の部類に入る」と書いている。現代では、ドロシーが心配していることを完璧に理解できる読者はほとんどいない。一九世紀の葬儀はしきたり通りに行わなければならず、おまけにその費用は高額だった。葬儀とは貧しい生活の重荷となる、ありがたくないものだったのだ。ボーム家は、一年に二度の葬儀という苦痛を経験したばかりだった。一八九八年三月一八日にはシカゴでマティルダ・ジョスリン・ゲイジが、同年一一月一一日にはイリノイ州ブルーミントンで赤ん坊のドロシー・ルイーズ・ゲイジが亡くなったのだ（第1章注1参照）。ゲイジ家の葬儀費の請求書は次のとおりだ。

黒のブロード張りの棺桶……六五ドル
防腐処理……一〇ドル
ドア用花輪とリボン……三・五ドル
グレースランド墓地までの四輪馬車……二〇ドル
黒の霊柩車……七ドル
棺付添人三人分の支払い……三ドル
葬儀用椅子二五脚と送料……無料
接客……無料
手袋四組……一ドル
……………一〇九・五ドル
手袋代払い戻し……一・五ドル
……………一〇八ドル

この当時これはかなりの金額であり、一族のだれかが簡単に支払えるような額ではなかった。トーマス・クラークソンとソフィー・ゲイジはしきたりに従って、小さなドロシーの遺体を墓地へと運ぶためだけに、大型馬車を雇わなければならなかった。クラークソンはこれを、小さな棺桶なのだから膝にのせて運べばいいのに、とこぼした。

6【よく磨いてさえいればね】威厳のあるよい魔女グリンダでさえ、ボームのだじゃれ好きに感染している。

7【オズの国にきたその日に】三人の仲間と同じで、ドロシーはいつでも自分で問題を解決できる力をもっていたのだ。ドロシーは自分がもっている力を、自分で認識する必要があるのだ。マックフォールは『子どもを喜ばせるために』（一九六一年）でこう論じている。「この道徳主義者［ボーム］は、わたしたちが欲しいものは自分のなかにあると耳打ちしているのだ。わたしたちはそれを見つけさえすればよいのだと、ボームは言っているのだ」。おそらくかかしとブリキのきこりとおくびょうライオンは、自分たちが欲しいものをすでにもっていたのだが、ドロシーがいなければ、三人が自分でそれに気づくことはなかっただろう。

しかしここに書かれている「自身で学ぶこと」はそれほど重要ではないのかもしれない。M・L・フランツはカール・G・ユングの『人間と象徴　無意識の世界』（一九六四年）で、「偉大なる人」がその役割を行うのがしばしばだと解説している。女性の場合は、賢明で美しい（セレスまたはデメーテルのような）女神や、（ハンス・クリスチャン・アンデルセンの「雪の女王」に出てくる魔法が使えるおばあさんや、ジョージ・マクドナルドの『お姫さまとゴブリンの物語』［一八七一年］や『カーディとお姫さまの物語』［一八八二年］の親切な「おばあさま」のような）慈悲深い老女がこの役割をもつことがある。ドイツのおとぎ話はフランスのものとは異なり、ヒーローやヒロインの守護者となるのは親切なおばあさんではなく「賢明な女性」（「魔女」と訳される場合もある）だ。ボームはこのどちらも登場させている。ドロシーに銀の靴を与える北のよい魔女は賢明な女性。ドロシーにその使い方を教えるグリンダは、守護者の親切なおばあさんの役回りだ。ドロシーは自分が望むもの――家に戻る方法を探さなければならないが、ふたりのよい魔女を通してその答えを見つける。それは自身で学ぶことの延長でもあるのだ。

8【みんな王さまになって】おとぎ話には、身分の低い人物が最後には王子様や皇帝になる物語があふれている。これは「成功する」というアメリカン・ドリームでもある。アメリカ人作家ホレイショー・アルジャーの物語の主人公たちのように、ドロシーの仲間たちはその身分や能力の低さを乗り越えて名声や財産を得る。かかしはエメラルドの都を治め、ブリキのきこりはウィンキーたちの指導者になり、おくびょうライオンは森の王になるのだ。

9【三歩で、どんなところでも、あなたが望む場所へと行ける】伝説や文学作品では、空中を移動する手段として魔法の靴やブーツがしばしば登場する。商業の神マーキュリー（ヘルメス）は翼のついたサンダルをはいている。ルース・プラムリー・トンプソンは『オズの腹ペコタイガー』（一九二六年）で「速足サンダル」を登場させている。オデュッセウスも「俊足の靴」をもっており、おやゆび小僧も巨人殺しのジャックも七里を飛べるブーツを履いている。またジャックはあらゆる知識を授けてくれる帽子ももっている。

10【わたしをエムおばさんの家に連れて行って！】『オズの魔法使い』が「脱走者」の物語以外のなにものでもないと批判する人は、ドロシーがオズに残ることではなく、現実世界に戻ることを選択している点を認識すべきだ。カンザスに戻るというドロシーの決断には、だれもが賛同しているわけではない。一九七九年発表のジュディ・コリンズのアルバム『ハード・タイムズ・フォー・ラバーズ』にはヒュー・プレストウッド作詞の『ドロシー』という曲が収録されており、「ここを出ていくなんてドロシーはおばかさん、せっかくここにきたのに……」と歌われている。『オズのエメラルドの都』（一九一〇年）ではカンザスの生活がとても厳しいものであることがわかり、ドロシーはオズへと戻り、エムおばさんとヘンリーおじさんと一緒にオズで暮らすことにする。「だからオズは最終的に『故郷になる』のだ」とサルマン・ラシュディは一九三九年のミュージカルに関する評論で述べている。「想像の世界が実際の世界になった。それはわたしたちにもあることだ。わたしたちが子どもの頃の居場所を出て、今の自分と、今もてるものだけで自立した生活をはじめたとき、わたしたちは理解するのだ。［映画の］赤いルビーの靴にこめられたほんとうの意味は、『お家がいちばん』なのではなく、家とそっくり同じ場所はもうないということで、それが真実なのだ。もちろん、わたしたちが作りあげる家、オズでわたしたちのために用意された家は別だ。もといたところを出たあと、いたるところ、どのような場所でも家となりうるのだ」

11【新しい家】ボームは『オズのエメラルドの都』（一九一〇年）で、「たつまきで家をふきとばされてたてなおさなくてはならず、おじさんは農場をかたにお金を借り」たことを明かしている（ないとうふみこ訳）。おじさんは結局借金を返せず、銀行から農場を取り上げられることになる。一九世紀の大半の時期、農民はなにより差し押さえを恐れた。担保にした古い家を差し押さえる、大都市の血も涙もないおそろしい銀行家の前には、自然災害や疫病――干ばつ、蝗《こう》害《がい》、作物が枯れる病気、それに竜巻――でさえかすんでしまうほどだった。ボームは当然、農民に同情した。なんといってもボームが育ったのは農場であり、そこを両親はたえず抵当に入れていた。一八八〇年になる頃にはボーム家の運もつき、借金返済のため、債権者たちがローズ・ローンを競売にかけるよう要求した。その後三月一日に、フランク・ボームはオノンダガ郡の裁判所へと出向き、両親のためにボーム家のこの農園を買い戻した。

12【銀の靴は脱げて】これも、オズの魔法はオズの外の世界ではきかないことがわかる箇所だ。ここでも、ボームは主人公の旅がたどる伝統的パターンに従っている。ジョーゼフ・キャンベルは『千の顔をもつ英雄』（一九五六年）でこう解説している。「帰還するさいには、超越的な力は残してこなければならない」

第24章
わが家へ

そのとき、エムおばさんはキャベツに水をやろうと家から出てきたところでした。おばさんがふと顔を上げると、ドロシーが走ってきます。

「ああ、かわいいドロシー！」おばさんは叫んで、ドロシーを両腕で抱きしめ、顔じゅうにキスしました。[1]「いったいどこに行ってたんだい？」

「オズの国よ」ドロシーはまじめな顔で言いました。[2]「トトも帰ってきたわ。ねえ、エムおばさん！　わたし、また家に帰ってこられて、[3]ほんとによかった！」

第24章　注解説

1【顔じゅうにキスしました】これはこの物語で、エムおばさんが初めてドロシーに愛情を示す場面だ。臨床心理士のマドンナ・コルベンシュラーグは『オズの国で迷子になって』(一九九四年)で、カンザスに戻ってきたときにドロシーは、「エムおばさんとの関係にあらたなもの、つまりドロシーが失った母親の象徴を見出すのだ(エムおばさんはもう、手を胸に当ててドロシーのことをおそろし気に見ない。おばさんはドロシーを抱きしめ、キスの嵐を浴びせるのだ)」と述べている。エムおばさんはドロシーがいないあいだに大きく変わった。今では自分にとってドロシーがどれだけ大事かがわかり、姪に深い愛情を示すことができるまでになっている。

2【まじめな顔で】「なぜボームは『うれしそうに』ではなく『まじめな顔で』という表現を選んだのだろうか?」とジャネット・ジャンクは「あるカンザス人の意見」(ジェラルド・ピアリー、ロジャー・シャツキン『古典的アメリカ小説とアメリカ映画』[一九七七年]所収)で問うている。「この言葉は、ボームにとってドロシーの冒険は一種の、人生における心に深く残る通過儀礼から成るという証拠だ。ドロシーは恐怖と死を経験し、幻滅と悲しみを感じ、自らの責任で行動しなければならなかった。ドロシーは成長しはじめているのであり――これはまじめな経験だったのだ」。オズの国はカンザスよりもずっと美しく楽しいかもしれないが、そこには、ドロシーが自分の愛する人たちの家に戻ったときの安心感が欠けているのだ。

3【また】ジャック・スノウは『オズの人物事典』(一九五四年)でこう書いている。「オズ・シリーズ第一作である本書のはじまりの言葉は『ドロシー(Dorothy)』だった。そしてこの本の最後の言葉は『また』だ[訳注＝原作ではagain[また]が最後にくる]ということも言っておきたい。そしてこのふたつの言葉が書かれて以来、読者である子どもたちが口にするのもこの言葉だ。『ドロシーの物語をまた読みたい(We want to read about Dorothy again.)』と」

デンスロウに関する付録

デンスロウとボームはふたりで製作した本のすべてで著作権を共有し、印税を半分ずつ分け合った。これによってのちに、どちらがなにを所有しているのかについてかなりの混乱と議論が生じてしまった。ふたりは『ファザー・グース、彼の本』と『オズの魔法使い』の製作費用を同額ずつ支払っていたため、ふたりで出版した作品の収入を同額受け取ることは、当時は筋の通ったことに思えた。だがふたりが別々の道を歩むようになると、それぞれが、もう一方に相談しなくとも、自分がこの二作の登場人物を使う権利をもつと考えた

ようだ。もちろん、『オズのふしぎな国』（一九〇四年）以降、デンスロウがいなくとも、ボームはオズ・シリーズを長く書き続けた。またデンスロウは、一九〇二年のミュージカル狂騒劇『オズの魔法使い』の評判を利用し、さらに『オズのふしぎな国』の刊行に便乗して、すべて自作の「かかしとブリキ男」関連の作品を数作刊行した。

デンスロウは『ファザー・グース、彼の本』の共同製作者として、ボームとは別に、この作品の登場人物をさまざまな場でちゅうちょなく描いた。デンスロウは三つの異なる「ファザー・グース」の版を、ヒ

ル社、ボーム、そして自身のために描いたことになる。『ニューヨーク・ワールド』紙はデンスロウに、日曜版掲載の二ページにわたるカラー版漫画『ファザー・グース、子どもたちに二連そりの走らせ方を教える［*Father Goose Shows the Children How to Run a Double-Ripper*］』（一九〇〇年一月二一日付、上巻50頁参照）と『海岸のファザー・グース［*Father Goose at the Seashore*］』（一九〇〇年六月二二日付）を依頼した。このどちらにも、漫画の原作者がボームであるとの記載はない。

かかしとブリキ男はデンスロウの作品の思いがけないところに登場する。『クリスマスのまえのばん』（一九〇二年）のサンタクロースの袋からのぞいているのが、『オズの魔法使い』のブリキのきこりのかわいいおもちゃなのだ（259頁参照）。また『デンスロウのジャックが建てた家［*Denslow's The House That Jack Built*］』（一九〇三年）のトウモロコシ畑のなかには、オズの国のかかしが立っている（259頁参照）。またかかし（Scarecrow）とブリキのきこり（Tin Woodman）は、『デンスロウのABCの本［*Denslow's ABC Book*］』（一九〇三年）の「S」と「T」に登場している（259頁参照）。

ジョージ・W・オギルヴィー社がジョージ・M・ヒル社を買収したとき、オギルヴィー社は、『オズの魔法使いの絵本［*Pictures from The Wonderful Wizard of Oz*］』というタイトルで、ヒル社のカラー図版が掲載された薄い本を発行した。これは明らかに劇の評判を利用したものだった。本のカバーのリトグラフは、ブリキのきこりとかかしの衣装を着たモンゴメリーとストーンだったからだ（上巻55頁参照）。デンスロウの名は表紙とタイトル・ページにはっきりと掲載されているが、ボームの名はこの本のどこにも見あたらない。オギルヴィーは、トーマス・H・ラッセル（一八六二～一九四四年）にまったく新しい物語である「かかしとブリキ男と少女の冒険［Adventures of the Scarecrow, the Tin Man, and the Little Girl］」の執筆を依頼し、左ページにこの物語が掲載された本ができた。物語にはドロシーもオズも登場しない。この文学的にも貴重な作品を全編掲載する。

『オズのふしぎな国』が刊行予定の年、デンスロウは自作の「オズ」の物語『デンスロウのかかしとブリ

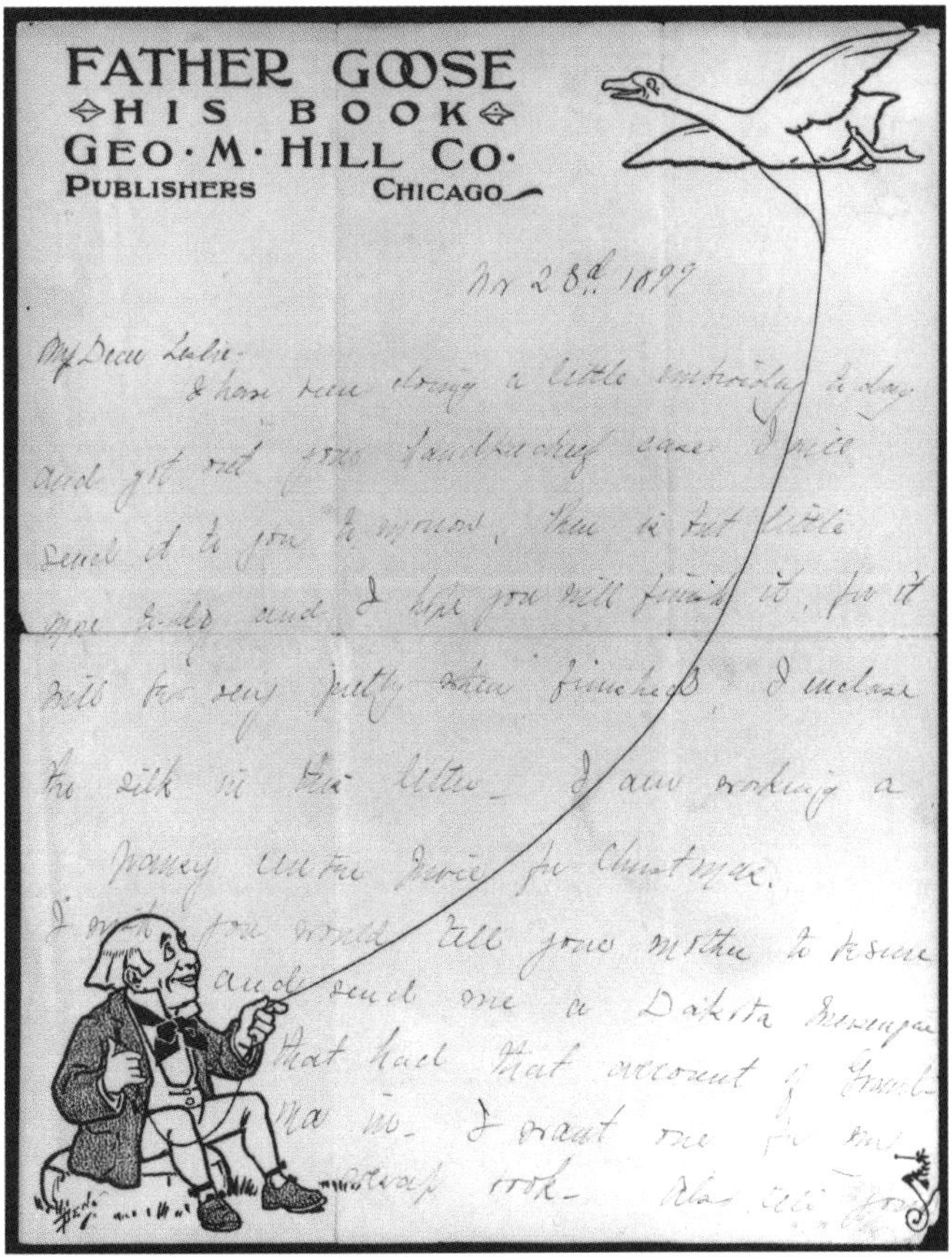
FATHER GOOSE
HIS BOOK
GEO·M·HILL CO·
PUBLISHERS CHICAGO

Nov 28th 1899

My Dear Leslie-
I have been doing a little embroidery to-day and got out your handkerchief case I will send it to you tomorrow, there is but little more to do and I hope you will finish it, for it will be very pretty when finished. I enclose the silk in this letter. I am working a fancy centre piece for Christmas.
I wish you would tell your mother to be sure and send me a Dakota Messenger that had that account of Grandma in. I want one for my scrap book.

（上）ジョージ・M・ヒル・カンパニーの『ファザー・グース、彼の本』の便せんに書かれたモード・ゲイジ・ボームの手紙、1899年。個人蔵

（右）ジョージ・M・ヒル・カンパニーの『ファザー・グース、彼の本』の封筒のレターヘッド、1899年。個人蔵

キ男［*Denslow's Scarecrow and the Tin-Man*］』（一九〇四年）を出版した（260〜263頁参照）。デンスロウは、ボームの物語の原題である「かかしとブリキのきこりのさらなる冒険［*The Further Adventures of the Scarecrow and the Tin Woodman*］」からアイデアを得たのかもしれないが、デンスロウが文を書き絵を描いたこの絵本は、『オズの魔法使い』に連なるものではない。絵本は、一日の休みをもらって劇場から出た俳優たちの災難を描いたものだ（これは、ショーの運営に関して実際にモンゴメリーとストーンがもめていたことに着想を得た可能性もある）。この絵本は全一巻の作品として出版されたのにくわえ、『デンスロウのかかしとブリキ男とその他の物語［*Denslow's Scarecrow and the Tin-Man and Other Stories*］』（一九〇四年）という絵本のシリーズの一冊としても刊行された。かかしはまた、一九〇四年の「デンスロウの子ども向け絵本の新シリーズ」用の、すばらしいポスターにも登場した。デンスロウはこの本をそれにふさわしく、「小さなフレディ・ストーン」に献じている。

フィラデルフィアの『ノース・アメリカン』紙が

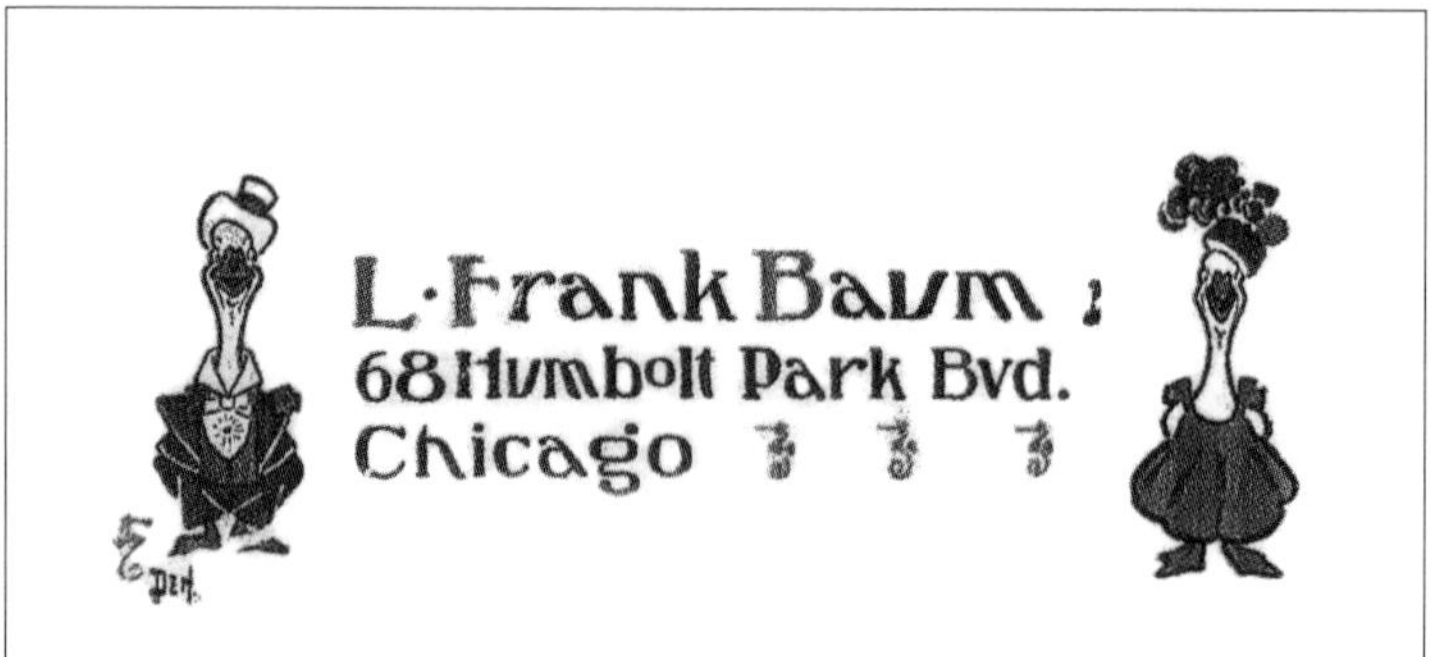

L·フランク·ボームが個人で製作した『ファザー·グース、彼の本』の便せんのレターヘッド、1899年。著作権事務所提供

新聞掲載の漫画『デンスロウのかかしとブリキ男』、1905年3月12日付け。個人蔵

一九〇四年一一月二八日に、ボームによる日曜版の漫画ページ『オズのふしぎな国からの奇妙な訪問者たち』の配信をはじめると、デンスロウは自身のシリーズの発表を決めた。デンスロウはS・S・マクルアー社と契約して、『デンスロウのかかしとブリキ男』の漫画を週一回掲載することにした（266頁参照）。テーマはボームの漫画と同じで、かかし、ブリキのきこり、おくびょうライオンのアメリカでの冒険を描いた作品だった。オズの国で起こるのは、最初のふたつのエピソードだけだ。とても見事な漫画だったが、おそらくはボームの作品と競合したため、デンスロウのシリーズが掲載された新聞は少なかった。『デトロイト・フリー・プレス』紙が掲載したのは、一九〇四年一二月一八日付けの、最初のエピソード「ドロシーのクリスマス・ツリー［Dorothy's Christmas Tree］」のみ、また『ミネアポリス・ジャーナル』紙は、一九〇四年一二月一〇日から一九〇五年二月一八日まで、毎週土曜日に掲載した。ふたつのエピソード（一九〇四年一二月三一日付「街のこと」と一九〇五年一月七日付け「ふたたびつかまって」）はディリンガム社刊の絵本『デンスロウのかかしとブリキ男』に収録された。このシリーズをすべて掲載したのは『クリーヴランド・プレイン・ディーラー』紙のみで、一九〇四年一二月一一日から一九〇五年三月一二日までの日曜日に掲載された。それでも掲載期間は一四週ととても短く、これにくらべ、ボームのシリーズは二七週続いた。

デンスロウはその後、以前のミュージカル狂想劇をもとにした意欲作である、小壁用の六枚組壁紙を描いた。彼はこのショーのことを詳細には覚えておらず、絵に付けた詩のまちがいでもそれがうかがえる。この美しいクロモリトグラフの製作業者や製作日は不明だが、おそらく一九一〇年頃の作品で、デンスロウがバッファローの印刷会社向けに広告用パンフレットをデザインしていた当時のものだろう。この壁紙のうちいくつかのキャラクターは二色刷りのトレードカードのシリーズを飾った。

ボームがその後のオズ関連の作品でデンスロウに一切触れていないのと同じく、ボームの名前はデンスロウの「かかしとブリキ男」の作品にはまったく出てこない。どちらも、もう一方に頼ることなく自分の評判を確立したかったのだ。そして著者と挿絵画家のライバル意識こそが、ふたりの協力関係が破綻した大きな原因だったのである。デンスロウが一九〇二年にニューヨークに移ったあと、ふたりが連絡をとりあったという話は残っていない。ボームもデンスロウも、ふたりの共作を、自分のみの業績としたがった。またデンスロウはよく、ミュージカル狂想劇の成功は自分の力が大きかったからだと口にしていた。現在はウェスト・ポイントの合衆国陸軍士官学校図書館に所蔵されている、アーサー・ニコラス・ホスキング編集の『芸術家年鑑』（一九〇五年）にデンスロウが寄せた自身の業績リストには、「『オズの魔法使い』の舞台衣装のデザインと色彩効果、また当劇中のかかしとブリキきこりのキャラクター造形を担当した」とある。ボームが破産手続き中に自分の著作権をハリソン・H・ラウントリーに譲渡したあとも、デンスロウはふたりの作品の著作権料を受け取り続けた。『オズの魔法使い』は、ボームとデンスロウのどちらを欠いても今のようなすばらしい作品にはなっていなかっただろう。だが結局、どちらも、もう一方がふたりのこの最高傑作に大きな貢献をなした点を認めようとはしなかったのだ。

オズの魔法使いの絵本

W・W・デンスロウ

『ファザー・グース、彼の本』、デンスロウの『ワン・リング・サーカス One Ring Circus』、
デンスロウの『クリスマスまえのばん』などの挿絵画家

かかしとブリキ男と少女の冒険

GEORGE W. OGILVIE &CO., Pubkishers
181 Monroe Street, Chicago, Ill

第1章　お話のはじまり

その朝はどんよりとしていて、「女の子」はブルーでした。もちろん「ブルー」というのはほんとうにそんな色だったというのではありません。大昔には、体を青《ブルー》く塗って寒さをしのぐ人たちがいるところもありましたが、それとは違います。それどころかこの女の子の頬《ほお》は（小さな女の子はみんなそうですが）バラ色でした。ブルーだったのは女の子の気分で、気持ちがふさいでいたということです。「ブルー」という言葉を知っているのは、この子のお姉さんが、思うようにいかないことがあるとよくそう言うのを聞いていたからです。だってその朝はどんよりとくもっていて、その女の子にとってはうれしくないお天気だったのです。女の子は大好きな「男の子」とある約束をしていました。その男の子お気に入りの遊び場はとってもすてきな公園で、そこにホリネズミをつかまえに行くのです。そうだというのに、厚い雲におおわれた空からは今にも雨粒が落ちてきそうです。一日じゅう家のなかにいるとなると退屈でたまりません。だから女の子はブルーな気分だったというわけです。

ところで、小さな女の子の気分なんてまるで雲が形を変えるのと同じで、くるくると変わります。ときには温かな太陽を隠してしまうくらい、ぱっと陽気になることもあります。だからこのときも、女の子の家の大きな玄関の外から男の子の口笛が聞こえてくると、ブルーな気分は吹き飛んで、女の子はうきうきと玄関までかけていったのでした。そこには男の子が立っています。休みの日なのでオーバーオールというくつろいだ格好で、足は「はだし」です。

「ねえ、がっかりよね？　ホリネズミをつかまえには行けないわ。雨が降りそうだもの」女の子はそう言いながらも、ぱっちりとあいた目はうれしそうです。

「へん、雨なんて平気さ」男の子は言いました。この子は大きな公立の学校に通っていて、いつもちょっと背伸びして、もう少し大きい男の子のしゃべり方をまねています。「ちょっとぐらい降ったからってかまうもんか。降ったところで大丈夫さ。それに雨が降っても、雨宿りできる場所を知ってるんだ。きみが雨にぬれないように気をつけるよ。行こうぜ。ホリネズミのつかまえ方を教えてやるから」

もちろん男の子なんてみんなそんなもの。かわいい女の子を危険なところへ連れて行って、命をかけて女の子をたすけようとするのが男の子です。そして女の子は、その男の子を大好きになるというわけです。だからこの女の子にとっても、目の前にいる男の子はまるでヒーローです。女の子は乳母をさがそうとかけ出しました。そのすごくて危険な冒険に行かせてちょうだいとお願いするのです。

奇跡が起きたのはちょうどそのときでした。すてきなお話の世界ではよい子の少女によく奇跡が起こりますが、それと同じです。その朝、ジュピターという名の年よりの気難しい雨の神さまは、女の子がピンクと白のベッドから飛び起きるときから目にとめていて、雨が降ればその子の一日も台無しだなと、ほくそえんでいました。けれども雨の神さまにしても昔は男の子でした。女の子の家の玄関に突っ立って、一緒に行けないかもしれないとしょげている男の子を見ると、とてもかわいそうになりました。だから雲をすっかり押しやり真っ青な空に変えて、乳母が、出かけてはいけませんと言わないようにしてあげたのでした。

　ということで、男の子と女の子は広くてすてきな遊び場に出かけることになりました。大人たちが公園と呼ぶ場所です。街に住むふたりは、大きい子たちがどうするかよく知っています。だから田舎の子たちがみんなそうするのとは違って、手をつないで出かけるようなことはしません。けれどもふたりの心は通じ合っていて、つまりは、いつも相手のことを思っていました。この世のはじまりのときから、そうやっておたがいを思いあう男の子と女の子はいるのです。

　やがてふたりの目の前に広がった景色のなんとすばらしいこと！　この有名な公園はにぎやかな街のまんなかにあって、外は煙と騒音がいっぱいでした。けれど公園のなかには、涼しい緑の木陰や水を勢いよく上げる噴水、大きく枝を広げる木々、曲がりくねった歩道、色とりどりの花壇があって、そして小さな池がいくつかきらきらと輝いていました。女の子と、女の子自慢のお供の男の子は、お日さまで熱くなった歩道を歩いて樫《かし》や楡《にれ》の大木の陰に入り、そのそばに広がる、きれいに刈り揃えられた芝生の上をぴょんぴょんと跳ねまわりました。家のことや乳母のこと、お風呂や本のことなど、ふだんうるさく思っていることなんて、ふたりの頭からすっかり消え去っていました。だって、通りを車が走る騒々しい音ではなくて、動物園にいる本物のライオンが吠える声が聞こえてきたり、次々と楽しいことが待ち受けていたりというときに、そんなつまらないことなんて思い出すはずがありません。

「ねえ、すてきよね？　おとぎの国ごっこしましょうよ」追いかけっこをしながら、男の子につかまるのが楽しくてならない女の子が言いました。

「賛成」男の子が笑いました。あっという間に女の子のとなりにきています。「いいか、きみは小さな妖精だ」いいなと思っている相手にお世辞を言われるとまんざらでもないのが女の子。男の子は、それを知らないほど幼くはなかったのです。

それからこの幸せなふたりは、ごくごくまじめにおとぎの国ごっこをはじめました。さあ、女の子には見当もつかないくらい、楽しい日がはじまったのです。男の子は巨人になって少女をひと口で食べるふりをし、それから巨人殺しのジャックに早変わりして、想像上の剣をひとふりして自分の頭を切り落とします。とてもではありませんが、女の子が言葉にできないくらいの大活躍です。男の子は七里を飛ぶブーツをはき、とても遠いところから女の子のもとへさっと舞い降りて、女の子を空にある城に連れて行く（ふりをする）のです。それに男の子は蒸気機関車になって汽笛を鳴らし煙をあげて、女の子が乗る客車を引くと、たったの三〇秒で、女の子をシカゴからニューヨークへと運びました。妖精になった女の子の魔法の杖のおかげで、男の子はすごいことをとてもたくさんやってのけて、不思議な人やいろんな動物に変身しました。だから女の子がふと、ここにきたのはほかにやることがあったからだと思い出したのは、ずいぶん時間がたってからのことでした。ふたりはまだ一匹もホリネズミをつかまえていなかったのです。だから女の子は、男の子に言いました。

「ねえ、なにしにここにきたか覚えてる？　ホリネズミがどこにいるか教えてくれるって言ったわよね。それにつかまえてくれるんでしょう？」

そう言う女の子の目が期待できらきらしているのを見て、男の子はいっそうがんばりはじめました。だって、あのずる賢い小さなホリネズミのことを女の子にすっかり教えてあげられるのは、自分しかいないのですから。ホリネズミは地面の穴から女の子のことをおどおどとのぞいていました。ホリネズミの家には前と後ろに入口が作ってあって、危ないと思ったらすぐに家のなかに逃げ込めるようになってるんだぜ、と男の子は女の子に教えてあげました。それから男の子は、ホリネズミがおとなりさんの家に遊びに行こうと、穴からちょろちょろと出てくるまでがまん強く待ちました。男の子にとってじっと待つのはとても大変なことですが、チャンスがきたら、稲妻のようにホリネズミに飛びかかるのです。やがて、そのときがやってきました。ホリネズミがすぐには穴に逃げ込めないところまで出てくると、男の子は獲物にぱっと飛びかかり、キーキーと鳴くホリネズミを誇らしげに女の子のところにもってきました。ホリネズミにかみつかれようが、約束を守るのが一番です。男の子はほめてもらえたのでしょうか？　女の子の言葉は、男の子にとって舞い上がりそうになるくらいのごほうびでした。

「あなたってなんてすてきなの。大人になったら、あなたと結婚させてちょうだいって乳母に頼むわ」

それから、すごいホリネズミ狩りがはじまりました。大きな公園のこちら側からあちら側へと、男の子とその小さなお姫さまはかけまわりました。男の子は、土のなかからお日さまの光のなかにちょろちょろと出てくる小さなホリネズミを見つけ出す名人でした。穴のなかの家にぶじに帰り着こうとするホリネズミに追いつき、つかまえるのだってだれより上手でした。男の子はホリネズミを次から次へと上手につかまえます。そして女の子のところにホリネズミを連れてくると、女の子はほめてくれて、男の子がさんざんホリネズミにかまれた両手でぎゅっとつかんだホリネズミをなでるのです。それから女の子の言うとおりにホリネズミを放して家に帰してやります。すると家に帰ったホリネズミは、やきもきして待っている家族にその不思議な冒険のことを話すのでした。

ところで、ホリネズミたちのあいだで有名になったこの狩りはもう長いこと続き、ふたりはあちこちと何マイルもかけまわっていました。この大きな公園のなかのずいぶん向こうでは、心配した乳母が女の子のことをひっしにさがしまわっています。お日さまは西の空に傾いて、影はずいぶんと長くなっていました。そしてとうとう、女の子は大きな木のそばの芝生の上にどさっと座り込んで、こう言いました。

「ねえ、疲れちゃった！　あなたも疲れてない？」

さあ、小さい女の子が疲れたと言って、夜のとばりが落ちはじめているとなると、「こっくりの国」はもうすぐそこです。そこはよい子がみんな眠りに落ちる国です。男の子が「待って」と声をかけるまもなく、女の子は眠ってしまいました。まだまだ短いけれど大忙しの男の子の人生のなかで、これは大事件です。しかも男の子が解決しなければならないのです。

「ああ、どうしたらいいんだ！　家まで運べやしないし、この子の家まで走って行って、真っ暗になる前に乳母かだれかにきてもらったほうがいいよな」男の子は、眠っている女の子を見つめてつぶやきました。

そう言うと男の子は、さんざん遊んで疲れた足を必死に動かしてかけ出しました。あとには女の子がひとり、人目につかない静かなところでぐっすりと眠りこんでいます。そこはだれもとおりそうにない場所です。やってきたとしても、公園にいる年よりのおまわりさんか、夜中の散歩に出てきたホリネズミくらいでしょう。

第2章　魔法使いと魔法のランチ

「おじょうさん、こんばんは。ご機嫌いかがかな?」

ささやくような声が聞こえてきました。女の子がこれまで聞いたことのないような、外国なまりがあります。見上げると、頭がすっかりはげ上がり、くるくると巻いた白ひげをはやした小さなおじいさんが立っていました。広いふちのついた帽子を手に、にこにこと女の子のことを見おろしています。おじいさんは、大きな白いボタンのついた、とっても変わった緑色のコートを着ています。そのボタンは月明かりにきらきらと輝き、小さな電球のようでした。もちろんそれは最高級のダイヤモンドだったのですが、ぱっと見ただけで、女の子にそれがわかるはずもありません。おじいさんは、女の子のお父さんの友だちのだれとも似ていませんでしたし、このおじいさんにこれまで会ったことがないのはたしかでした。ところがそのとき、おじいさんは女の子の名前を呼んだのです。女の子はとても礼儀正しい子だったので、しっかりとお行儀よく答えました。

「とてもいい気分です。ありがとうございます。あなたはいかがでしょうか。お名前を聞いてもいいですか?」

女の子がそう言うと、その不思議なおじいさんはわっはっはと笑い声をあげました。パパが家にもってる不思議な蓄音機から聞こえてくるような声だわ、と女の子は思いました。

「おじょうさんや。わしに会えてよかったと思うはずじゃよ。わしはこの特別な公園の魔法使いじゃよ。仕事できたところじゃが、一緒にくる気があるなら、わしお得意の楽しいものを見せてあげよう」

「どうもありがとうございます」女の子は最初はびっくりしましたが、でもすぐに聞きました。「でも、すみませんが、公園の魔法使いってなんでしょう? 公園のおまわりさんや公園の四輪馬車なら聞いたことありますけど、公園の魔法使いなんて、聞いたことありません」

「ああ、おじょうさんや」小さなおじいさんは、わき腹をゆすって笑っています。「それに合わせてダイヤモンドのボタンが大きな星のようにきらめきました。「今の時代、よく整備された公園にはどこも、魔法使いがおるんじゃよ。ここにもわしらは大勢おるよ。ここにくる人たちを一日じゅう楽しませるのは大変な仕事じゃからな。だから、ふつうの人たちがここから帰ったあとの夜しか、わしらは遊べんのじゃ。それに、かかしやほかの子たちのやることを、だれかが監督せんといかんからな。まあ、それが公園の魔法使いの仕事で、だから、わしがおるってことだ！」

「あの、すみません、かかしってどなたですか？」女の子は聞きました。

「おおそうじゃ、すぐに紹介しよう。じゃがまず、この公園のほかの住人のことを教えんとな。ところで、もちろん、おじょうさんはここにある有名な像のことは知っとるな？」

「はい、知ってます。像の名前は全部覚えてます。だって、みんな、とっても立派ですから」女の子はすかさずそう答えました。

「まあ、おじょうさんや、像になって一日じゅうじっと立ったまま、みんなにじろじろ見られるのがどんな気分かわかるかい？　あそこにいるシェイクスピアさんみたいに、まる一日おんなじ姿勢で座ってるのも大変なんじゃよ。像のみんなみたいに立ちっぱなしで一日じゅう楽しそうに見えなきゃならんとしたら、そりゃつらいもんだ。だから公園から人がいなくなって仕事の時間が終わったら、像のみんなは降りてきて、ちょっと運動して楽しむってわけだよ。わかるかい？」

「はい、それはそうですね」と女の子は考えながら言いました。「でも、これまでそんなふうに思ったことありませんでした」

「そうじゃろうよ、おじょうさん」魔法使いは、首をふりながら悲しげに言いました。「たいていの人たちは、すぐそばにいる人たちがどんな気分かなんて気にしない。じゃがこの公園では、その日の仕事が終わったら、みんなでちょっとした気晴らしをやることにしとるんじゃ。そうじゃな、自由の鳥、ワシになってみるのはどうかな？　それで鉄の檻のなかに一日じゅう入っとくんじゃ。空高く飛べるのはたまにじゃな。白クマになって、夏のあいだはずっと氷を見られんというのもあるぞ？　さあ、どうじゃ！」

「あの、わたしは氷屋さんになりたいです」と女の子が言って、それからふたりは大笑いして、昔から友だちだったみたいな気持ちになりました。

「じゃあおじょうさんや、おいで。昼間ここにきた人たちには見ることのできんものを見せてやろう。じゃがその前に！　あんたは腹ぺこに違いない。夕飯の時間はとっくに過ぎておるからな。笛を吹いてごはんを呼ぶことにしよう！」魔法使いはそう言って、女の子のほうにかがんで手をとり立ち上がらせました。

それからその魔法使いは、手にしていた小さな黒い杖をもち上げて、その一方の端にそっと息を吹き込みました。すると、ずっと遠くで蒸気機関車の汽笛が鳴っているような音が聞こえました。その音がすっかり消えてしまう前に、ワンと短く吠える声がすぐそばで聞こえ、ボサボサ黒毛のちょっと変わった子犬がかけよってきました。頭はなぜだか赤毛で、ひげにはていねいにクシが入っています。子犬は食事が入った大きなバスケットをくわえていて、それを魔法使いの足元に落としました。

「アブラカダブラ」魔法使いがそう言うと、その奇妙な犬は大きくて白いテーブルクロスを露の降りた芝生の上に広げ、食事をそこに並べました。あまりにおいしそうなごちそうばかりで、女の子は目をみはりました。これまでに食べておいしかったもの、食べたいと思っていたものが全部そろっているようです。あまりにびっくりして、お腹がすいていることも忘れかけたくらいです。けれどもすぐに我に返って、腹ぺこの小さな女の子らしく、思う存分食事を楽しみました。お腹いっぱいになると、いよいよ魔法使いと一緒に出かけます。魔法使いは女の子のそばでにこにこと待ってくれていて、ふたりは手を取り合って歩きはじめました。不思議な犬はふたりのすぐあとをついていきます。食事のあとかたづけはどうするのかしらと振り返った女の子は、びっくりしてしまいました。テーブルクロスもお皿もお料理もみんな、もとからそこになかったかのように、すっかり消えてなくなっていたのです。

「ほほ、おじょうさんや、公園はいつもきれいにしとかんとな。わしらはとても気をつけておるんじゃよ」魔法使いは言いました。「ここにくる人たちにいいお手本を見せんとな。さあ、おいで。かかしに会いに行こう」

第3章　かかしに紹介される

ふたりが不思議な出会いをしたのは、公園のなかでも人目につかない静かな場所でした。魔法使いと一緒にそこを出て歩きながら、女の子は、これから会うかかしってどんな人なのだろうと気になって、魔法使いに聞いてみたくなってきました。小さな女の子がなにかを知りたい、やりたいと思うのはごくごくふつうのことです。大人の男の人たちはご婦人がたのために絹やサテンを作り出したり、小さなパグをかわいがる一方で鳥を殺し、ご婦人がたの帽子に羽根をつけてあげようとしたりしてきました。

でもそのずっとずっと前から、女の子たちは人形を作って葉っぱの服を着せていました。大昔から、好奇心いっぱいなのが女の子なのです。だから女の子は魔法使いのとなりを歩きながら聞きました。

「魔法使いさん、かかしさんに会う前に、かかしさんがどんな人なのか教えてもらえますか？」

「おじょうさん、喜んで」と、魔法使いは女の子に負けず丁寧に答えました。「もちろん、あんたはここに大勢のライオンの仲間がいることや、とてもかわいいホリネズミたちが昔からいることは知っとるな」

「はい、わたしは今日、ホリネズミに何匹か会って楽しかったし、檻の前を通るときにライオンも見ました」

「よかろう。かかしの仕事は、夜にライオンが外に出たときに、ホリネズミを食べないようにすることじゃ。それに言うとくが、かかしは手当もらっとる。見りゃわかるが、とても見た目のいい紳士というわけにはいかんでも、見目《みめ》より心じゃ。仕事はよくやっておる。ことわざにあるとおり、適材適所じゃな。それに、かかしには文句もでとらんようじゃ」

「まあ、魔法使いさん、あなたのおっしゃってることって、わたしの知ってる男の子が言うことと同じだわ。前よりもっとあなたのことが好きになってきました」

魔法使いは顔を赤らめました。

「ありがとう、おじょうさん。わしらはいっしょうけんめい喜ばそうとやっとるよ。ほら、かかしだ！」

女の子は立ち止まってあたりを見ましたが、大きな塀と木の幹しか見えません。

「上をごらん」魔法使いが言いました。

上を見ると、月明かりのなかで、さおの端っこにぽつんと男の人が座っています。とくになにを見るでもなく、まるで昔はよかったとでも思っているかのようです。

「あの人あまり居心地がよさそうではありません」女の子は言いました。

「そうじゃないんだよ、おじょうさん。この時間にはだれだってそんな風には見えないよ。わしはまだかかしに見張りをやめるようには言っとらんからね。仕事が終われば気分よくなるさ」

それから魔法使いはまた魔法の杖をもち上げて、それを吹きました。こんどは、乳母が遠くで、「今日はもうじゅうぶん働いた」とお気に入りの歌を歌う声がはっきりと聞こえたような気がしました。次に目をやったときには、かかしはもう居心地の悪い高いさおから降りてきて、女の子に向かってにっこりと笑いかけていました。骨の折れる仕事から解放されてほっとしたよ、と言っているかのようでした。

魔法使いが言いました。「おじょうさん。こちらがかかしじゃよ」

「お会いできてとてもうれしいです、かかしさん」女の子は新しい知り合いに丁寧に手を差し出しました。かかしの握手は、力が入っていないのはもちろんですが、とてもよそよそしくて堅苦しいものでした。だから女の子は、きっとかかしはここではえらい人なのだわと思いました。

「いかなる風のふきまわしでおじょうさんがここにいらしたのでしょう」かかしがかすれた声で言いました。だれが聞いても、ワラを食べていればこんなふうになるというような声でした。

　魔法使いがかかしのところにきたいきさつを話すまもなく、女の子が口を開きました。「かかしさん、わたしはあなたと、そのほか魔法使いさんがお話しされたみなさんのことをよく知りたいんです。ライオンを追い払ったあとにあなたがなにをなさっているかを知りたいし、それにあなたのお友だちのみなさんにも会いたいの」

「お前さんが知っていることを全部教えておやり。それが一番手っ取り早い」魔法使いは言いました。

「そうですね、おじょうさん」とかかしは言いましたが、まっすぐ前を向いたままです。女の子のほうなど全然見ていませんが、その声から女の人だと判断しているのです。

「あわれな話です。わたしをただのワラ人形だとしか思っていない人がなんとも多いことが問題なのです。けれどもわたしは生きていて、この公園で大事な仕事をまかされているのですよ。あなたがホリネズミだったらおわかりになるでしょうが。楽しいことと言ったら、魔法使いからお許しが出るとときどきあのさおから降りてきて、友人のブリキ男と少しだけ遊ぶくらいしかないのです。ブリキ男にはすぐにお会いになるでしょう。けれど待って、ええと、わたしにしがみつかないでください。脚がちょっとぐらぐらしてますから、ちょっとお待ちを！　ときどき昔なじみのコウノトリがやってきて、空に連れて行ってくれます。公園によくやってくる物見高い家族連れにひどいことをされたようなときです。それから、長いひげをはやした夜回りの警察官がちょっと気にかけてくれるときもありますね。一度は、ダイヤモンドのくさりに座らせてくれたこともあります。いつもは一日じゅう退屈で疲れてますが、そのときばかりは、すごい億万長者になった気分を味わえました。だから、グチを言うような立場ではないのでしょうね」

「そんな風に楽しいほうに考えられるなんて、とてもすてきなことですね」と女の子は言いました。やさしく接したほうがいいと思ったのです。「でも、あなたは農場からいらしたみたいですね？　体じゅうからなにかつき出てるみたいですけど、ワラか、干し草の束かなにかでしょうか？」

「どう思われようが、わたしはワラのことは気にしていません」とかかしがぴしゃりと言いました。「ご婦人がたがなにもかもお見通しなどと思わないことです。それに、つめ物はそれ自体がとても役に立つのです。流行ってもいます。お知り合いのめかしやさんに聞いてごらんなさい」

「男の子はめかしやなんかではないわ！」女の子が言い返しました。嫌なことを言われたことくらいちゃんとわかります。「あの子がここにいたら、きっとそんなこと言わせないわ」

「これこれ、ふたりとも！　こんな夜中にケンカはいかんよ！　ケンカはネコにまかせなさい」

「あら、魔法使いさん、どうしてネコのことがわかるの？　公園で飼っているのですか？」女の子は家にいるマルタ猫の子猫をとてもかわいがっていたので言いました。

「飼っているかだって？　なんのためにここにかわいそうなかかしがいるんだい？　ネコを追い払うために決まっとるじゃろう？　ライオンは大きなネコじゃよ。トラもじゃな。それにほかにもネコがいるからわしは夜通し起きとるんじゃよ。ネコがここにやってきて鳥を捕らんようにな。それにネコをつかまえたら、わしらがそいつを懲らしめんとでも思っとるのかな？　おじょうさん、ここでこの前鳥をくわえたネコを見つけたときに、わしがどうしたか教えようか」

「教えてくださいな、魔法使いさん」と女の子は一心に言いました。

「そうじゃな、おじょうさん、わしはともかくネコに鳥を狩るのをやめさせるつもりじゃった。だからそのネコを見せしめにしようと思って、そいつを湖に投げ込んだんじゃよ。そしてそいつが湖から飛び出したところで頭をちょん切った。その一〇分後には、そいつは口に自分の頭をくわえてわしのあとをかけ足でついてきた。わしはかっかとしとったから、頭を取りあげて、きっちり顔のところに投げつけた。まあ、ネコについてはこんなところだな」

女の子はおどろいていましたが、それから悲しそうな顔になりました。

「魔法使いさん」

「なんだね、おじょうさん」

「あなたは不思議なかたですね」女の子は言いました。

「全然そんなことはないぞ。ブリキ男に会ったらわかるさ」

第4章　ブリキ男とその友だち

魔法使いがブリキ男のことを口に出したとたん、カチャカチャ、キンキンというかすかな音が近くから聞こえてきました。すると魔法使いと女の子の話をかかしと一緒に静かに聞いていた賢い犬が、キャンキャンと吠えたてはじめました。

「この手の音が好きじゃないんだ」魔法使いが言いました。

「そうなんですか？　となりの女の子が楽器をひくときもこんなものですよ」

お行儀がよい子にしては、意地悪な言い方でしょう。でも女の子たちはごくたまに近所の人のことを意地悪く話すもので、それを知らなかったとしても、これくらいならたいしてびっくりはしませんよね。

「えーい、おじょうさんや。そんな言い方をしちゃいかんよ。さあおいで、ブリキ男に会うよ。あれは医者にかかっておる。かかしや、おいで」

そう言うと魔法使いは片手をかかしのわきの下に添えました。かかしは動くのに苦労しているようです。もう一方の手は女の子とつなぎ、魔法使いは足元に気をつけながら、木々のあいだをぬって、ふたりをカチャカチャと音のする方へと連れて行きました。まもなくみんなの前に奇妙な光景が現れました。びっくりした女の子の目はまん丸になり、しばらくたってようやく、そこにいる人たちや、なにをやっているのかがわかってきました。

昼間のように明るい空き地の真ん中にある切り株の上に、まるで旧式のストーブのような体をした陽気な紳士が腰をおろしています。その周りでは、革のエプロンをつけメガネをかけた小さな男の人たちが、忙しそうにしています。ひとりを除いてみんな手にはトンカチをもち、残るひとりは、熱くて真っ赤になったコテで陽気な紳士の目を焼いているように見えました。このおそろしい光景に女の子は目を閉じ、叫び声をあげそうになりましたが、魔法使いが女の子の頭にポンポンと手をおきこう言いました。

「たいしたことじゃないよ、おじょうさん。ブリキ男が手当てをうけとるんじゃ」

「すぐにそちらにまいりますよ、おじょうさん」切り株に座った陽気な紳士が言いました。まるでもうきちんと紹介されたみたいな話しかたです。

それから女の子がもう一度そちらを見ると、忙しく働いている小さな男の人たちが、今度はブリキ男の腕と脚をトンカチでコンコンたたいています。その腕や脚は、修理するために丁寧にはずしておいたものです。なんのためにこんな不思議なことをやっているのか全然わからない女の子はお行儀よく口をつぐんで、話しかけられるまでじっと待ちました。

しばらくすると魔法使いが言いました。「おじょうさんや、あれをどう思うね?」

「さっぱりわかりません。今まで、こんな不思議なことは見たことありませんから。いったいなにをしてるんですか?」

「お医者さんたちがブリキ男をすっかり治療するまで待っててごらん。そうすればあれが全部教えてくれるじゃろう」。そう言われた女の子は、じっと待たなくてはなりませんでした。

このとき女の子ははじめて、魔法使いがお医者さんと呼んだ、忙しそうに動きまわっている小さな男の人たちのすぐうしろに、大きな黄色いライオンがいるのに気づきました。ライオンは、目をまん丸にしてブリキ男の治療のようすを見ています。女の子がびっくりしてライオンを見つめていると、突然ライオンは、女の人の悲鳴のような金切り声を上げて飛びあがり、木立のなかに姿を消しました。

「どうしたんでしょう？」女の子は、ライオンが、夕飯と同じようにさっと消えてしまったほうを見つめながら聞きました。

魔法使いは笑いました。「ああ、あれはわしらの友だちのライオンじゃ。ホリネズミがつま先をくすぐったんじゃろ。くすぐられると、あれはいつも飛びあがるんじゃよ」

いくら魔法使いがいるような不思議な場所でも、ライオンがそんなことで飛びあがったりするなんて、と女の子は思ってしまいました。するとブリキ男は腕と脚をもとどおりにつけてもらい、少女のほうに片足でぴょんぴょんはねてやってきました。そしてストーブの煙突の継ぎ手のようにしか見えない手を差し出しました。

「ごきげんいかが、おじょうさん？　またお会いできてうれしいです」ブリキ男は言いました。

「だれかとおまちがえかと思います」女の子はそう答えました。いつもとても丁寧な話しかたをするのです。「以前にお会いしたことはないと思いますし、今晩も、まだ紹介されてはいません」

「ああ、そのとおりですね」陽気なブリキ男が言いました。「自己紹介しないと、おじょうさんにはわたしのことがわかりませんよね。ほら、先日、おじょうさんがじっとみつめていた像がわたしなのですよ。わたしは昔は有名な政治家で、おじょうさんはわたしのことはよく知ってますよ。でもときどきわたしは台座から降りて、ここにいる古い友人のかかしくんとちょっと遊ぶのですよ。今晩もとても楽しく過ごせそうです」

「失礼ですが、あなたはちっとも政治家みたいな話しかたではありませんね。それに、像はみんな長もちするブロンズでできていると思っていました。あなたはブリキの店からいらしたみたい」小さな女の子でもときには、陽気な紳士が言うことを、ほんとかしらと思うものです。

「そのとおりですよ、おじょうさん」ブリキ男は笑いながら言いました。「これはわたしの夜の休憩だって言ったでしょう？　どんな天気のときにもあの台座に立っているのでふしぶしが痛くて、だからときどき熱いコテで治療を受けるんですよ。もちろんわたしには立場というものがありますから、このブリキの外出着で変装しなければなりませんがね。昼間にみなさんの前で着ているブロンズの服のまま、真夜中にいたずらしてまわる政治家なんていないでしょう？」

女の子は、それもそうだと思いました。実際、ブリキ男に深く同情しはじめていたのです。それからブリキ男は女の子に、自分がさっきまで座っていた切り株を、予約席ですからどうぞとゆずり、これから何人か友だちをここに呼びましょうと言いました。女の子が、ブリキ男さんは年をとっていて有名な方なのだから、その場にひとつしかない席にはブリキ男さんが座らなければなりません、と言って断ると、「とにかく切り株に座っているのにあきたんですよ」とブリキ男は言いました。ですから女の子はブリキ男がさっきまでいた席によじ登って座りました。それから目にしたすばらしいできごとを、この先絶対に――旧約聖書の族長メトセラくらい長生きすれば別ですが――女の子は忘れないでしょう。

第5章　魔法使いと動物たち

女の子がブリキ男のいた切り株にきちんと座るとすぐに、魔法使いが女の子の前に出てきて魔法の杖をふり、その場をとても美しい景色に変えました。女の子が座っていた古い樫の木の切り株はダイヤモンドを散りばめた玉座に変わりました。そのダイヤモンドが放つ光には、魔法使いのコートについたきらきらと輝く大きなダイヤモンドでさえ、粗末な獣脂のロウソクの灯りのように見えました。自分の遊び友だちとちょうど同じ年ごろの男の子や女の子が、とても美しい衣装を着て女の子の前で踊っています。そして、これまでこの公園で大きな楽団が演奏していたどんな曲よりもすばらしい音楽が、あたりに響きわたっていました。それは、たったひとつの不思議な楽器から流れてきているようです。それを奏でているのは、あの男の子によく似ているけれど、妖精の王子のような服を着た若い紳士でした。顔立ちのきれいな小さな黒人の男の子たちが、イチゴのアイスクリームに桃、それにエンゼル・ケーキを魔法円のなかにいるみんなに配ってくれました。その男の子たちに足はないけれど羽がはえているようです。それからチップをもらうつもりもないようでした。かかしとブリキ男はケーキウォーク競争をしていて、つらいこと、悲しいこともすべて忘れて夢中になっているようでした。ふたりは大きな樫の木のところまで競争しました。その木は幹に割れ目ができるほどゲラゲラ笑っていて、かかしを両腕でつかまえてぎゅっとつかんだので、かかしの体からはワラがはみ出しそうになりました。「ホリネズミがこわいライオン」もどこからか姿を現しました。自分は風にあたりに行っていただけで、ホリネズミなんてどうにでもできると言っています。それからとにかくなにもかもが、結婚式のように楽しく陽気になっていきました。やがてヒューヒュー、ブンブンという音が聞こえてきて、木々のてっぺんから大勢のサルが降りてきました。今までに見たこともないような不思議なサルで、足はアヒルみたいで、ワシのような羽がはえていて、どんな言葉も話せるし、いろんなことができるのです。ライオンをひっくり返して縛り上げるなんて、朝飯前のサルたちです。魔法使いが命令すると、サルたちは最後に女の子とその友達のブリキ男をつかまえて、見たこともないような速さで空を飛びまわりました。それからふたりがそこからびゅんと飛び立ったのがうそのように、このすばらしい真夜中のサーカスに、やさしくそっと降ろしてくれました。女の子がまたダイヤモンドを散りばめた大きな玉座によじ登ろうとすると、体のない大きな顔が女の子をじっと見つめています。「とてもすばらしいパーティーだろう」と言わんばかりです。それからすぐに、その場にいるみんなで立派なパレードが行われました。女の子はライオンの背に堂々と乗り、先頭に立つのは、公園のとてもおもしろいおまわりさんです。ブリキ男は斧をもっておまわりさんにぴったりくっついて歩き、おまわりさんのひげを切り落とすチャンスをうかがっています。かかしは、なぜか女の子の乳母そっくりの監視員とおおっぴらにいちゃついています。それから魔法使いの杖のひとふりで、かかしが「メタゾーン」と呼ぶ、なんとも不思議な生き物がサーカス場に飛び出してきました。半分はトラ、半分はクマのような動物です。そしてその動物たちはガオーッと吠えて、サーカスの女王である女の子にあいさつをしました。すると大きな木が倒れてきて、メタゾーンたちは、地面にぱかっと開いた底なしの穴にたたき落とされてしまったのです。

さらに魔法使いが杖をふるとその場があっという間に変わり、女の子はかかしと犬と一緒に、ある島にピクニックに出かけているのでした。犬がいれば食事の準備に便利です。女の子はライオンと一緒に朝ごはんをとり、テーブルの下にネズミがいると言ってライオンをこわがらせました。それにブリキ男に油をさしてやり、ふしぶしの痛みをすっかり治してあげました。それから女の子のところには、そのあたりに住む魔女や魔法使いがみんなあいさつにやってきました。おつきの妖精を従えてやってくるのは妖精の女王です。女の子は妖精たちを堂々と迎え、ライオンに紹介しました。その場では、ライオンは黄金の王冠をかぶっています。三角帽子ではライオンにふさわしくないからです。それから公園じゅうのホリネズミたちがやってきて、女の子と握手しました。ホリネズミたちは女の子のことを「わたしたちのいちばん仲良しのお友だち」だと言って、穴のそばにきたときにはいつでもよってくださいね、と声をかけています。そして女の子は家畜小屋くらいある大きな飛行船に乗り込みました。そこではなんと給仕係の犬が、別の小さな女の子にウィンクしているではありませんか。こんなことをする犬は絶対に許せませんが、女の子は、犬の耳をつかんで飛行船から放り出したのでせいせいしました。それから大事なことが最後になってしまいました。偉大な魔法使いその人がブリキ男とかかしに、あの女の子はなんていい子なんだろうと言っているのが、女の子の耳に聞こえてきたのです。たったひと晩では、女の子が楽しめるのはこれくらいがせいいっぱいです。ほかのことは見逃してしまいましたが、でも公園の人たちみんなが遊んでいるのですから、きっと、すばらしいことはもっといっぱいあったはずです。

第6章　女の子、目覚める

「ここにいるわ！　木の下で眠りこんでる！」

乳母の声がしました。目には涙をためています。乳母だけでなく、女の子のお父さんもお母さんも、お姉さんもお兄さんも、それに手を貸せる友だちはみんな、四時間以上も大きな公園のあちこちで女の子をさがしていたのです。あの男の子はもちろん、家でぐっすり眠りこんでしまいました。

「かかしはどこ?」女の子は聞きました。ゆすぶられて目を開けると、涙を浮かべた家族の顔に囲まれていたのです。「それにブリキ男は? 魔法使いは? ねえ、どこにいるの?」

「まあ、この子ったら、なにを言っているの? きっと夢を見ていたのね!」

「え、そうなの?」女の子は眠そうです。「ほんとに夢なの? でもとってもきれいで楽しかったの。また絶対に見たい。ねえ、あの子はどこ?」

おしまい

『クリスマスのまえのばん』(New York: G. W. Dillingham、1902年)の挿絵。個人蔵

『デンスロウのジャックが建てた家』(New York: G. W. Dillingham、1903年)の挿絵。個人蔵

『デンスロウのABCの本』(New York: G. W. Dillingham、1903年)のかかしとブリキのきこり。個人蔵

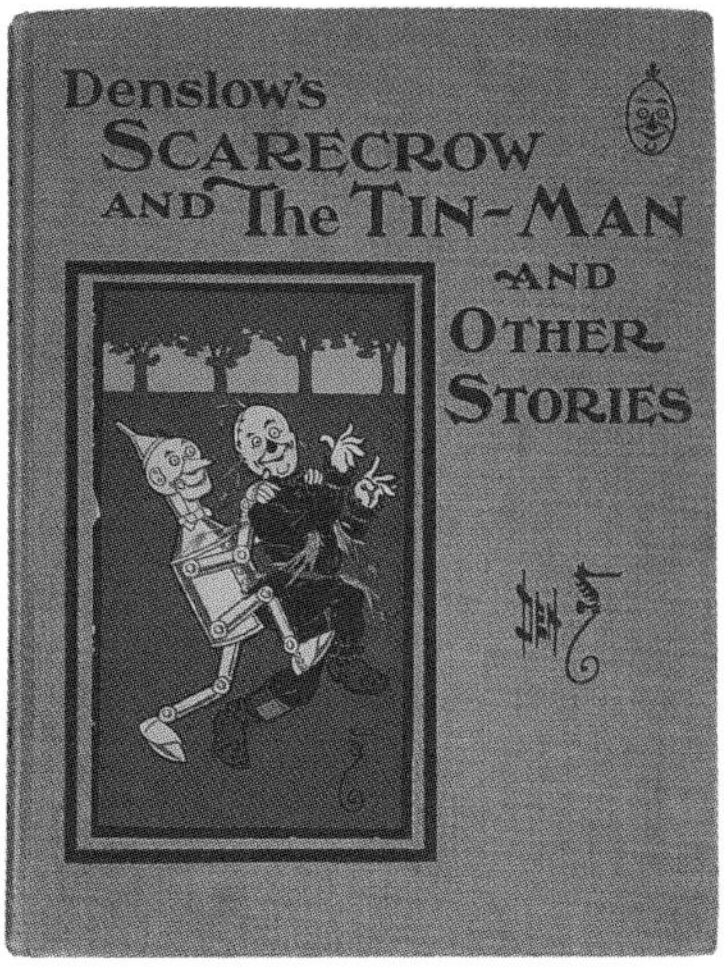

『デンスロウのかかしとブリキ男とその他の物語』(New York: G. W. Dillingham、1904年)の表紙。個人蔵

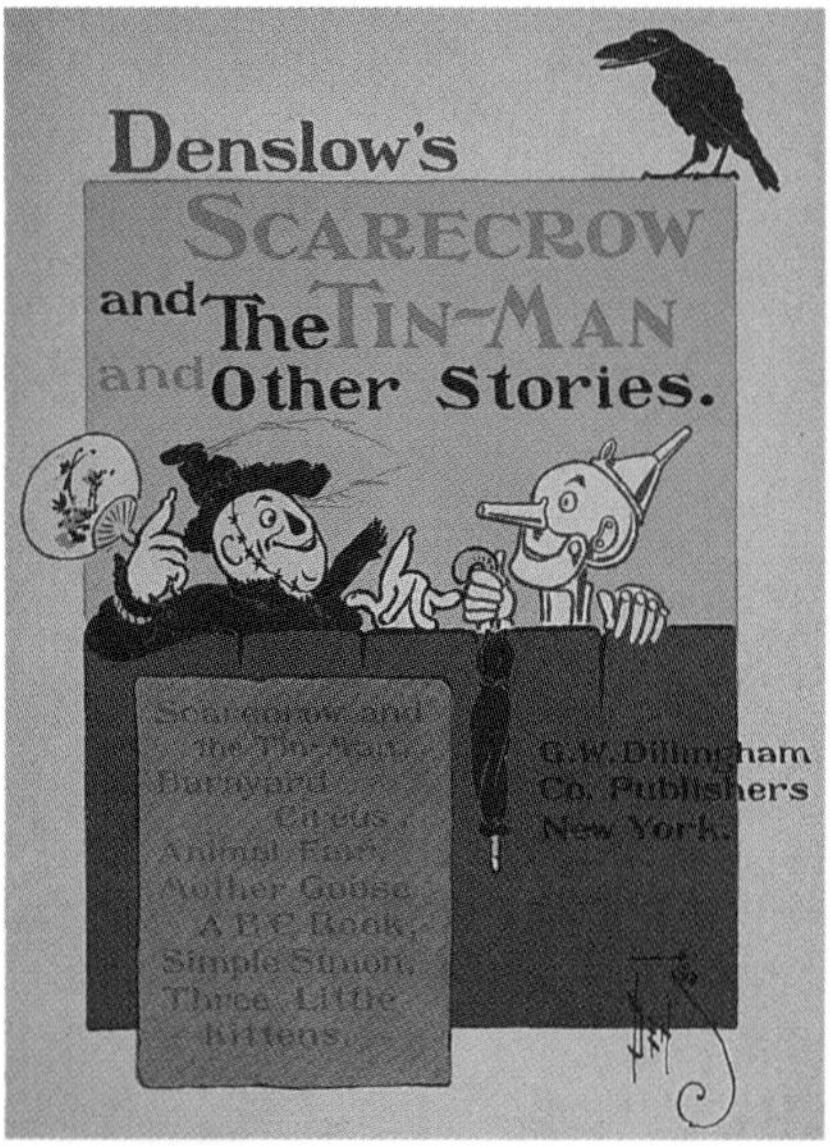

『デンスロウのかかしとブリキ男とその他の物語』(New York: G. W. Dillingham、1904年)のタイトルページ。個人蔵

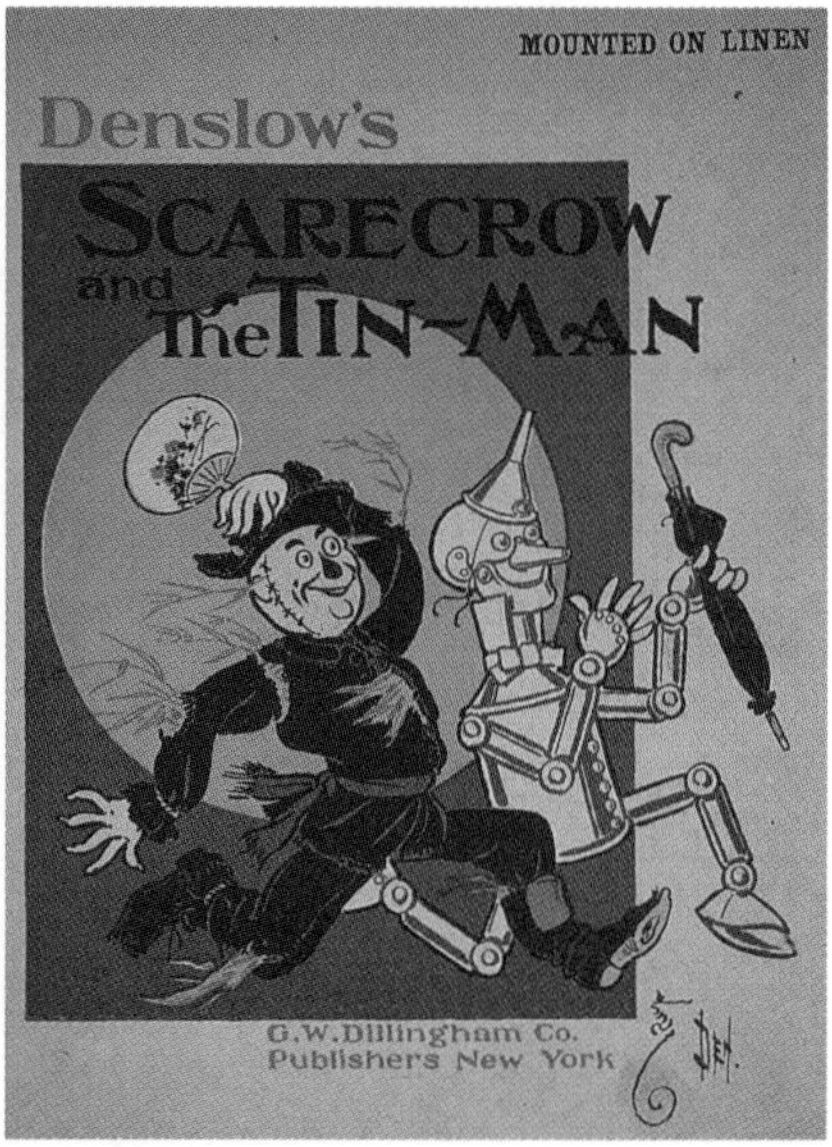

『デンスロウのかかしとブリキ男』(New York: G. W. Dillingham、1904年)の全文と挿絵。個人蔵

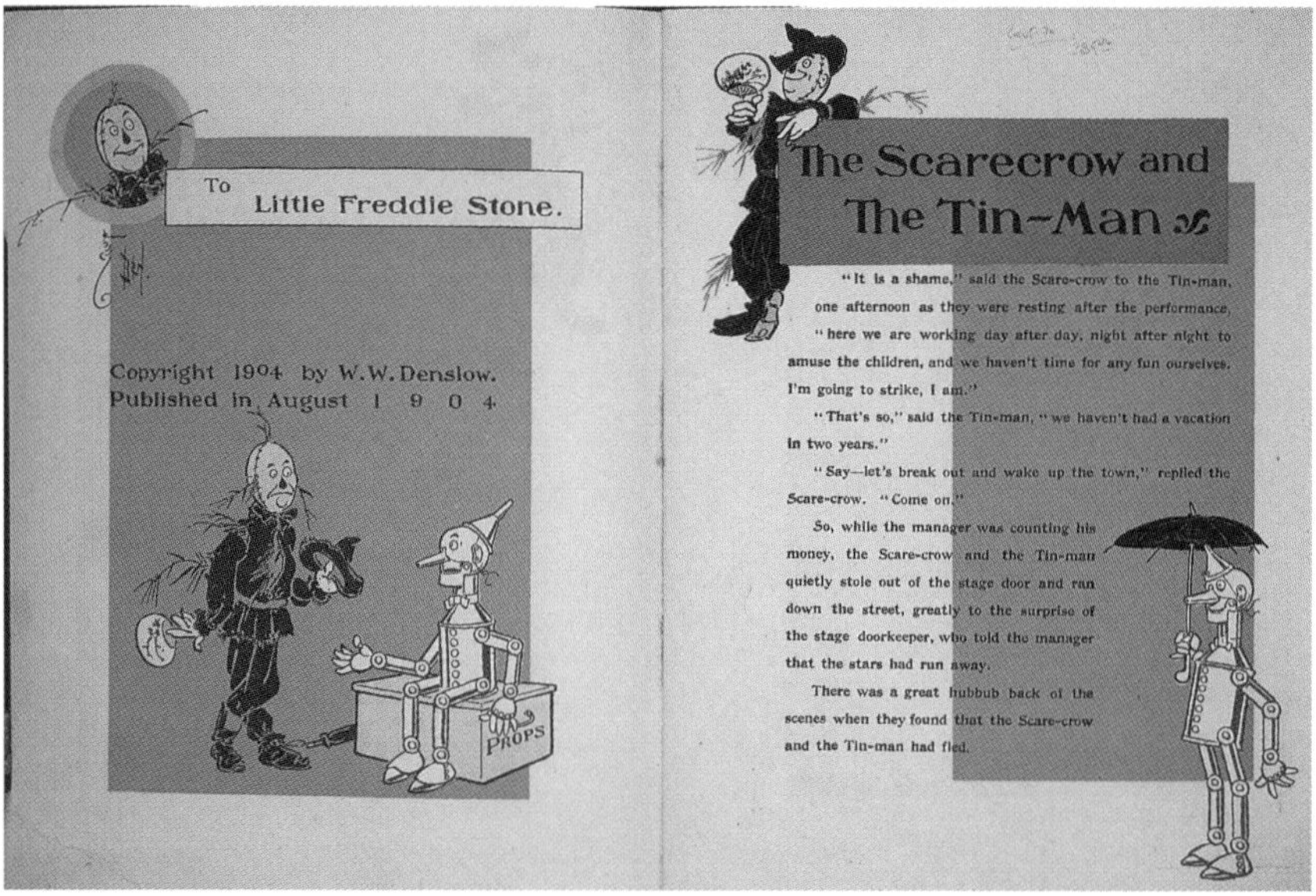

To Little Freddie Stone.

Copyright 1904 by W.W.Denslow.
Published in August 1 9 0 4

PROPS

The Scarecrow and The Tin-Man

"It is a shame," said the Scare-crow to the Tin-man, one afternoon as they were resting after the performance, "here we are working day after day, night after night to amuse the children, and we haven't time for any fun ourselves. I'm going to strike, I am."

"That's so," said the Tin-man, "we haven't had a vacation in two years."

"Say—let's break out and wake up the town," replied the Scare-crow. "Come on."

So, while the manager was counting his money, the Scare-crow and the Tin-man quietly stole out of the stage door and ran down the street, greatly to the surprise of the stage doorkeeper, who told the manager that the stars had run away.

There was a great hubbub back of the scenes when they found that the Scare-crow and the Tin-man had fled.

『デンスロウのかかしとブリキ男』(New York: G. W. Dillingham、1904年)の全文と挿絵。個人蔵

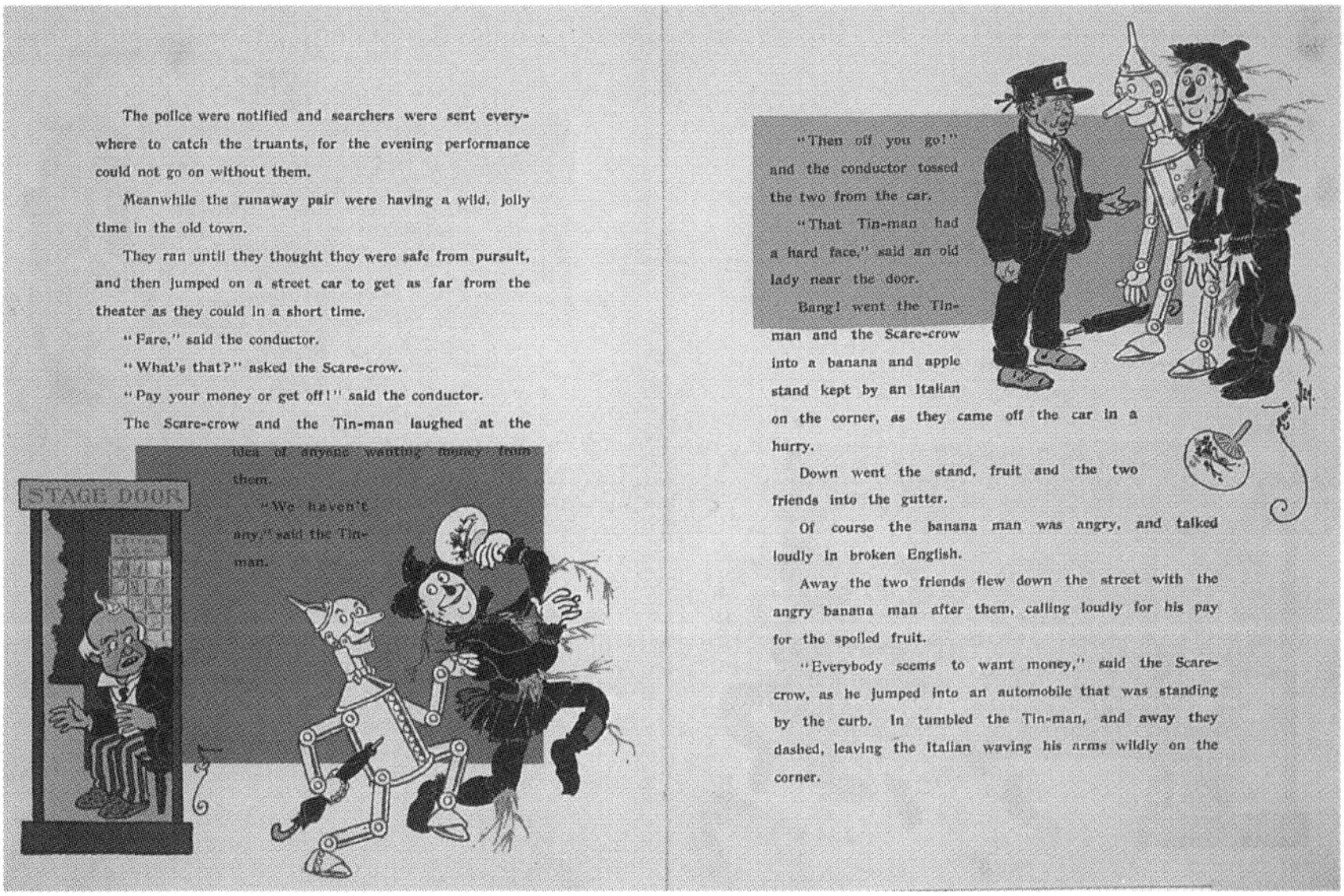

The police were notified and searchers were sent everywhere to catch the truants, for the evening performance could not go on without them.

Meanwhile the runaway pair were having a wild, jolly time in the old town.

They ran until they thought they were safe from pursuit, and then jumped on a street car to get as far from the theater as they could in a short time.

"Fare," said the conductor.

"What's that?" asked the Scare-crow.

"Pay your money or get off!" said the conductor.

The Scare-crow and the Tin-man laughed at the idea of anyone wanting money from them.

"We haven't any," said the Tin-man.

"Then off you go!" and the conductor tossed the two from the car.

"That Tin-man had a hard face," said an old lady near the door.

Bang! went the Tin-man and the Scare-crow into a banana and apple stand kept by an Italian on the corner, as they came off the car in a hurry.

Down went the stand, fruit and the two friends into the gutter.

Of course the banana man was angry, and talked loudly in broken English.

Away the two friends flew down the street with the angry banana man after them, calling loudly for his pay for the spoiled fruit.

"Everybody seems to want money," said the Scare-crow, as he jumped into an automobile that was standing by the curb. In tumbled the Tin-man, and away they dashed, leaving the Italian waving his arms wildly on the corner.

"This is great," said the Scare-crow.

"It beats the theater all to pieces," replied the Tin-man, as they fairly flew over the avenue at a reckless pace.

"Hi! Stop there," shouted a bicycle policeman. "You are going too fast."

But they only waved him a tra-la as they sped along.

The policeman blew a loud blast on his whistle, and the auto was hemmed in and surrounded by policemen just as the Scare-crow steered the machine into a mortar bed in front of a new building.

The automobile turned a complete somersault, scattering mortar, brick and sand in all directions over the policemen and the crowd that was collecting.

At this stage the auto commenced to sizzle and suddenly blew up sending our friends high in the air.

One of the policemen turned in an alarm, and the fire-engines were soon on the spot to put out the fire on the auto, and taking

『デンスロウのかかしとブリキ男』(New York: G. W. Dillingham、1904年)の全文と挿絵。個人蔵

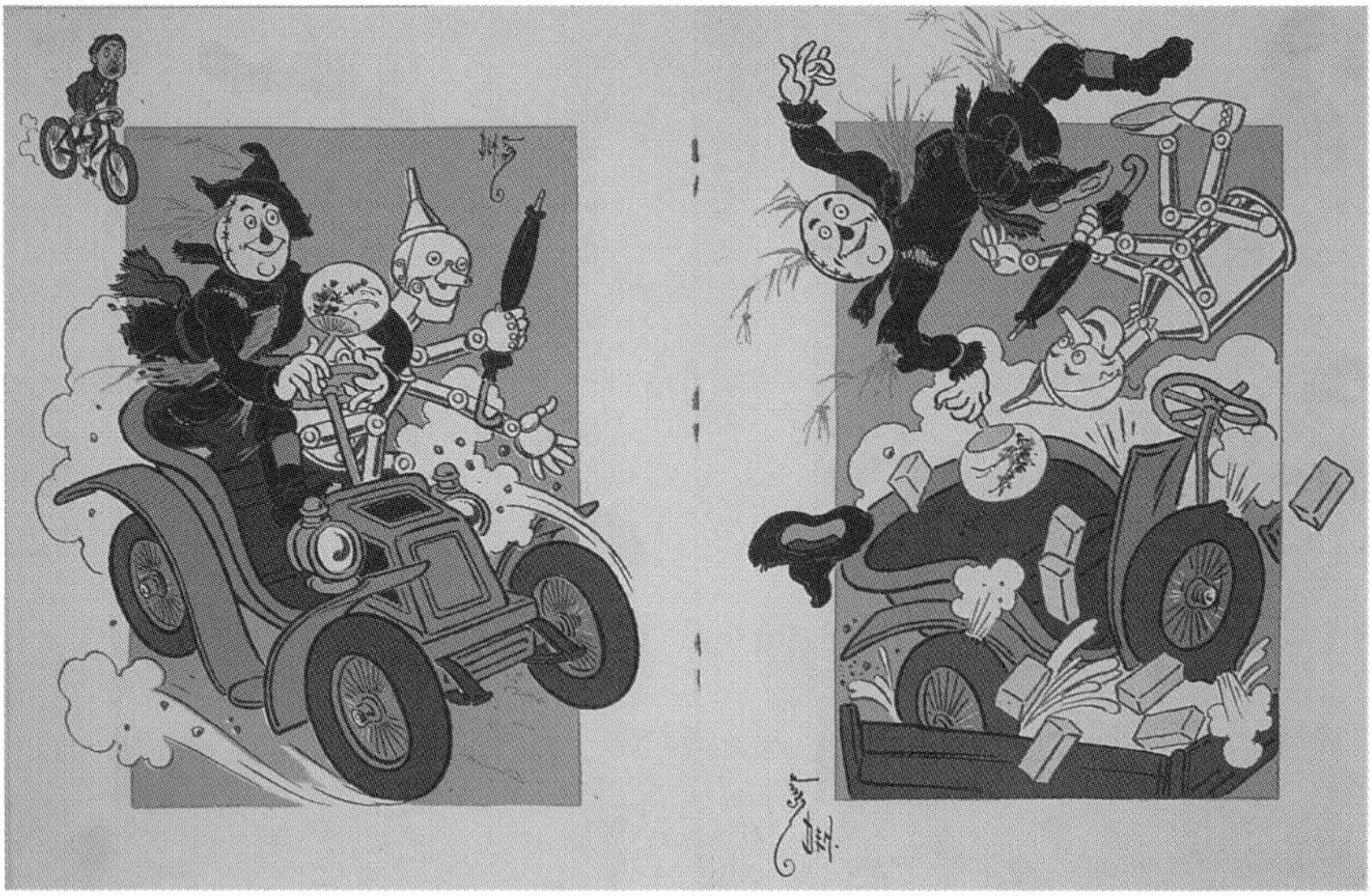

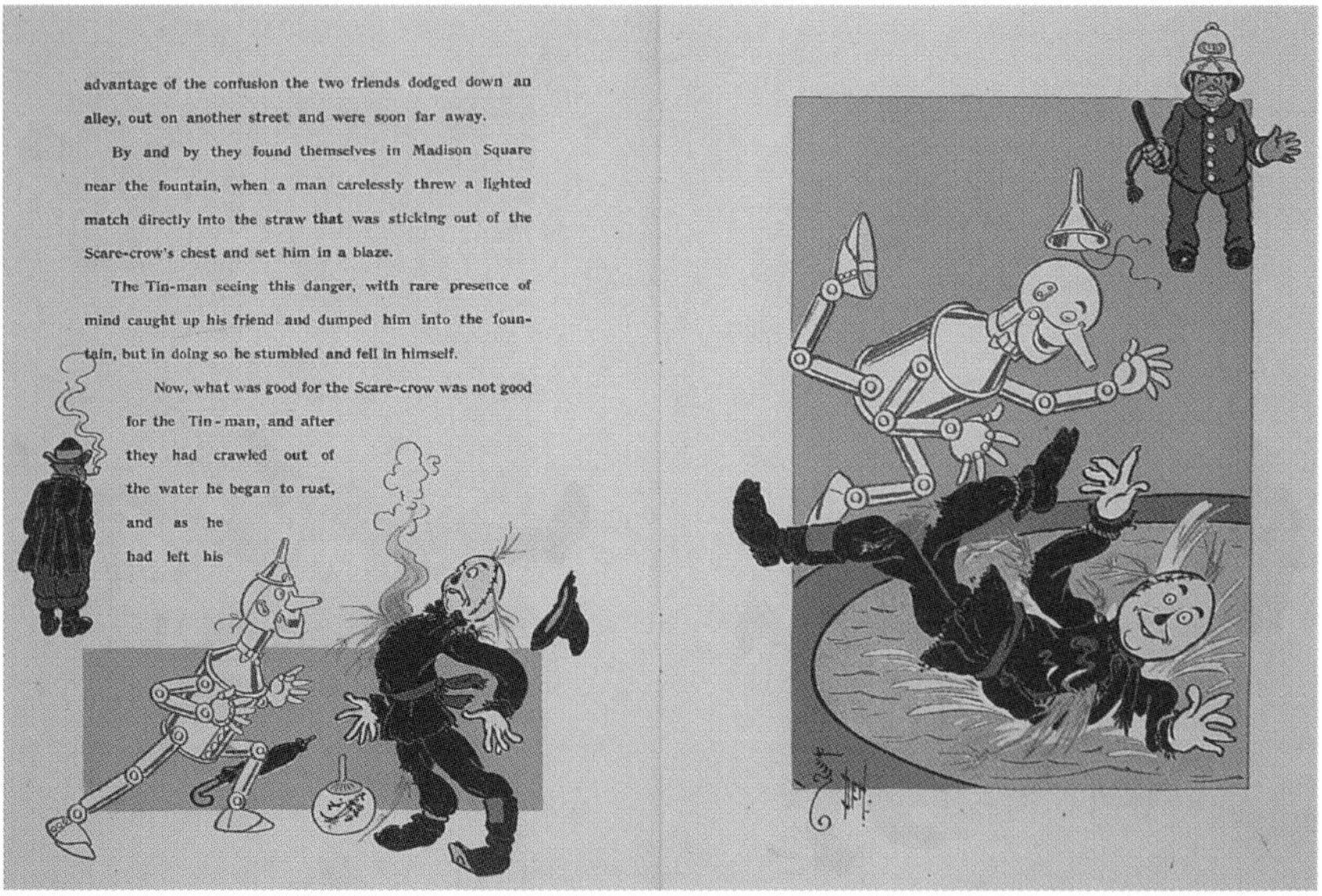

advantage of the confusion the two friends dodged down an alley, out on another street and were soon far away.

By and by they found themselves in Madison Square near the fountain, when a man carelessly threw a lighted match directly into the straw that was sticking out of the Scare-crow's chest and set him in a blaze.

The Tin-man seeing this danger, with rare presence of mind caught up his friend and dumped him into the fountain, but in doing so he stumbled and fell in himself.

Now, what was good for the Scare-crow was not good for the Tin-man, and after they had crawled out of the water he began to rust, and as he had left his

『デンスロウのかかしとブリキ男』(New York: G. W. Dillingham、1904年)の全文と挿絵。個人蔵

oil-can at the theater, he was soon stiff in all his joints, so that the Scare-crow had to help him along.

Just then they heard a voice behind them say, "There they are; arrest them."

It was the voice of the manager who was hunting them with a squad of policemen.

There was no escape, as the Tin-man was so rusty by this time that he could scarcely move, and the happy pair were soon hustled into a patrol wagon and given a ride to the station.

When they came before the judge, and he had heard the complaint of the manager, he sentenced the Scare-crow and the Tin-man to another year in the theater to make fun for the children.

"That's all right," said the Scare-crow. "We have had our little fun and it's all right. We go back with pleasure."

The Scare-crow oiled up the Tin-man so that he was as good as ever, and got some new straw to swell out his own chest, and the two friends shone with new luster at the evening performance that night. The children laughed as they had never laughed before at the droll antics of the Scare-crow and the Tin-man.

『デンスロウのかかしとブリキ男』(New York: G. W. Dillingham、1904年)の全文と挿絵。個人蔵

FROM KANSAS LITTLE DOROTHY TO OZ WAS BLOWN AWAY,
WHERE FIRST SHE MET THE GAY SCARECROW, THE MAN ALL STUFFED WITH HAY.
IMOGENE, THE SPOTTED CALF, WAS GLAD TO SEE HIM, TOO,
AND TRIED AT ONCE TO EAT HIM UP WHICH SCARED HIM THROUGH AND THROUGH.

THE TIN MAN IN A SHOWER OF RAIN GOT RUST IN EVERY JOINT,
SO HE MUST CARRY AN OIL CAN HIS ELBOWS TO ANOINT
NEXT CAME A LION COWARDLY, AS TIMID AS A BIRD;
YET IF SOME DANGER THREATENED DOT HIS MIGHTY ROAR WAS HEARD.

THE LION WISHED THAT HE WERE BRAVE, THE SCARECROW WANTED BRAINS,
THE TIN MAN CRAVED A LOVING HEART WITH ALL ITS JOYS AND PAINS
FAIR DOROTHY WOULD FAIN GO BACK TO KANSAS AND HER FOLKS
ALTHOUGH SHE LIKED THE TIN MAN AND THE SCARECROW'S JOLLY JOKES.

W.W.デンスロウがミュージカル狂騒劇『オズの魔法使い』の登場人物を描いた小壁用壁紙。リトグラフ、1910年頃。ウィラード・キャロル・コレクション提供

SO TO THE CITY EMERALD, IN SPITE OF WITCH AND BLIZZARD,
THIS FUNNY CREW TRAMPED MILES AND MILES, TO SEE THE MIGHTY WIZARD.
WHEN THEY GOT THERE THEY FOUND IT FULL OF FUNNY KINDS OF FOLK:
CAP RISKIT, LADY LUNATIC, THE ARMY WAS A JOKE.

THE WICKED WITCH THE MOTOR MAN AND TRIXY SWEET AS HONEY,
GABRIEL THE POET BOY ALL THOUGHT THE SCARECROW FUNNY
FOR HE AND DOT AND TIN MAN TOO DANCED ALL A MERRY MEASURE
TO PLEASE THE PEOPLE ONE AND ALL AND GIVE THE WIZARD PLEASURE

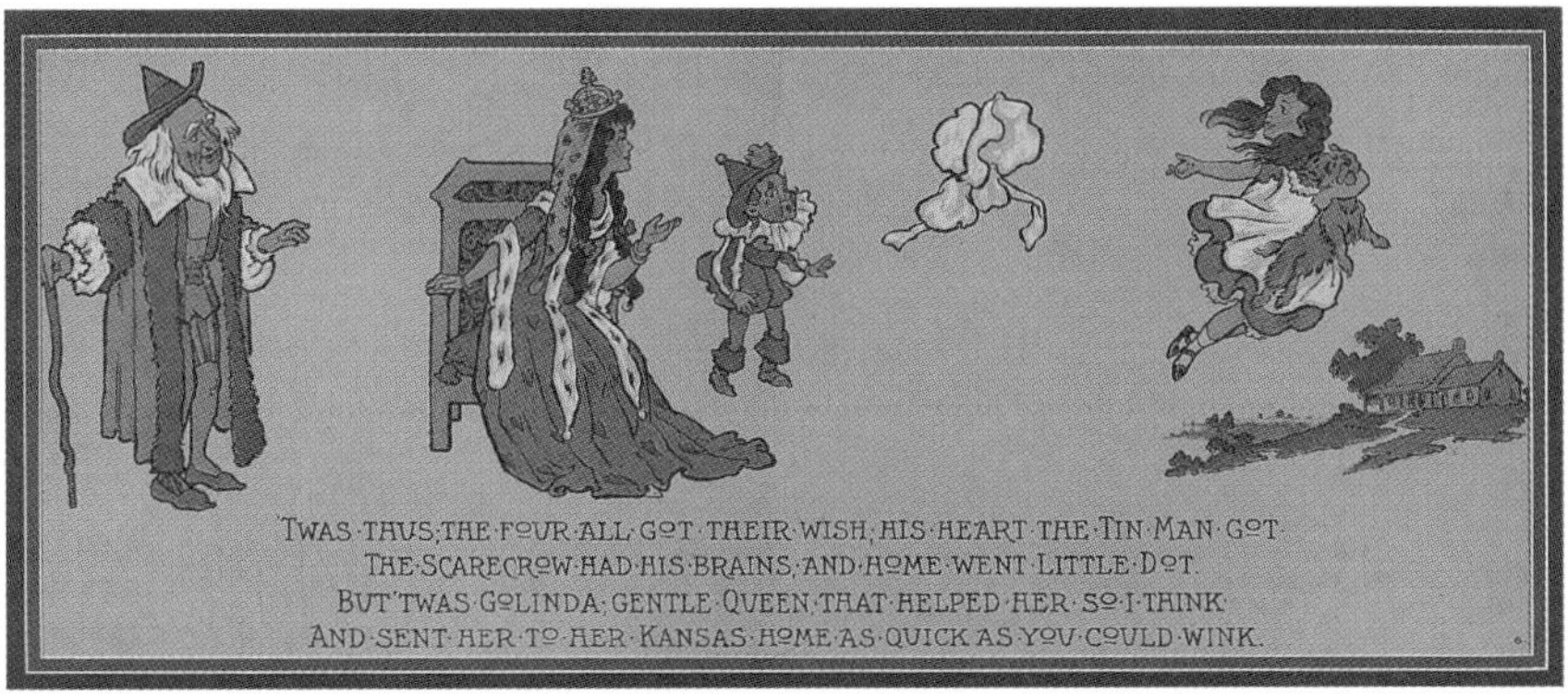
'TWAS THUS, THE FOUR ALL GOT THEIR WISH, HIS HEART THE TIN MAN GOT
THE SCARECROW HAD HIS BRAINS, AND HOME WENT LITTLE DOT.
BUT 'TWAS GOLINDA, GENTLE QUEEN, THAT HELPED HER SO I THINK
AND SENT HER TO HER KANSAS HOME AS QUICK AS YOU COULD WINK.

W.W.デンスロウがミュージカル狂騒劇『オズの魔法使い』の登場人物を描いた小壁用壁紙。リトグラフ、1910年頃。ウィラード・キャロル・コレクション提供

4 Saturday Evening, THE MINNEAPOLIS JOURNAL. December 10, 1904.

DOROTHY'S CHRISTMAS . TREE

Written and Illustrated by W.W.Denslow Illustrator of "The WIZARD of OZ"

Copyright 1904 by W. W. DENSLOW.

新聞掲載の漫画『デンスロウのかかしとブリキ男』中の一作、「ドロシーのクリスマス・ツリー」。『ミネアポリス・ジャーナル』紙、1904年12月10日付け。ジェイ・スカーフォン&ウィリアム・スティルマン・コレクション提供

参考文献

◉書籍

Baum's Complete Stamp Dealers Directory, containing a complete list of all dealers in the United States, together with the principal ones of Europe, and a list of philatelic publications. Compiled and published by Baum, Norris & Co. Syracuse: Hitchcock & Tucker, 1873. L・フランク・ボーム、ウィリアム・ノリス、ヘンリー・クレイ・ボームによる序文。

The Book of the Hamburgs, a brief treatise upon the mating, rearing, and management of the different varieties of Hamburgs. Hartford, Conn.: H. H. Stoddard, 1886.

Mother Goose in Prose. Illustrated by Maxfield Parrish. Chicago: Way & Williams, 1897.

By the Candelabra's Glare: Some Verse. Illustrated by W. W. Denslow and others. Chicago: Privately printed, 1898. この本はボームが印刷、製本を行い九九冊を刊行した。収録された作品の多くは、『アバディーン・サタデー・パイオニア』紙、『シカゴ・サンデー・タイムズ・ヘラルド』紙に掲載されたものだった。数編の詩は"Father Goose, His Book（ファザー・グース、彼の本）"に再掲載されている。

Father Goose, His Book. Illustrated by W. W. Denslow. Chicago: George M. Hill, 1899. 詩のページはラルフ・フレッチャー・シーモアの手書きで、チャールズ・J・コステロが助手を務めた。

The Army Alphabet. Illustrated by Harry Kennedy. Chicago and New York: George M. Hill, 1900. 詩のページはチャールズ・J・コステロの手書きである。

The Art of Decorating Dry Goods Windows and Interiors. Chicago: Show Window Publishing, 1900.

The Navy Alphabet. Illustrated by Harry Kennedy. Chicago and New York: George M. Hill, 1900. 詩のページはラルフ・フレッチャー・シーモアの手書きで、チャールズ・J・コステロが助手を務めた。

A New Wonderland, being the first account ever printed of the Beautiful Valley, and the wonderful adventures of its inhabitants. Illustrated by Frank Ver Beck. New York: R. H. Russell, 1900.

The Wonderful Wizard of Oz. Illustrated by W. W. Denslow. Chicago and New York: George M. Hill, 1900.『完訳　オズの魔法使い』宮坂宏美訳、復刊ドットコム、二〇一一年。ボームは、五月一日までに初版一万部が用意され、自分の四四歳の誕生日である五月一五日に刊行されることを期待していた。刊行は八月一日に延期され、しかし本が書店に並んだのは九月半ばになってのことだった。この本はヒルが破産したため一九〇二年には絶版となり、読めるようになったのは、ボブズ＝メリル社が"*The New Wizard of Oz*（新しいオズの魔法使い）"として復刊した一九〇三年のことだった。

American Fairy Tales. Illustrated by Harry Kennedy, Ike Morgan, and N. P. Hall.

Chicago and New York: George M. Hill, 1901. 表紙、タイトルページ、飾り枠はラルフ・フレッチャー・シーモアによるもの。物語は『シカゴ・クロニクル』紙をはじめとする新聞で、一九〇一年三月三日から五月一九日まで掲載された。"The Magic Bon-Bons（魔法のボンボン）"は一九一二年七月一五日号の『トゥデイズ・マガジン』誌に転載された。

Dot and Tot of Merryland. Illustrated by W. W. Denslow. Chicago and New York: George M. Hill, 1901.

The Master Key; An Electrical Fairy Tale, founded upon the Mysteries of Electricity and the Optimism of its Devotees. . . . Illustrated by Fanny Y. Cory. Indianapolis: Bowen-Merrill, 1901.

The Life and Adventures of Santa Claus. Illustrated by Mary Cowles Clark. Indianapolis: Bowen-Merrill, 1902.

The Enchanted Island of Yew Whereon Prince Marvel Encountered the Hi Ki of Twi and Other Surprising People. Illustrated by Fanny Y. Cory. Indianapolis: Bowen-Merrill, 1903

The Maid of Athens. . . . [Chicago]: Privately printed, 1903. 製作されずに終わったミュージカル喜劇のための脚本。L・フランク・ボームとエマーソン・ハフ作。

Prince Silverwings. [Chicago]: A. C. McClurg, 1903. 製作されずに終わった「三幕八場からなる壮大なおとぎ話のミュージカル」の脚本。L・フランク・ボームとエディス・オグデン・ハリソン作。一九〇二年に刊行された、ハリソンの同名の児童書を原作とする。

The Surprising Adventures of the Magical Monarch of Mo and His People. Illustrated by Frank Ver Beck. Indianapolis: Bobbs-Merrill, 1903. A slightly revised version of A New Wonderland, with some new marginal illustrations. An entirely new edition illustrated by Evelyn Copelman appeared in 1947.『魔法がいっぱい!』佐藤高子訳、早川書房、一九八一年。"A New Wonderland（新しい不思議の国）"をいくらか改変した作品で、新しい余白挿絵が数点掲載された。イヴリン・コペルマンにより挿絵が一新された新版が一九四七年に刊行された。

The Marvelous Land of Oz being an account of the Further Adventures of the Scarecrow and Tin Woodman. . . . Illustrated by John R. Neill. Chicago: Reilly & Britton, 1904.『完訳　オズのふしぎな国』宮坂宏美訳、復刊ドットコム。

Queen Zixi of Ix; or the Story of the Magic Cloak. Illustrated by Frederick Richardson. New York: Century, 1905. 本来は一九〇四年一一月から一九〇五年一〇月まで『セント・ニコラス』誌に連載された作品。

The Woggle-Bug Book. Illustrated by Ike Morgan. Chicago: Reilly & Britton, 1905.

John Dough and the Cherub. Illustrated by John R. Neill. Chicago: Reilly & Britton, 1906. 一九〇六年一〇月一四日から一二月三〇日まで『ワシントン・スター』その他新聞で連載された。

Father Goose's Year Book: Quaint Quacks and Feathered Shafts for Mature Children. Illustrated by Walter J. Enright. Chicago: Reilly & Britton, 1907. ボームはもう一冊、"Father Goose's Party（ファザー・グースのパーティー）"というファザー・グースの本を計画していたが、刊行されることはなかった。

Ozma of Oz. . . . Illustrated by John R. Neill. Chicago: Reilly & Britton, 1907.『完訳　オズのオズマ姫』ないとうふみこ訳、復刊ドットコム、二〇一一年。

Baum's American Fairy Tales; Stories of Astonishing Adventures of American Boys and Girls with the Fairies of their Native Land. Illustrated by George Kerr. Indianapolis: Bobbs-Merrill, 1908. 一九〇一年版を再編集し大型版にした作品で、"The Witchcraft of Mary-Marie（メアリー＝マリーの魔法）"、"The Adventures of an Egg（卵の冒険）"（一九〇二年三月三〇日付け『シカゴ・デイリー・トリビューン』紙掲載）、"The Ryl（リル）"という新しい物語三編がくわわった。

Dorothy and the Wizard in Oz. Illustrated by John R. Neill. Chicago: Reilly & Britton, 1908. The running title is Little Dorothy and the Wizard in Oz.『完訳　オズとドロシー』田中亜希子訳、復刊ドットコム、二〇一二年。欄外タイトルは"Little Drothy and the Wizard in Oz（小さなドロシーとオズの魔法使い）"。

The Road to Oz. Illustrated by John R. Neill. Chicago: Reilly & Britton, 1909.『完訳　オズへの道』宮坂宏美訳、復刊ドットコム、二〇一二年。

The Emerald City of Oz. Illustrated by John R. Neill. Chicago: Reilly & Britton, 1910.『完訳　オズのエメラルドの都』ないとうふみこ訳、復刊

ドットコム、二〇一一年。

L. Frank Baum's Juvenile Speaker; Readings and Recitations in Prose and Verse, Humorous and Otherwise. Illustrated by John R. Neill and Maginel Wright Enright. Chicago: Reilly & Britton, 1910. ボームの初期の本と未刊の書の物語、詩、挿絵をまとめたこの作品集には、『エンターテイニング』誌（一九〇九年一二月号）掲載の"Prince Marvel（不思議の王子）"も収録されている。この児童向けの劇は"The Enchanted Island of Yew（ユーの魔法の島）"から採り、イギリスのトイシアターのスタイルで書かれた作品だった（このうち"Mr. Doodle（ミスター・ドゥードゥル）"という詩は、『ロサンゼルス・デイリー・タイムズ』紙、一九一八年七月五日付けに掲載された）。

Baum's Own Book for Children; Stories and Verse from the Famous Oz Books, Father Goose, His Book, Etc., Etc. With Many Hitherto Unpublished Selections. Illustrated by John R. Neill and Maginel Wright Enright. Chicago: Reilly & Britton, 1911. "L. Frank Baum's Juvenile Speaker（L・フランク・ボームの少年少女のための物語）"に新しい序文をくわえて再刊した作品。

The Daring Twins: A Story for Young Folk. Illustrated by Pauline M. Batchelder. Chicago: Reilly & Britton, 1911.

The Sea Fairies. Illustrated by John R. Neill. Chicago: Reilly & Britton, 1911.

Phoebe Daring: A Story for Young Folk. Illustrated by Joseph Pierre Nuyttens. Chicago: Reilly & Britton, 1912. ボームはこのシリーズを続け、さらには"Phil Daring's Experiment（フィル・ダーリングの実験）"または"The Daring Experiment（ダーリングの実験）"というタイトルの作品も書きはじめる計画だったが、ボームも出版社も興味を失った。

Sky Island; being the Further Adventures of Trot and Cap'n Bill after Their Visit to the Sea Fairies. Illustrated by John R. Neill. Chicago: Reilly & Britton, 1912.

The Little Wizard Series, six small volumes (Jack Pumpkinhead and the Sawhorse, Little Dorothy and Toto, Ozma and the Little Wizard, The Cowardly Lion and the Hungry Tiger, The Scarecrow and the Tin Woodman, and Tiktok and the Nome King). Illustrated by John R. Neill. Chicago: Reilly & Britton, 1913.

The Patchwork Girl of Oz. Illustrated by John R. Neill. Chicago: Reilly & Britton, 1913. 『完訳　オズのパッチワーク娘』田中亜希子訳、復刊ドットコム、二〇一一年。

The Little Wizard Stories of Oz. Illustrated by John R. Neill. Chicago: Reilly & Britton, 1914. A reissue of The Little Wizard Series in one volume. 『完訳　オズの小さな物語』宮坂宏美、ないとうふみこ、田中亜希子訳、復刊ドットコム、二〇一三年。"The Little Wizard Series（魔法使い短編シリーズ）"を一冊にまとめて再刊した作品。

Tik-Tok of Oz. Illustrated by John R. Neill. Chicago: Reilly & Britton, 1914. This book was based on Baum's musical extravaganza of the previous year, *The Tik-Tok Man of Oz.* 『完訳　オズのチクタク』宮坂宏美訳、復刊ドットコム、二〇一三年。前年にボームが制作したミュージカル狂騒劇"The Tik-Tok Man of Oz（オズのチクタク男）"をもとにした作品。

The Scarecrow of Oz. Illustrated by John R. Neill. Chicago: Reilly & Britton, 1915. 『完訳　オズのかかし』ないとうふみこ訳、復刊ドットコム、2012年。これは一九一四年のオズ映画製作会社の映画"His Majesty, the Scarecrow of Oz（オズのかかし陛下）"（一九一五年に"The New Wizard of Oz（新しいオズの魔法使い）"というタイトルで公開）をもとにした作品。ライリー&ブリトン社は一九一五年に、ジョン・R・ニールが描いたオズの登場人物の切り抜き人形を載せた（文章はない）"The Oz-Toy Book（オズのおもしろブック）"も刊行した。

Rinkitink in Oz. Illustrated by John R. Neill. Chicago: Reilly & Britton, 1916. 『完訳　オズのリンキティンク』田中亜希子訳、復刊ドットコム、二〇一三年。一年に一冊オズ・シリーズを刊行するという約束を守るため、ボームはこのオズ・シリーズではないおとぎ話にオズの登場人物をくわえて書き換え、タイトルを"King Rinkitink（リンキティンク王）"から"Rinkitink in Oz（オズのリンキティンク）"へと変更した。本来の原稿は一九〇五年に書かれたものだが、刊行されていなかった。

The Snuggle Tales, six small volumes (Little Bun Rabbit, Once upon a Time, The Yellow Hen, The Magic Cloak, The Ginger-Bread Man, and Jack Pumpkinhead). Illustrated by John R. Neill and Maginel Wright Enright. Chicago: Reilly & Britton, 1916 and 1917. 最初の四巻（L. Frank Baum's Juvenile Speaker

［L・フランク・ボームの少年少女のための物語］に収録されていた物語）が一九一六年に、残る二巻は一九一七年に刊行された。ライリー&リー社はこのシリーズを一九二〇年に"Oz-Man Tales（オズの物語）"として再刊した。

Babes in Birdland. Illustrated by Maginel Wright Enright. Chicago: Reilly & Britton, 1917. 一九一一年に刊行された「ローラ・バンクロフト」名義の作品の再刊だが、タイトルページとカバーにはボームの名があり、ボームによる新しい序文がくわえられた。

The Lost Princess of Oz. Illustrated by John R. Neill. Chicago: Reilly & Britton, 1917.『完訳 オズの消えた姫』宮坂宏美訳、復刊ドットコム、二〇一三年。

The Tin Woodman of Oz. . . Illustrated by John R. Neill. Chicago: Reilly & Lee, 1918.『完訳 オズのブリキのきこり』ないとうふみこ訳、復刊ドットコム、二〇一三年。

The Magic of Oz. . . Illustrated by John R. Neill. Chicago: Reilly & Lee, 1919.『完訳 オズの魔法』田中亜希子訳、復刊ドットコム、二〇一三年。

Glinda of Oz. . . Illustrated by John R. Neill. Chicago: Reilly & Lee, 1920.『完訳 オズのグリンダ』宮坂宏美訳、復刊ドットコム、二〇一三年。オズ・シリーズの次の作品である"The Royal Book of Oz（オズ王室の本）"（一九二一年）にボームの名はあるが、すべてルース・プラムリー・トンプソンが書いたものだ。

Our Landlady. Mitchell, S. D.: Friends of the Middle Border, 1941.『アバディーン・サタデー・パイオニア』紙に掲載されたボームのコラム（一八九〇〜一八九一年）の選集。

Jaglon and the Tiger Fairies. Illustrated by Dale Ulrey. Chicago: Reilly & Lee, 1953. ボーム作"Animal Fairy Tales（動物のおとぎ話）"（『デリニーター』誌、一九〇五年一月号）の第一話"The Story of Jaglon（ジャグロンの物語）"のジャック・スノウによる拡大版。「動物のおとぎ話」は作品すべてを拡大版としてシリーズ化する計画だったが、刊行されたのはこの作品のみに終わっている。

The Musical Fantasies of L. Frank Baum. Illustrated by Dick Martin. Chicago: Wizard Press, 1958. ボームとエマーソン・ハフ（"The Maid of Athens［アテネの乙女］"、"The King of Gee-Whiz［すばらしい王］"）、ジョージ・スカーバラ（"The Pipes o' Pan［パンのパイプ］"）による、企画の段階までしかいたらなかった劇3作をまとめた作品。アラ・T・フォードとディック・マーティンによるボームの劇に関する論文とボーム作品のチェックリストを含む。

The Visitors from Oz. . . Illustrated by Dick Martin. Chicago: Reilly & Lee, 1960. 一九〇四〜一九〇五年まで連載されたボーム原作の漫画"Queer Visitors from the Marvelous Land of Oz（オズのふしぎな国からの奇妙な訪問者たち）"から選び、ジーン・ケロッグが大きく改変した作品。

The Uplift of Lucifer. . . Los Angeles: Privately printed, 1963. マヌエル・ウェルトマンによる序文。一九一五年に「アップリフター」向けに書かれた劇"The Uplift of Lucifer, or Raising Hell（ルシファーの高揚、または大騒ぎ）"と、ローラ・バンクロフト名義の作品"Prince Mud-Turtle（ドロガメ王子）"に登場する"The Corrugated Giant（ぎざぎざの巨人）"を取り上げた作品を収録。写真と当時の漫画を掲載。

Animal Fairy Tales. Illustrated by Dick Martin. Chicago: International Wizard of Oz Club, 1969. ラッセル・P・マックフォールによる序文。デリニーター誌に掲載された（一九〇五年一月〜九月）"Animal Fairy Tales（動物のおとぎ話）"の選集。挿絵はチャールズ・リヴィングストン・ブル。

A Kidnapped Santa Claus. Illustrated by Richard Rosenblum. Indianapolis and New York: Bobbs-Merrill, 1969. マーティン・ウィリアムズによる序文。デリニーター誌（一九〇四年一二月号）に掲載の物語を初めて一冊の本として刊行した作品。挿絵はフレデリック・リチャードソン。

The Third Book of Oz. Edited by Martin Williams. Illustrated by Eric Shanower. Savannah, Ga.: Armstrong State College Press,1986. 新聞に掲載の漫画ページ"Queer Visitors from the Marvelous Lnad of Oz（オズのふしぎな国からの奇妙な訪問者たち）"（一九〇四〜一九〇五年）の二七全作品と、"Woggle-Bug Book（クルクルムシのはなし）"（一九〇五年）の文章を掲載した作品。

Our Landlady. Lincoln and London: University of Nebraska Press, 1996. ナンシー・ティスタッド・コーパルによる編集、注釈、序文。『アバディーン・

サタデー・パイオニア』紙掲載のコラム"Our Landlady（われらが女地主）"初の全集。写真付き。
"Johnson," "Molly Oodle," and "The Mystery of Bonita." 未刊の小説三作品。どれも原稿は現存していない。

◉匿名、ペンネームによる作品

匿名

The Last Egyptian; a Romance of the Nile. Illustrated by Francis P. Wightman. Philadelphia: Edward Stern, 1908.

フロイド・エイカーズ名義

The Boy Fortune Hunters in Alaska. Illustrated by Howard Heath. Chicago: Reilly & Britton, 1908. A reissue of Sam Steele's Adventures on Land and Sea by "Capt. Hugh Fitzgerald" (1906).

The Boy Fortune Hunters in Egypt. Illustrated by Emile A. Nelson. Chicago: Reilly & Britton, 1908.

The Boy Fortune Hunters in Panama. Illustrated by Howard Heath. Chicago: Reilly & Britton, 1908. A reissue of Sam Steele's Adventures in Panama by "Capt. Hugh Fitzgerald" (1907).

The Boy Fortune Hunters in China. Frontispiece by Emile A. Nelson. Chicago: Reilly & Britton, 1909.

The Boy Fortune Hunters in Yucatan. Frontispiece by George A. Rieman. Chicago: Reilly & Britton, 1910.

The Boy Fortune Hunters in the South Seas. Frontispiece by Emile A. Nelson. Chicago: Reilly & Britton, 1911.

ローラ・バンクロフト名義

The Twinkle Tales, six small volumes (Bandit Jim Crow, Mr. Woodchuck, Prairie-Dog Town, Prince MudTurtle, Sugar-Loaf Mountain, and Twinkle's Enchantment). Illustrated by Maginel Wright Enright. Chicago: Reilly & Britton, 1906.

Policeman Bluejay. Illustrated by Maginel Wright Enright. Chicago: Reilly & Britton, 1907. "Babes in Birdland（バードランドの赤ん坊）"として一九一一年と一九一七年に再刊。一九一七年版では序文があらたに書かれ、表紙とタイトルページにはボームの名がある。

Twinkle and Chubbins; Their Astonishing Adventures in Nature-Fairyland. Illustrated by Maginel Wright Enright. Chicago: Reilly & Britton, 1911. 全一巻の"The Twinkle Tales（ぴかぴかのお話）"として再刊。

ジョン・エスティス・クック名義

Tamawaca Folks, Summer Comedy. [Chicago]: Tamawaca Press, 1907.「Tamawaca（タマワカ）」とは、ボームが夏を過ごした地である「マカタワ」のアナグラムだ。またジョン・エスティス・クックという名は、ヴァージニア州の人気作家であり歴史家でもあったジョン・エステン・クックからとったものだ。

ヒュー・フィッツジェラルド大尉名義

Sam Steele's Adventures on Land and Sea. Illustrated by Howard Heath. Chicago: Reilly & Britton, 1906.

Sam Steele's Adventures in Panama. Illustrated by Howard Heath. Chicago: Reilly & Britton, 1907.

スザンヌ・メットカーフ名義

Annabel, A Novel for Young Folks. Illustrated by H. Putnam Hall. Chicago: Reilly & Britton, 1906. ジョセフ・ピエール・ニュイッテンによる新しい扉絵で一九一二年に第二版が刊行された。

シューイラー・ストーントン名義

The Fate of a Crown. Illustrated by Glen C. Sheffer. Chicago: Reilly & Britton, 1905. 一九〇五年六月四日付けから八月六日付けまで、『フィラデルフィア・ノース・アメリカン』紙がこの大人向け小説を配信した。挿絵はジョン・R・ニール。ペンネームはボームの亡きおじであるシューイラー・スタントンからとったもの。一九一二年にヘーゼル・ロバーツによる新しい扉絵で再刊された。

Daughters of Destiny. Illustrated by Thomas Mitchell Peirce and Harold DeLay. Chicago: Reilly & Britton, 1906. 一九一二年にジョセフ・ピエール・

ニュイッテンによる新しい扉絵で再刊された。

エディス・ヴァン・ダイン名義

Aunt Jane's Nieces. Illustrated by Emile A. Nelson. Chicago: Reilly & Britton, 1906.

Aunt Jane's Nieces Abroad. Illustrated by Emile A. Nelson. Chicago: Reilly & Britton, 1907.

Aunt Jane's Nieces at Millville. Frontispiece by Emile A. Nelson. Chicago: Reilly & Britton, 1908.

Aunt Jane's Nieces at Work. Frontispiece by Emile A. Nelson. Chicago: Reilly & Britton, 1909.

Aunt Jane's Nieces in Society. Frontispiece by Emile A. Nelson. Chicago: Reilly & Britton, 1910.

Aunt Jane's Nieces and Uncle John. Frontispiece by Emile A. Nelson. Chicago: Reilly & Britton, 1911.

The Flying Girl. Illustrated by Joseph Pierre Nuyttens. Chicago: Reilly & Britton, 1911.

Aunt Jane's Nieces on Vacation. Frontispiece by Emile A. Nelson. Chicago: Reilly & Britton, 1912.

The Flying Girl and Her Chum. Illustrated by Joseph Pierre Nuyttens. Chicago: Reilly & Britton, 1912. ボームはこのシリーズの新作として"The Flying Girl's Brave Venture（空飛ぶ少女の勇敢な冒険）"という作品の執筆をはじめ、一九一三年の刊行を目指していたが、完成することはなく未刊に終わった。

Aunt Jane's Nieces on the Ranch. Unsigned frontispiece. Chicago: Reilly & Britton, 1913.

Aunt Jane's Nieces Out West. Frontispiece by James McCracken. Chicago: Reilly & Britton, 1914.

Aunt Jane's Nieces in the Red Cross. Frontispiece by Norman P. Hall. Chicago: Reilly & Britton, 1915. 第一次世界大戦での最新の状況を反映させた四つの章をくわえ、一九一八年に再版された。

Mary Louise. Frontispiece by J. Allen St. John. Chicago: Reilly & Britton, 1916. ボームの姉であるメアリー・ルイーズ・ブリュースターにちなんだ書名。出版社の意向により、ボームは本来書くつもりだった物語を断念してまったく新しい作品を書き、それが出版された。

Mary Louise in the Country. Frontispiece by J. Allen St. John. Chicago: Reilly & Britton, 1916. Mary Louise Solves a Mystery. Frontispiece by Anna B. Mueller. Chicago: Reilly & Britton, 1917.

Mary Louise and the Liberty Girls. Frontispiece by Alice Carsey. Chicago: Reilly & Britton, 1918. ライリー&リー社はこのシリーズでもう1作"Mary Louise Adopts a Soldier（メアリー・ルイーズ兵士を採用する）"（一九一九年）を刊行しているが、これはボームによるものではない。息子のハリー・ニール・ボームが書いたと思われる。一九一九年にボームが死去したあと、出版社はエンマ・スピード・サンプソンを雇って、エディス・ヴァン・ダイン名義で「メアリー・ルイーズ」シリーズをもう三作書いてもらうことにした。サンプソンは「エディス・ヴァン・ダイン」名義で、ライリー&リー社のために「Josie O'Gorman（ジョシー・オゴーマン）」シリーズも二作書いた。

◉刊行された楽曲

Louis F. Baum's Popular Songs as Sung with Immense Success in His Great 5 Act Irish Drama, Maid of Arran. New York: J. G. Hyde, 1882. "Waiting for the Tide to Turn（潮がかわるのを待って）"、"Oona's Gift（ウーナの贈物）"、"When O'Mara Is King Once Again（オマラが王に戻ったら）"、"A Rollicking Irish Boy（陽気なアイルランドの男の子）"、"A Pair of Blue Eyes（青い目）"、"The Legend of Castle Arran（アラン城の伝説）"の六作品の詞と曲（ボームの作）を収めた小冊子。

The Wizard of Oz, a book of selections and ten pieces of sheet music published separately ("Poppy Song," "When We Get What's A'Comin' to Us," "The Traveler and the Pie," "The Scarecrow," "The Guardian of the Gate," "Love Is Love," "Just a Simple Girl from the Prairie," "When You Love, Love, Love," "It Happens Everyday," and "The Different Ways of Making Love"). Lyrics by Baum. Music by Paul Tietjens. New York and Chicago: M. Witmark & Sons, 1902. ナサニエル・D・マンが最後の二曲を作曲。"Niccolo's Piccolo（ニッコロ・ピッコロ）"は現在、ボームとティー

ティエンスの作品とされ、サンディエゴのグリーン・タイガー・プレスから一九九九年に刊行。

Down Among the Marshes: The Alligator Song. Words and music by Baum. New York and Chicago: M. Witmark & Sons, 1903. 本来は、〝ミシガン州マカタワ・パークでボームが毎年行うショー向けに書いた作品であり、この曲は、〝ミュージカル狂騒劇"Prince Silverwings（銀翼の王子）"（一九〇三年）の挿入歌とする予定でもあったが、結局劇は製作されなかった。

What Did the Woggle-Bug Say? Lyrics by Baum. Music by Paul Tietjens. Chicago: Reilly & Britton, 1904.

The Woggle-Bug, a book of selections and twelve pieces of sheet music published separately ("The Sandman Is Near," "Hobgoblins," "The Doll and the Jumping Jack," "There's a Lady Bug A'Waitin' for Me," "Patty Cake, Patty Cake, Baker's Man," "Equine Paradox," "Sweet Matilda," "Soldiers," "To the Victor Belongs the Spoils," "The Household Brigade," "My Little Maid of Oz," and "H. M. Woggle-Bug, T. E."). Lyrics by Baum. Music by Frederic Chapin. New York and Chicago: M. Witmark & Sons, 1905. "Patty Cake, Patty Cake, Baker's Man（パティケーク、パティケーク、ケーキ屋のおじさん）"は本来、製作されずに終わった〝ミュージカル狂想劇"Prince Silverwings（銀翼の王子）"（一九〇三年）のために書かれた曲であり、"Soldiers（兵隊さん）"の歌詞は実際にはチェイピンが、また"Sweet Matilda（いとしのマチルダ）"はアーサー・ギレスピーが書き、どちらも初めて発表されたのは一九〇一年。

The Tik-Tok Man of Oz, a book of selections and fourteen pieces of sheet music published separately ("The Magnet of Love," "When in Trouble Come to Papa," "The Waltz Scream," "Dear Old Hank," "So Do I," "The Clockwork Man," "Oh My Bow," "Ask the Flowers to Tell You," "Rainbow Bride," "Just for Fun," "The Army of Oogaboo," "When in Trouble Come to Papa（パパが困ったときには）"は、本来は"The Girl from Oz（オズから来た少女）"（一九〇九年）のために書かれた曲だった。一九一四年には、M・ウィットマーク&サンズがゴットシャルクの"Gloria's Dream Waltz（グロリアの夢のワルツ）"を発表した。これは〝ミュージカル曲（歌詞はついていない）で、オズ映画製作会社の映画"The Patchwork Girl of Oz（オズのパッチワーク娘）"中で使用された作品だった。

Susan Doozan. Lyrics by Baum. Music by Byron Gay. Los Angeles: Cooper's Melody Shop, 1920. 本来は"Uplifters' Minstrels（アップリフターの吟遊詩人）"（一九一六年）向けに書かれた作品。

●製作あるいは計画された劇

The Mackrummins (a comedy-drama in three acts) by "Louis F. Baum," never produced and possibly never completed, copyrighted Richburg, New York, February 11, 1882.

The Maid of Arran (an Irish idyll in five acts), written with music and lyrics by "Louis F. Baum," opened at Weiting Opera House, Syracuse, New York, May 15, 1882.

Matches (a comedy in three acts) by "Louis F. Baum," performed at Brown's Opera House, Richburg, New York, June 1, 1882.

Kilmourne, or O'Connor's Dream (an Irish drama), written by "Louis F. Baum," performed by the Young Men's Dramatic Club at the Weiting Opera House, Syracuse, New York, April 4, 1883.

The Queen of Killarney (an Irish drama), never produced and possibly never completed, c. 1885.

King Midas (a comic opera), book and lyrics by Baum, music by Paul Tietjens, never produced and possibly never completed, 1901.

The Octopus; or the Title Trust (a comic opera), book and lyrics by Baum, music by Paul Tietjens, never produced and possibly never completed, 1901. この劇のために書かれた2曲（"Love Is Love［愛は愛］"、"The Traveler and the Pie［旅人とパイ］"）はのちに、一九〇二年の〝ミュージカル狂想劇『オズの魔法使い』で使用された。

The Wonderful Wizard of Oz, book and lyrics by Baum, music by Paul Tietjens, September 18, 1901.

The Wizard of Oz (a musical extravaganza), book and lyrics by Baum, music by Paul Tietjens, staged by Julian Mitchell, opened at the Grand Opera House, Chicago, June 16, 1902. ボームは、〝ミッチェルが提示した筋をもと

にこの劇の台本を二種類書いた。しかし最終稿を仕上げたのはグレン・マクドナーだった。

Montezuma (a comic opera in three acts), book and lyrics by Baum and Emerson Hough, music by Nathaniel D. Mann, never produced and possibly never completed, November 1902.

The Maid of Athens (a musical comedy in three acts), a musical scenario by Baum and Emerson Hough, never produced, November 1903. アラ・T・フォードおよびディック・マーティンによる"The Musical Fantasies of L. Frank Baum（L・フランク・ボームのおとぎ話のミュージカル）"（一九五八年）で再版。"Spartacus（スパルタクス）"としても知られる。

Prince Silverwings (a three-act musical fairy tale), scenario by Baum and Edith Ogden Harrison, music by Paul Tietjens, never produced, October 1903. ハリソン夫人の著書"Prince Silverwings（銀翼の王子）"（一九〇二年）を原作とした作品。ボームの作詞・作曲である"Down Among the Marshes（沼地をゆけば）"が挿入歌に含まれる予定だった。一九〇九年に、計画中のニューヨークの子ども劇場での初上演は"Prince Silverwings"となることが発表された。ハリソン夫人は、ヒューゴ・フェリックスによるミュージカルかエッサネイ・フィルム・マニュファクチャリング・カンパニーによる映画のどちらかにおいてこの劇が製作されるよう、一九一六年まで働きかけを続けていた。

King Jonah XIII (a comic opera in two acts), book and lyrics by Baum, music by Nathaniel D. Mann, never produced, September 1903.

The Whatnexters, book and lyrics by Baum and Isadore Witmark, never completed, c. 1903.

Father Goose, book and lyrics by Baum, music by Paul Tietjens, never completed, August 1904. ボームは"Father Goose（ファザー・グース）"の歌の何曲かを、"The Wonderful Wizard of Oz（オズの魔法使い）"（一九〇一年）の脚本に入れるつもりだと言っていた。

The Pagan Potentate, book and lyrics by Baum, music by Paul Tietjens, never completed, c. 1904.

The King of Gee-Whiz (a musical extravaganza in three acts), a scenario and general synopsis by Baum and Emerson Hough, never completed, 1905. アラ・T・フォードおよびディック・マーティンによる"The Musical Fantasies of L. Frank Baum（L・フランク・ボームのおとぎ話のミュージカル）"（一九五八年）で再版。ハフはこの脚本から抜き出した内容をまとめ、同名の児童書をボブズ＝メリル社から一九〇六年に刊行した。

The Son of the Sun (a musical extravaganza in three acts), book and lyrics by Baum and Emerson Hough, music by Nathaniel D. Mann, never produced, 1905. "Montezuma（モンテズマ）"の改訂版

The Woggle-Bug (a musical extravaganza in three acts), book and lyrics by Baum, music by Frederic Chapin, staged by Frank Smithson, opened at the Garrick Theater, Chicago, June 19, 1905.『オズのふしぎな国』（一九〇四年）の舞台化作品（エジプトが舞台のミュージカル劇で無題）。モンゴメリーとストーンはこの劇を、ボームがエジプトとヨーロッパに向かっている時期に提案した。

Down Missouri Way, never produced and possibly never completed, c. 1907.

Our Mary, never produced and possibly never completed, c.1907.

The Fairylogue and Radio-Plays (a slide and motion picture lecture), written, produced, and performed by Baum, music by Nathaniel D. Mann, filmed at the Selig Studios, Chicago, opened at St. Cecilia Hall, Grand Rapids, Michigan, September 24, 1908. セリグはボームの著書を原作とした一巻もの四作品の映画を製作した。一九一〇年三月二四日公開の"The Wonderful Wizard of Oz（オズの魔法使い）"、一九一〇年四月一四日公開の"Dorothy and the Scarecrow in Oz（ドロシーとオズのかかし）"、一九一〇年五月一九日公開の"The Land of Oz（オズの国）"、一九一〇年一二月一九日公開の"John Dough and the Cherub（ジョン・ドゥーとチェラブ）"だ。このサイレント映画の脚本はボームによるものではなかった。

The Koran of the Prophet (a musical extravaganza in two acts), never produced and possibly never completed, February 23, 1909.

The Rainbow's Daughter; Or The Magnet of Love (a musical extravaganza in two acts), a scenario, music by Manuel Klein, scenic effects by Arthur Voetglin, February 23, 1909.

Ozma of Oz (a musical extravaganza in two acts), a scenario by L. Frank Baum and Manuel Klein, music by Manuel Klein, scenic effects by Arthur Voetglin, never produced, c. March 1909. "The Rainbow's Daughter（虹の娘）"（一九〇九年）の改訂版

Ozma of Oz (a musical extravaganza in two acts), book and lyrics by L. Frank Baum, music by Manuel Klein, scenic effects by Arthur Voetglin, never produced, April 15, 1909.

Peter and Paul (an opera), book and lyrics by Baum, music by Arthur Pryor, never produced and possibly never completed, 1909.

The Pipes o' Pan (a musical comedy in three acts), book and lyrics by Baum and George Scarborough, music by Paul Tietjens, never produced and possibly never completed, March 31, 1909. おそらく"King Midas（ミダス王）"（一九〇一年）と"The Pagan Potentate（異教徒の王）"（一九〇四年頃）を原作とする作品。一幕のみが著作権申請されており、アラ・T・フォードおよびディック・マーティンによる"The Musical Fantasies of L. Frank Baum（L・フランク・ボームのおとぎ話のミュージカル）"（一九五八年）で再版。

Mortal for an Hour (a children's play), benefit performance for Fresh Air Fund of Chicago Commons, Macatawa, Michigan, 1908.『エンターテイニング』誌（一九〇八年一一月）で"The Fairy Prince（妖精の王子）"として、"L. Frank Baum's Juvenile Speaker（L・フランク・ボームの少年少女のための物語）"に"Prince Marvel（不思議の王子）"（一九一〇年）として転載。

The Girl from Oz (a musical comedy in two acts), never produced, 1909. 何年ものちにフランク・ジョスリン・ボームがこの劇をラジオ向けオペレッタとして書き換えた。

The Pea-Green Poodle, never produced, c. 1910. "Animal Fairy Tale（動物のおとぎ話）"（『デリニーター』誌、一九〇五年）収録の同名作品が原作。

The Clock Shop, never produced, c. 1910.

The Girl of Tomorrow (a musical comedy), never produced and possibly never completed, 1912. おそらく"The Girl from Oz（オズから来た少女）"（一九〇九年）の改訂版。

The Tik-Tok Man of Oz (a fairyland extravaganza in three acts), book and lyrics by Baum, music by Louis F. Gottschalk, staged by Frank Stammers, opened at the Majestic Theatre, Los Angeles, March 31, 1913.『オズのオズマ姫』（一九〇九年）の舞台化作品。

The Patchwork Girl of Oz (a musical play for children), scenario by Baum, music by Louis F. Gottschalk, 1913.

King Bud of Noland, or The Magic Cloak (a musical play for children), scenario by Baum, music by Louis F. Gottschalk, 1913.

Stagecraft, or the Adventures of a Strictly Moral Man, book and lyrics by Baum, music by Louis F. Gottschalk, produced by the Uplifters at the Los Angeles Athletic Club, January 14, 1914.

The Patchwork Girl of Oz, a motion picture scenario by Baum, music by Louis F. Gottschalk, produced and filmed by the Oz Film Manufacturing Company, released by Paramount Pictures, September 28, 1914.

The Magic Cloak of Oz, a motion picture scenario by Baum, produced and filmed by the Oz Film Manufacturing Company, 1914. "Queen Zixi of Ix（イクスのジクシー女王）"（一九〇五年）が原作。一九一七年八月にナショナル・フィルム・コーポレーションが公開。アメリカン・ピクチャーズ・コーポレーションが短縮版を1920年頃に公開。

High Jinks, book and lyrics by Baum, music by Louis F. Gottschalk, produced by the Uplifters for their first annual outing, Del Mar, California, October 24, 1914.

The Last Egyptian, a motion picture scenario by Baum, music by Louis F. Gottschalk, produced and filmed by the Oz Film Manufacturing Company, released by Paramount Pictures, December 7, 1914. ボームによる匿名の同名作品（一九〇八年）が原作。

His Majesty, the Scarecrow of Oz (released as The New Wizard of Oz), a motion picture scenario by Baum, produced and filmed by the Oz Film Manufacturing Company, released by Alliance Film Company, March 1915.

Violet's Dreams: four one-reel comedies: The Box of Robbers (released as The Box of Bandits), A Country Circus, The Magic Bon-Bons, and The Jungle (released as In Dreamy Jungleland), produced and filmed by the Oz Film Manufacturing Company, 1914. 最初の三作はユニバーサル・ヴィクターが、最後の1作はユニバーサル・レックス社が、それぞれ

一九一五年八月二七日、九月一〇日、一〇月二二日、一九一六年二月一日の順に公開。
The Uplift of Lucifer, or Raising Hell (“an allegorical squazosh”), book and lyrics by Baum, music by Louis F. Gottschalk, staged by Dave Hartford, produced by the Uplifters for their second annual outing, Santa Barbara, California, October 23, 1915. "L. Frank Baum Night（L・フランク・ボーム・ナイト）"の改訂作品で、マックス・ポラックにより一九二〇年一月二七日に上演され、デーモン・ラム（Demon Rum、ラム酒）役をハル・ローチが演じた。
The Birth of the New Year (holiday skit), staged by George Towle, Los Angeles Athletic Club, December 31, 1915, to January 1, 1916.
Blackbird Cottages (an original blackface comedy), book and lyrics by Baum, music by Louis F. Gottschalk, staged by Willis Marks, produced by the Uplifters for their third annual outing, Del Mar, California, October 28, 1916.
Snow White (a musical comedy), book and lyrics by Baum, never completed, December 1916. ロンドンのクリスマス「パントマイム」をもとにし、セットと衣装はマックスフィールド・パリッシュが担当する予定だった。
The Orpheus Road Show (“a paraphrastic compendium of mirth”), book and lyrics by Baum, music and staged by Louis F. Gottschalk, produced by the Uplifters for their fourth annual outing, Coronado Beach, California, October 27, 1917.

●序文および献辞

“Every Man his own Printer.” New York: Adams Press, 1873. ヤング・アメリカン・プリンティング・プレスの広告用パンフレット、および、ボームからボストンの販売代理店ジョセフ・ワトソンに宛てた一八七三年一二月四日付けの手紙を含む。
Holton, M. Adelaide, ed. The Holton Primer. “Lights of Literature Series.” Chicago: Rand McNally, 1901. Cover and endpapers designed by Ralph Fletcher Seymour. Reprints the poem “Where Do the Chickens Go at Night?” from Father Goose, His Book (1899). The editor was the supervisor of the primary school of Minneapolis.
The Christmas Stocking Series, six small volumes of nursery rhymes and stories (The Night Before Christmas, Cinderella and Sleeping Beauty, Animal A. B. C.—A Child's Visit to the Zoo, The Story of Little Black Sambo, Fairy Tales from Grimm, and Fairy Tales from Andersen). Illustrated anonymously. Chicago: Reilly & Britton, 1905–1906. どの本にもボームによる同じ序文がついている。1911年に、"Animal A. B. C——a Child's Visit to the Zoo（動物のA B C　動物園におでかけ）"に代わり、ビアトリクス・ポター作、ジョン・R・ニール挿絵の"The Story [sic] of Peter Rabbit（ピーター・ラビットの物語）"が入った。
Baum, Maud Gage. *In Other Lands Than Ours*. Chicago: Privately printed, 1907. ボームによるまえがきと写真。またボームは編集も手がけた。
Madison, Janet, ed. *Sweethearts Always*. Illustrated by Fred Manning. Chicago: Reilly & Britton, 1907. ボックスとカバーはジョン・R・ニール。ボーム作の詩"Her Answer（彼女の答え）"を"By the Candelabra's Glare（燭台の灯りで）"（一九〇九年）より転載。
Nesbitt, Wilbur D., ed. *The Loving Cup. Chicago*: P. F. Volland, 1909. ボームの詩"Smile（スマイル）"を含む。
Lefferts, Sara T., ed. *Land of Play*. Illustrated by M. L. Kirk and Florence England Nosworthy. New York: Cupples & Leon, 1911. ボームの序文を"The Christmas Stocking Series（クリスマスの靴下シリーズ）"（一九〇五～一九〇六年）に（少々要約して）転載。本書の要約版は"The House of Play（劇場）"として再版された。
Rice, Wallace and Frances, eds. *The Humbler Poets (Second Series); A Collection of Newspaper and Periodical Verse—1885–1910*. Chicago: A. C. McClurg, 1911. "Father Goose, His Book（ファザー・グース、彼の本）"（一八九九年）からボームの詩"Father Goose（ファザー・グース）"と"Captain Bing（キャプテン・ビン）"を転載。
The University Society and the After School Club of America, eds. *Famous Tales and Laughter Stories*. Vol. 1. New York: University Society, 1912. ボームの短編作品"Juggerjook（ジャガージューク）"（『セント・ニコラス』誌、一九一〇年一二月号）を転載。一九一一年に、大学協会はこのアンソロジーを9巻からなる"Boy's and Girl's Booksherlf（少年少女の

本棚)"にくわえ、編集者のひとりとしてボームの名をタイトルページに掲載した。

Skinner, Ada M., ed. *Little Folks' Christmas Stories and Plays*. Chicago: Rand McNally, 1915. ボームの短編"Kidnapping Santa Claus（サンタクロースの誘拐）"(原題は"Kidnapped Santa Claus［誘拐されたサンタクロース］")（『デリニーター』誌、一九〇四年一二月号）を転載。

The Uplifters. *Uplifters Hymnal*. Los Angeles: Privately printed, 1915. I"The Tik-Tok Man of Oz（オズのチクタク男）"（一九一三年）から"So Do I（わたしもおなじ）"を収録。

The Uplifters. *Songs of Spring*. Los Angeles: Privately printed, 1917. ボームによる編集。本来は、一九一四、一九一五、一九一六年の「アップリフターズの『春の詩人』の夕食会（Uplifters' Spring Poets' Dinner）」で読まれる詩の小冊子で、ボームによるまえがきと詩五篇（"The Massacre（大虐殺）"、"The Orchestra（オーケストラ）"、"Safety First（ご安全に）"、"Claudius Raymond（クローディアス・レイモンド）"、"An Uplifter's Song of the Shirt（アップリフターズのシャツの歌）"）を含む。ボームに献じたハリー・クローチによる"A Toast to L. Frank Baum（L・フランク・ボームに乾杯）"ほか、何点かボームに言及した作もある。

The Uplifters. *The Uplifter's Hymnal*. "Silver Anniversary Edition." Los Angeles: Privately printed, 1938. アップリフターズやその他の劇作品からとったボームによる歌を数点含む。これら歌の抜粋（"Never Strike Your Father, Boy（パパをたたいてはダメ）"、"We're Having a Hell of a Time（ものすごいお楽しみ）"、"Susan Doozan（スーザン・ドゥーザン）"、"Apple Pie（アップルパイ）"）とボームの"Uplifters' Platform（アップリフターズ・プラットフォーム）"はアラ・T・フォードにより小冊子"The High-Jinks of L. Frank Baum...（L・フランク・ボームのどんちゃん騒ぎ……）"Chicago: Wizard Press（一九五九年）に転載された。

◉雑誌および新聞掲載作品

Editor, *The Rose Lawn Home Journal*, October 20? and November 20, 1870; July 1, August 1, and September 1, 1871.

Editor, *The Stamp Collector*, March?, June?, September 1872 and January 1873.

Editor, with Thomas G. Alford Jr., *The Empire*, 1873?

"Another Reply to C. B" (letter), *The Cultivator & Country Gentleman*, June 26, 1879.

Editor, *The Poultry Record*, March through December 1880.

"The Poultry Yard" (column), *New York Farmer and Dairyman*, January through April 1881.

"Hamburgs" (article), *The Poultry World*, July through November 1882. "The Book of the Hamburgs（ハンバーグ種読本）" (Hartford, Conn.: H. H. Stoddard, 1886年)として刊行。

"Mr. Baum Replies to Mr. Rutledge" (letter),

The New York Dramatic Mirror, July 22, 1882.

"The Descent of Mann" (poem), unidentified Syracuse newspaper, 1880s.

"A Russian Wedding" (article), Aberdeen (S.D.) Daily News, July 24, 1889.『ダコタ・ルーラリスト』紙一八八九年七月二七日付けに転載。

"Why?" (poem), Aberdeen (S.D.) *Daily News*, July 25, 1889.

"The Kids and the Goose Eggs" (poem), Aberdeen (S.D.) Daily News, July 26, 1889.

"How Shall We Vote?" (letter), Aberdeen (S.D.) Daily News, September 12, 1889.

"A Last Appeal" (letter), Aberdeen (S.D.) Daily News, October 1, 1889.

"Big Bargains in Every Style of Hanging Lamps!" (poem), Aberdeen (S.D.) Daily News, October 28, 1889. ボームズ・バザールの広告。ボームがこの店のための広告のすべてを書いたと思われる。ボームの店の広告は、一八八八年九月二二日から一八八九年一二月三一日までのあいだ、『アバディーン・デイリー・ニュース』紙、『リパブリカン』紙その他の地方新に掲載された。

Editor, Aberdeen (S.D.) *Saturday Pioneer*, January 25, 1890, through April 4, 1891.

Editor, *The Western Investor*, August through November 1890.

"They Played a New Hamlet," Chicago Sunday TimesHerald, April 28, 1895.

"A Cold Day on the Railroad," Chicago Sunday TimesHerald, May 26, 1895.

"La Reine est Mort [sic]—Vive La Reine" (poem), Chicago Sunday Times-Herald, June 23, 1895. "By the Candelabra's Glare（燭台の灯りで）"（Chicago:

Privately printed, 1898年）に転載。

“Farmer Benson on the Motocycle” (poem), Chicago Sunday Times-Herald, August 4, 1895. "By the Candelabra's Glare（燭台の灯りで）"（一八九八年）に転載。

“Who Called ‘Perry’?,” Chicago Sunday Times-Herald, January 19, 1896.

“Yesterday at the Exposition,” Chicago Sunday TimesHerald, February 2, 1896.

“How History Is Made” (poem), Chicago Sunday TimesHerald, May 17, 1896.

“Two Pictures” (poem), Chicago Sunday Times-Herald, May 17, 1896.

“The Latest in Magic” (poem), Chicago Sunday TimesHerald, May 31, 1896.

“Right at Last” (poem), Chicago Sunday Times-Herald, June 14, 1896. "By the Candelabra's Glare（燭台の灯りで）"（一八九八年）に転載。

“When McKinley Gets the Chair “ (poem), Chicago Sunday Times-Herald, July 12, 1896.

“My Ruby Wedding Ring,” copyrighted by the Bacheller Syndicate, October 12, 1896. アメリカン・プレス・アソシエーションが、一九〇三年一月一六日に著作権を再取得。

“A Sonnet to My Lady’s Eye” (poem), Chicago Sunday Times-Herald, October 25, 1896. "By the Candelabra's Glare（燭台の灯りで）"（一八九八年）に転載。

“The Extravagance of Dan,” The National Magazine, May 1897.

“How Scroggins Won the Reward,” copyrighted by the Bacheller Syndicate, May 5, 1897. 本作が刊行されたかどうかは不明。

“The Return of Dick Weemins,” The National Magazine, July 1897.

“The Suicide of Kiaros,” The White Elephant, September 1897.

Editor, *The Show Window*, November 1897 through October 1900. “A Shadow Cast Before,” The Philosopher, December 1897.

“The Mating Day,” Short Stories, September 1898.

“Aunt Hulda’s Good Time,” *The Youth’s Companion*, October 26, 1899.

“Some Commercial Drawings and a Sketch of Charles Costello Designer” (article), Arts for America, November 1899.

“Dear Den . . . ” (poem), Syarcuse Sunday Herald, November 19, 1899.

“The Loveridge Burglary,” Short Stories, January 1900.

“The Real ‘Mr. Dooley’ ” (article), The Home Magazine (of New York), January 1900.

“To the Grand Army of the Republic, August 1900” (poem), Chicago Sunday Times-Herald, August 26, 1900.

“The Bad Man,” The Home Magazine (of New York), February 1901.

“American Fairy Tales,” Serialized in the Chicago Chronicle and other newspapers, March 3 through May 19, 1901.

“Little Cripples Royally Feasted” (article), Chicago American, November 29, 1901.

“An Easter Egg,” The Sunny South, supplement to the Atlanta Constitution, March 29, 1902. 本作の要約が"The Strange Adventures of an Easter Egg（イースター・エッグの不思議な冒険）"として『シカゴ・トリビューン』紙（一九〇二年三月三〇日付）に掲載。また"Baum's American Fairy Tales（ボームのアメリカのおとぎ話）"（一九〇八年）に転載された。

“Mr. Baum on Song Records” (letter), Chicago Sunday Record-Herald, May 31, 1902.

“What Children Want” (article), Chicago Evening Post, November 29, 1902.

“Frank Baum on Father Goose” (verse), Quincy (Ill.) Herald, December 3, 1902.

Letter to James O’Donnell Bennett, “Music and the Drama” (column), Chicago Record-Herald, February 3, 1903.

“Mr. Baum to the Public” (letter), Chicago Tribune, June 26, 1904.

“Queer Visitors from the Marvelous Land of Oz,” syndicated by the Philadelphia North American, August 28, 1904, through February 26, 1905. 本作から選んだ作品がジーン・ケロッグによりかなり改変されて"The Visitors from Oz（オズの国からの訪問者たち）"（Chicago: Reilly & Lee, 1961年）として刊行。また、"The Woggle-Bug Book（クルクルムシのはなし）"（一九〇五年）と、本来のボーム作"Queer Visitors from the Marvelous Land of Oz（オズのふしぎな国からの奇妙な訪問者たち）"をまとめた、"The Third Book of Oz（オズのさんばんめの本）"（Savannah, Ga.: Armstrong State College Press, 1986）が刊行された。

“Queen Zixi of Ix, or The Story of the Magic Cloak,” St. Nicholas, November 1904 through October 1905. 書籍として再刊。New York: Century、一九九五年。

“A Kidnapped Santa Claus,” The Delineator, December 1904. 書籍として再刊。Indianapolis: Bobbs-Merrill、一九六九年。

“Animal Fairy Tales,” The Delineator, January through September 1905. 国際オズの魔法使いクラブ（ミシガン州エスカナバ）により書籍として再版（一九六九年）。
“In Memoriam” (poem), San Diego Union and Daily Bee, February 15, 1905.
“Coronado: The Queen of Fairyland” (poem), San Diego Union and Daily Bee, March 5, 1905. 一九〇五年六月、サンディエゴ高校新聞の『ラス』紙に転載。
“Nelebel’s Fairyland,” The (San Diego High School) Russ, June 1905.
“Fairy Tales on the Stage” (article), Chicago Sunday Record-Herald, June 18, 1905.
“Jack Burgitt’s Honor,” copyright by the American Press Association, August 1, 1905. この物語が刊行されたかどうかは不明。
“L. Frank Baum’s Witty Presentation Speech,” San Diego Union and Daily Bee, February 10, 1907.
“To Macatawa, a Rhapsody” (poem), Grand Rapids (Mich.) Sunday Herald, September 1, 1907.
“Well, Come!” (poem), San Diego Union and Daily Bee, April 16, 1908.
“Famous Author Once Lived Here” (letter), Aberdeen (S. D.) Daily American, June 22, 1909.
“Modern Fairy Tales” (article), The Advance, August 19, 1909.
“The Fairy Prince” (play), Entertaining, December 1909. L. Frank Baum's Juvenie Speaker（L・フランク・ボームの少年少女のための物語）（一九一〇年）に"Prince Marvel（不思議の王子）"として転載。
“Juggerjook,” St. Nicholas, December 1910.
“The Man Fairy,” The Ladies’ World, December 1910.
“The Tramp and the Baby,” The Ladies’ World, October 1911.
“Bessie’s Fairy Tale,” The Ladies’ World, December 1911.
“Boys’ and Girls’ Paper,” Sunday newspaper supplement syndicated by the Philadelphia North American, August 11, 1912, through January 3, 1915. "The Daring Twins（ダーリングのふたご）"（一九一一年）とともに、「フロイド・エイカーズ」、「スザンヌ・メットカーフ」、「エディス・ヴァンダイン」名義の作品に転載。
“Aunt ’Phroney’s Boy,” St. Nicholas, December 1912. "Aunt Hulda's Good Time（ハルダおばさんのお楽しみ）"（『ユースコンパニオン』誌、一八九九年一〇月二六日号）の改訂版。
“Lived Here Now Famous” (letter), Aberdeen (S.D.) Daily American, June 15, 1913.
“Still in Moving Picture Business” (letter), Hollywood Citizen, January 22, 1915.
[“My Hobby”] (poem), The (Los Angeles Athletic Club) Mercury, July 1, 1915.
“ ‘Our Hollywood’—” (article), Hollywood Citizen, December 31, 1915.
“ ‘Julius Caesar,’ An Appreciation of the Hollywood Production” (article), The (Los Angeles Athletic Club) Mercury, June 14, 1916.
“This Is Paradise of Flower Lovers,” Los Angeles Daily Times, November 7, 1916. 少々削って"Secret of Prize Blossoms（美しい花々の秘密）"として、『ロサンゼルス・タイムズ』紙一九一七年一月一日付け"Annual Midwinter Number（真冬号）"に転載。
“Suggested by Frank Baum” (letter), The (Los Angeles Athletic Club) Mercury, April 15, 1917.
“What Are We Goin’ To Do With ’Em” (poem), The (Los Angeles Athletic Club) Mercury, September 6, 1917.
“Genealogical Gleanings” (article), The (Los Angeles Athletic Club) Mercury, January 3, 1918.
“The Yellow Ryl,” A Child’s Garden, August and September 1926.
“My dear Mrs. Boothe . . .” (poem), The Baum Bugle, October 1957.
“The Tiger’s Eye,” The American Book Collector, December 1962.
“The Runaway Shadows,” The Baum Bugle, April 1962.
“The King Who Changed His Mind,” The Baum Bugle, Spring 1963.
“Our Den once made a picture . . .” (poem), The Baum Bugle, Spring 1964.
“Christmas Comin’!” (poem), The Baum Bugle, Christmas 1972.
“The Man with the Red Shirt,” The Baum Bugle, Spring 1973.
“The Littlest Giant, an ‘Oz’ Story,” The Baum Bugle, Spring 1975.
“Gee, there’s been a lot of fuss . . .” (poem), The Baum Bugle, Summer 1981.
“The Diamondback,” The Baum Bugle, Spring 1982.
“To the Littlefield Baby” (poem), The Baum Bugle, Spring 1989.

●L・フランク・ボームに関する作品や記事

Algeo, John. "A Notable Theosophist: L. Frank Baum." The American Theosophist, August–September 1986.

The American Book Collector, December 1962. L・フランク・ボーム特集号。

Baughman Roland. "L. Frank Baum and the 'Oz Books.'" Columbia Library Columns, May 1955.

Baum, Frank J. "The Oz Film Co." Films in Review, August–September 1956.

Baum, Frank Joslyn, and Russell P. MacFall. To Please a Child. Chicago: Reilly & Lee, 1961.

The Baum Bugle, June 1957–current. Published by International Wizard of Oz Club.

Carpenter, Angelica Shirley and Jean Shirley. L. Frank Baum: The Royal Historian of Oz. Minneapolis: Lerner, 1992.

Cech, John, ed. Dictionary of Literary Biography: American Writers for Children, 1900–1960. Vol. 22. Detroit: Gale Research, 1983.

Gage, Helen Leslie. "L. Frank Baum: An Inside Introduction to the Public." The Dakotan, January, February, March 1903.

Gardner, Martin. "The Royal Historian of Oz." Fantasy and Science Fiction, January and February 1955.

Hampsten, Elizabeth, ed. To All Enquiring Friends: Letters, Diaries and Essays in North Dakota 1880–1910. Grand Forks, N.D.: University of North Dakota, 1979.

"How the Wizard of Oz Spends His Vacation." Grand Rapids (Mich.) Sunday Herald, August 18, 1907.

Jones, Vernon H. "The Oz Parade." New Orleans Review, Fall 1973.

Kelly, Fred C. "Royal Historian of Oz." Michigan Alumnus Quarterly Review, May 23, 1953.

Kessler, D. E. "L. Frank Baum and His New Plays." Theatre Magazine, August 1909.

"L. Frank Baum Is 'Broke,' He Says." New York Morning Telegraph, June 5, 1911. MacDougall, Walt. "L. Frank Baum Studied by

MacDougall." St. Louis Dispatch, July 30, 1904.

Mannix, Daniel P. "The Father of the Wizard of Oz." American Heritage, December 1964.

Potter, Jeanne O. "The Man Who Invented Oz." Los Angeles Times Sunday Magazine, August 13, 1939.

Seymour, Ralph Fletcher. Some Went This Way. Chicago: Privately printed, 1945.

Snow, Jack. Who's Who in Oz. Chicago: Reilly & Lee, 1954.

Tietjens, Eunice. The World at My Shoulder. New York: Macmillan, 1938.

Torrey, Edwin C. Early Days in Dakota. Minneapolis: Parnham Printing & Stationery, 1925.

Vidal, Gore. "The Wizard of the 'Wizard.' " The New York Review of Books, September 29, 1977.

Wing, W. E. "From 'Oz,' the Magic City." New York Dramatic Mirror, October 7, 1914.

Worthington, J. E. "Mac-a-ta-wa, the Idyllic." Grand Rapids (Mich.) Sunday Herald, September 1, 1907.

●ボームの作品に関する作品や記事

Abrahm, Paul M., and Stuart Kenter. "Tik-Tok and the Three Laws of Robotics." Science Fiction Studies, March 1978.

Algeo, John. "The Wizard of Oz: The Perilous Journey." The American Theosophist, October 1986. 本記事を少々改変したものが『クエスト』誌一九九三年夏号に掲載。

Attebery, Brian. The Fantasy Tradition in American Literature. Bloomington: Indiana University Press, 1980.

Averell, Thomas Fox. "Oz and Kansas Culture." Kansas History, Spring 1989.

Barasch, Marc. "The Healing Road to Oz." Yoga Journal, November/December 1991.

Baum, Frank J. "Why the Wizard of Oz Keeps On Selling." Writer's Digest, December 1952.

The Baum Bugle, June 1957–current. Published by International Wizard of Oz Club.

Beckwith, Osmond. "The Oddness of Oz." Kulchur, Fall 1961.

Bewley, Marius. "Oz Country." The New York Review of Books, December 3, 1964. 本論文の改訂版である"The Land of Oz: America's Great Good Place（オズの国　万人が幸せなアメリカの地）"がビューリーの"Masks and Mirrors（仮面と鏡）"（New York: Atheneum´一九七〇年）に掲載。
Bingham, Jane, ed. Writers for Children. New York: Scribner's, 1988.
Bolger, Ray. "A Lesson from Oz." Guideposts, March 1982. Bradbury, Ray. "Two Baumy Promenades Along the Yellow Brick Road." Los Angeles Times Book Review, October 9, 1977.
Brink, Carol Ryrie. "Some Forgotten Children's Books." South Dakota Library Bulletin, April–June 1948.
Brotman, Jordan. "A Late Wanderer in Oz." Chicago Review, December 1965. シーラ・エゴフ他編集"Only Connect（ただ結び合わせよ）"（New York: Oxford University Press´一〇九五年）に転載。
Butts, Dennis, ed. Stories and Society. New York: St. Martin's Press, 1992. マーク・I・ウェストの"The Dorothys of Oz: A Heroine's Unmaking（オズのドロシーたち　ヒロインの喪失）"も含む。
Callary, Edward, ed. From Oz to the Onion Patch. DeKalb, Ill.: North Central Name Society, 1986.
Cath, Stanley H., and Claire Cath. "On the Other Side of Oz: Psychoanalytic Aspects of Fairy Tales." Psychoanalytic Study of the Child, Vol. 33 (1978).
Culver, Stuart. "Growing Up in Oz." American Literary History, Winter 1992.
———. "What Mannikins Want: The Wonderful Wizard of Oz and The Art of Decorating Dry Goods Windows and Interiors." Representations, Winter 1988.
Dervin, Daniel. "Over the Rainbow and Under the Twister: A Drama of the Girl's Passage Through the Phallic Phase." Bulletin of the Menninger Clinic, January 1978.
Devlin, Mary, "The Great Cosmic Fairy Tale." Gnosis Magazine, Fall 1996.
Downing, David C. "Waiting for Godoz: A Post-Nasal Deconstruction of The Wizard of Oz." Christianity & Literature, Winter 1984.
Eager, Edward. "A Father's Minority Report." The Horn Book, March 1948.
Erisman, Fred. "L. Frank Baum and the Progressive Dilemma." American Quarterly, Fall 1968.
Eyles, Allen. The World of Oz. Tucson: HPBooks, 1985.
Field, Hana S., "Triumph and Tragedy on the Yellow Brick Road: Censorship of The Wizard of Oz in America," The Concord Review, Fall 1999.
Franson, J. Karl. "From Vanity Fair to Emerald City: Baum's Debt to Bunyan." Children's Literature, Vol. 23 (1995).
Gannon, Susan R., and Ruth Anne Thompson, eds. Proceedings of the Thirteenth Conference of the Children's Literature Association. Kansas City: University of Missouri, 1988.
Gardner, Martin. "A Child's Garden of Bewilderment." Saturday Review, July 17, 1965. シーラ・エゴフ他編集"Only Connect（ただ結び合わせよ）"（New York: Oxford University Press´一九六五年）に転載。
———. "The Librarians in Oz." Saturday Review, April 11, 1959.
Gardner, Martin, and Russel B. Nye. The Wizard of Oz and Who He Was. East Lansing: Michigan State University Press, 1957.
Gold, Lee B. "A Psychoanalytic Walk Down the Yellow Brick Road." Journal of the Philadelphia Association for Psychoanalysis, 1980.
Greene, David L., and Peter E. Hanff. Bibliographia Oziana. Kinderhook, Ill.: International Wizard of Oz Club, 1976.
Greene, David L., and Dick Martin. The Oz Scrapbook. New York: Random House, 1977. Greene, Graham. Review of The Wizard of Oz. London Spectator, February 9, 1940.
Hamilton, Margaret. "There's No Place Like Oz." Children's Literature, Vol. 10 (1982).
Hearn, Michael Patrick. The Annotated Wizard of Oz. New York: Clarkson N. Potter, 1973.
Hearn, Michael Patrick, ed. The Critical Heritage Series: The Wizard of Oz. New York: Schocken Books, 1983.
Herbert, Stephen G. "The Metaphysical Wizard of Oz." The Journal of Religion and Psychical Research, January 1991.
Hudlin, Edward W. "The Mythology of Oz: An Interpretation." Papers on Language and Literature, Fall 1989.
Jackson, Shirley. "The Lost Kingdom of Oz." The Reporter, December 10, 1959.

Kopp, Shelden. "The Wizard Behind the Couch." Psychology Today, March 1970.
La Cassagnère, Christien. Visages de l'angoisse. Paris: Université Blaise-Pascal, 1989. アラン・モンタンドンの"Visages de l'angoise dans l'univers de Frank Baum（フランク・ボームの世界における苦悩の顔）"を含む。
Lanes, Selma G. Down the Rabbit Hole. New York: Atheneum, 1971.
Leach, William. Land of Dreams: Merchants, Power, and the Rise of a New American Culture. New York: Pantheon Books, 1993.
L. Frank Baum—The Wonderful Wizard of Oz. New York: Columbia University Libraries, 1956. 展示会のカタログ。ローランド・ボーマンによる序文と、ボーマンとジョーン・ボームによる注釈付き。
Littlefield, Henry M. "The Wizard of Oz: Parable on Populism." American Quarterly, Spring 1964. 本記事に少々手をくわえたものが、ヘニング・コーエン編集"The American Culture（アメリカの文化）"（Boston: Houghton Mifflin、一九六八年）に掲載。
Luers, Robert B. "L. Frank Baum and the Land of Oz: A Children's Author as Social Critic." Nineteenth Century, Fall 1980.
McMaster, Juliet. "The Trinity Archetype in The Jungle Book and The Wizard of Oz." Children's Literature, Vol. 20 (1992).
McReynolds, Douglas J., and Barbara J. Lips. "A Girl in the Game: The Wizard of Oz as Analog for the Female Experience in America." North Dakota Quarterly, Winter 1986.
Magder, David. "The Wizard of Oz: A Parable of Brief Psychotherapy." Canadian Journal of Psychiatry, November 1980.
Marling, Karal Ann. Civil Rights in Oz; Images of Kansas in American Popular Culture. Lawrence, Kans.: University of Kansas, 1997.
Matthews, Gareth B. Philosophy and the Child. Cambridge, Mass.: Harvard University Press, 1980.
Mitrokhina, Xenia. "The Land of Oz in the Land of the Soviets." Children's Literature Association Quarterly, Winter 1996–1997, pp. 183–88.
Moore, Raylyn. Wonderful Wizard, Marvelous Land. Bowling Green, Ohio: Bowling Green University Popular Press, 1974.
Morena, Gita Dorothy. The Wisdom of Oz. San Diego: Inner Connections Press, 1998.
Moser, Barry. Forty-seven Days to Oz. West Hatfield, Mass.: Pennyroyal Press, 1985.
Nathanson, Paul. Over the Rainbow: The Wizard of Oz as a Secular Myth of America. Albany: State University of New York Press, 1991.
Papanikolas, Zeese. Trickster in the Land of Dreams. Lincoln and London: University of Nebraska Press, 1995.
Pattrick, Robert R. Unexplored Territory in Oz. Kinderhook, Ill.: International Wizard of Oz Club, 1963.
Payne, David. "The Wizard of Oz: Therapeutic Rhetoric in Contemporary Media Ritual." Quarterly Journal of Speech, February 1989.
Peary, Gerald, and Roger Shatzkin, eds. The Classic American Novel and the Movies. New York: Frederick Ungar, 1974. ジャネット・ジャンクの"A Kansan's View（あるカンザス人の意見）"を含む。
Petrovskii, Miron. Knigi nashego detstva. Moscow: Kniga, 1986.
Prentiss, Ann E. "Have You Been to See the Wizard?" The Top of the News, November 1, 1970.
Rahn, Suzanne. The Wizard of Oz: Shaping an Imaginary World. New York: Twayne Publishers, 1998.
Reckford, Kenneth J. Aristophanes' Old-and-New Comedy. Vol. 1. Chapel Hill and London: University of North Carolina Press, 1987.
Riley, Michael O. Oz and Beyond. Lawrence: University Press of Kansas, 1997.
Ritter, Gretchen. "Silver Slippers and a Golden Cap: L. Frank Baum's The Wonderful Wizard of Oz and Historical Memory in American Politics." Journal of American Studies, Vol. 31 (1997).
Robb, Stewart. "The Red Wizard of Oz." New Masses, October 4, 1938.
Rockoff, Hugo. "The 'Wizard of Oz' as a Monetary Allegory." Journal of Political Economy, August 1990.
Rogers, Katharine. "Liberation for Little Girls." Saturday Review, June 17, 1972.
Rushdie, Salman. The Wizard of Oz. London: BFI, 1992.
Rushmore, Howard. " 'Wizard of Oz' Excellent Film for Young and Old." The Daily Worker, August 18, 1939.
Sackett, S. J. "The Utopia of Oz." The Georgia Review, Fall 1961.
St. John, Thom. "L. Frank Baum: Looking Back at the Promised Land." Western

Humanities Review, Winter 1982.
Sale, Roger. "L. Frank Baum and Oz." Hudson Review, Winter 1972–1973. 改訂し、Fairy Tales and After（おとぎ話とその後）(Cambridge, Mass.: Harvard University Press, 一九七八年）に転載。
Schreiber, Sandford. "A Filmed Fairy Tale as a Screen Memory." The Psychoanalytic Study of the Child, Vol. 29, (1974).
Schuman, Samuel. "Out of the Fryeing Pan and into the Pyre: Comedy, Mirth and The Wizard of Oz." Journal of Popular Culture, Fall 1972.
Starrett, Vincent. "The Wizard of Oz." Chicago Sunday Tribune Magazine, May 2, 1954. Best Loved Books of the Twentieth Century（二〇世紀最高の書）(New York: Bantam, 一九五五年）に転載。
Street, Douglas. "The Wonderful Wiz That Was: The Curious Transformation of The Wizard of Oz." Kansas Quarterly, Summer 1984.
Thurber, James. "The Wizard of Chit[t]enango." The New Republic, December 12, 1934.
Tuerk, Richard. "Dorothy's Timeless Quest." Mythlore, Autumn 1990.
Vidal, Gore. "On Rereading the Oz Books." The New York Review of Books, October 13, 1977.
Wagenknecht, Edward. As Far as Yesterday. Norman: University of Oklahoma Press, 1968.
———. Utopia Americana. Seattle: University of Washington Book Store, 1929.
Watt, Lois Belfield. "L. Frank Baum: The Widening World of Oz." The Imprint of the Stanford Libraries Associates, October 1979.

●W・W・デンスロウに関する作品や記事

The American Book Collector, December 1964. このデンスロウ特集号のほとんどの記事は、本来は『ボーム・ビューグル』誌（一九六三年秋・クリスマス号と一九六四年春号）に掲載されたもの。
Armstrong, Leroy. "W. W. Denslow, Illustrator." The Home Magazine (of New York), October 1898.
The Baum Bugle, Autumn 1963, Autumn 1972, and Autumn 1992.
Bowles, J. M. "Children's Books for Children." Brush and Pencil, September 1903.
"Chronicle and Comment" (column). The Bookman, October 1909.
Crissey, Forrest. "William Wallace Denslow." Carter's Monthly, March 1898.
Decker, Harrison. "An Artist Outdoors." Outdoors, September 1904.
"Denslow: Denver Artist, Originator of Scarecrow and Tin Man." Denver Republican, September 4, 1904.
"Denver Artist Rules an Island." Denver Republican, January 17, 1904.
Gangloff, Deborah. The Artist, the Book, and the Child. Lockport: Illinois State Museum, Lockport Gallery, 1989.
Goudy, Frederic W. A Half-Century of a Type Design, 1895–1946. New York: Typophiles, 1946.
Greene, Douglas G. "W. W. Denslow: The Rock-Strewn Yellow Brick Road." The Imprint of the Stanford Libraries Associates, October 1979.
———. "W. W. Denslow Illustrator." Journal of Popular Culture, Summer 1973.
Greene, Douglas G., and Michael Patrick Hearn. W. W. Denslow. Mount Pleasant: Central Michigan University, Clarke Historical Library, 1976.
Hearn, Michael Patrick. "An American Illustrator and His Posters." American Book Collector, May–June 1982.
———. "W. W. Denslow, the Forgotten Illustrator." American Artist, May 1973.
———. W. W. Denslow, The Other Wizard of Oz. Chadds Ford, Pa.: Brandywine River Museum, 1996.
Lane, Albert. Elbert Hubbard and His Work. Worcester, Mass.: Blanchard Press, 1901.
"A Lover of Children Who Knows How to Make Them Laugh." Detroit News, September 13, 1903.
"Our Own Time" (column). The Reader, April 1907.
Penn, F. "Newspaper Illustrators: W. W. Denslow." The Inland Printer, January 1894.

【著者】ライマン・フランク・ボーム（L. Frank Baum）

1856年～1919年、アメリカの児童文学・ファンタジー作家。養鶏や新聞発行など他方面に才能を発揮、やがて児童・ファンタジー文学の古典的名作『オズの魔法使い』シリーズで世界に名声を残す。

【編者】マイケル・パトリック・ハーン（Michael Patrick Hearn）

アメリカの文学研究者、作家。『オズの魔法使い』とその著者ボームに関する世界的権威。また『ハックルベリーフィン』『クリスマスキャロル』の研究者としても有名。主な著編書に「Victorian Fairy Tales」「W.W. Denslow: The Other Wizard of Oz」「Myth, Magic, and Mystery」など多数。

【日本語版監修】川端有子（かわばた・ありこ）

児童文学研究者。日本女子大学家政学部児童学科教授。1985年神戸大学文学部英文科卒。ローハンプトン大学文学部で博士号取得。著書に『少女小説から世界が見える ペリーヌはなぜ英語が話せたか』『児童文学の教科書』などがある。

【訳者】龍 和子（りゅう・かずこ）

北九州市立大学外国語学部卒業。訳書に、ブラウン他『世界のシードル図鑑』、パヴリチェンコ『最強の女性狙撃手』、シャーマン『魔法使いの教科書』などがある。

［ヴィジュアル注釈版《ちゅうしゃくばん》］
オズの魔法使い《まほうつか》い
下

●

2020年10月2日　第1刷

著者…………ライマン・フランク・ボーム
編者…………マイケル・パトリック・ハーン
日本語版監修…………川端有子《かわばたありこ》
訳者…………龍 和子《りゅうかずこ》

装幀・本文AD…………岡孝治＋森繭

発行者…………成瀬雅人
発行所…………株式会社原書房

〒160-0022 東京都新宿区新宿1-25-13
電話・代表03（3354）0685
http://www.harashobo.co.jp
振替・00150-6-151594

印刷…………シナノ印刷株式会社
製本…………東京美術紙工協業組合

ISBN978-4-562-05789-4, Printed in Japan